마
의
산
Ⅰ

일러두기

- 이 책은 Thomas Mann, 『*Der Zauberberg*』(Internet Archive, 2015 / H.T Lowe‑Porter 번역, 영역본, 1928)을 참고했습니다.

*Der Zauberberg*

# 마의 산 I

토마스 만 지음

살림

**토마스 만의 어머니, 율리아 만**

토마스 만은 독일 뤼벡의 부유한 집안에서 태어났다. 뤼벡의 참정의원을 지낸 아버지 토마스 요한 하인리히 만은 냉철한 사고를 지닌 도덕적 인물이었으며, 독일인과 브라질인의 혼혈인 어머니 율리아 만은 감각적이고 자유분방한 성격이었다.

**독일 뤼벡의 항공 사진**

토마스 만이 태어난 도시, 독일 뤼백을 항공에서 본 모습이다.
토마스 만이 17세 되던 해에 아버지가 사망하자 경제적으로 어려워진 가족은 뮌헨으로 이사했다.

**단편집 『꼬마 프리데만 씨』 초판본**

토마스 만이 1898년 출간한 첫 소설 『꼬마 프리데만 씨』 초판본이다. 이후 1900년에 『부덴브로크가의 사람들』을 출간하고, 이 작품으로 1929년 노벨 문학상을 수상했다. 하지만 그는 『마의 산』이 없었다면 노벨 문학상을 받지 못했으리라 생각했고, 프랑스 작가 앙드레 지드가 축전을 보내면서 자신은 『부덴브로크가의 사람들』보다 『마의 산』을 더 높이 평가한다고 쓴 사실은 널리 알려져 있다.

마의 산 I **차례**

# 머리말

    우리가 이제부터 펼쳐놓게 될 한스 카스토르프의 이야기는 사실 그 친구를 위한 이야기가 아니다. 이 책을 읽다 보면 독자 여러분은 그가 기분 좋은 젊은이이긴 하지만 매우 평범한 젊은이라는 것을 곧 알게 될 것이기 때문이다. 이 이야기는 그 친구를 위한 이야기가 아니라, 이야기 자체를 위한 이야기이다. 이 이야기는 이야기해줄 가치가 매우 높아 보이기 때문이다.

    그럼에도 불구하고 이 이야기는 바로 그의 이야기이며 누구에게나 일어나는 이야기는 아니라는 사실 또한 염두에 두어야 한다. 또한 이 이야기는 아주 오래된 이야기라는 것, 말하자면 역사의 때가 켜켜이 묻어 있는 이야기로서 저 머나먼 과거의 이야기를 할 때 어울릴 법한 시제를 사용해야 한다고 우리는 말하고 싶다.

그런 점은 이 이야기의 약점이 아니라 오히려 그 반대이다. 이야기란 필경 과거의 것이고 더 먼 과거이면 과거일수록 더 낫기 때문이다. 그래야 이야기는 이야기대로의 특성에도 맞을 것이고, 흘러간 시절을 마법사처럼 어슬렁거리는 작가 자신에게도 유리할 것이기 때문이다. 게다가 이 이야기는 오늘날의 사람들, 특히 이야기를 들려주는 게 본업인 작가들에게도 해당되는 이야기이면서 또한 이야기가 들려진 때보다 훨씬 오래된 것이기도 하다. 이 이야기의 나이는 날짜로 헤아릴 수 없으며 이 이야기가 지닌 무게는 태양이 뜨고 지면서 이 이야기에 가해진 그 모든 세월의 무게로도 측량할 수 없다. 한마디로 이 이야기가 얼마나 오래되었는가 하는 문제는 시간의 흐름과는 아무 관련이 없다. 내가 이 말을 하는 이유는 의도적으로 이 시간이라는 비밀스러운 요소의 이상하고 미심쩍은 이중성을 건드리기 위해서이다.

하지만 명백한 사실을 일부러 애매하게 만들지는 말자. 우리의 이야기가 얼마나 오래되었는지 과장하듯 말하는 것은 이 이야기가 우리의 삶과 우리의 의식을 박살내어 이후 깊은 틈을 남겨버리는 그런 위기 바로 전에 일어난 일이기 때문이다. 이 이야기는 일어나고 있다. 혹은 현재 시제를 피하기 위해 말한다면 전에 일어났고, 아주 오래전에, 아주 옛날에 일어났었다. 그 시작과 함께, 언제고 거의 시작을 멈춰본 적이 없는 많은 일들이 시작되었던 세계 대전 이전에 일어났다. 그렇다. 이 이야기는 그 이전에 일어났다. 하지만 그다지 오래전은 아닌, 바로 그 이전에……. 과거의 과거성이 더 깊으면 깊을수록, 그것이 더 완전하면 완전할수록 그것은 더욱 전설처럼 되어 더욱더 즉각적으로 현재 앞에 놓이게 되는 것이 아닐까? 그뿐 아니라 우리의 이야기는 그 성격상 어느 정도 전설적인 면을 지니고 있다.

나는 이 이야기를 길게, 철저하게, 자세하게 할 것이다. 어떤 이야기가 그 이야기를 읽기 위하여 들이는 시간과 공간 때문에 너무 길거나 너무 짧다고 여겨진 적은 없지 않은가? 나는 지나치게 섬세하다는 소리를 들어도 두렵지 않다. 나는 철지한 것만이 진정으로 재미가 있다고 생각하기 때문이다.

그러니, 작가는 우리의 한스의 이야기를 단숨에 끝내버리지는 않을 것이다. 일주일의 7일로도 부족할 것이며 7개월로도 충분하지 않을 것이다. 가장 좋은 것은 작가가 이야기에 휘감겨 앉아 있는 동안 얼마나 많은 지상의 시간이 그의 머리를 스쳐 지나갈 것인지 미리 정하지 않는 것이다. 설마 7년이나 걸리지는 않을 것 아닌가!

　자, 이제 이야기를 시작해보기로 하자.

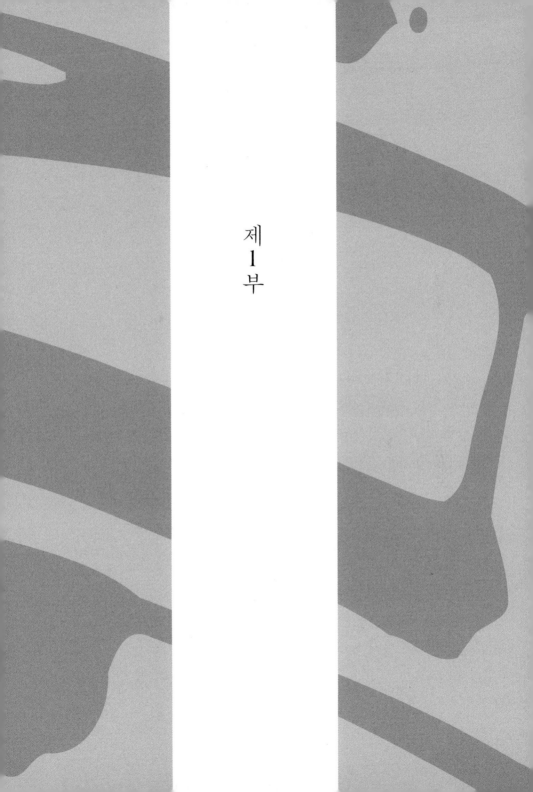

제
1
부

# 제1장

도착

어느 겸손한 젊은이가 한여름에 그의 고향인 함부르크로부터 스위스 그라우뷘덴주의 다보스 플라츠로 여행을 떠났다. 3주 예정으로 그곳의 누군가를 방문할 목적이었다. 함부르크로부터 다보스까지는 긴 여정이다. 정말로 그렇게 짧은 기간 머물기에는 너무 먼 거리이다. 온갖 나라를 다 지나 언덕과 골짜기를 오르내리고 남독일 고원으로부터 슈바벤 호숫가로 내려가 넘실거리는 파도를 헤치며 바닥이 없는 것 같은 심연을 건너야 한다.

이제까지 간선 철도를 따라 죽 이어져 오던 것이 이제부터 중간중간 잘린다. 여기저기 멈춰 서야 하고 이런저런 절차도 밟아야 한다. 스위스 영토인 로르샤흐에서 기차를 갈아타야 하고, 그 기차는 알프스의 작은 역 란트쿠아르트까지만 가기 때문에 또 갈아타야 한다.

볼만한 경치도 없는 곳에서 바람을 맞으며 오랫동안 기다리다가 협궤 열차에 오르게 된다. 작지만 힘찬 기관차 엔진이 움직이기 시작하면 이제부터 정말 스릴 넘치는 여행이 시작된다. 언제 끝날지 모르는 깎아지른 듯한 오르막이 시작되는 것이다. 란트쿠아르트 역은 언덕 중간에 있고 그곳부터 점점 더 거칠고 험한 바윗길을 따라 알프스 고산 지역 깊숙이 들어가야 하기 때문이다.

한스 카스토르프―이것이 그 젊은이의 이름이다―는 잿빛 천이 덮인 작은 칸막이 객실 의자에, 악어가죽 손가방을 옆에 놓은 채 앉아 있었다. 그 손가방은 그를 키워준 종조부 티나펠 영사가 선물한 것이다. 그의 겨울 외투가 옷걸이에 걸린 채 흔들거렸다.

창문은 닫혀 있었고 날은 점점 추워졌기에, 보호를 받으며 안락하게 자란 그는 당시 유행하던 넓은 깃의 여름 비단 코트 깃을 세웠다. 그의 좌석 바로 옆에는 『대양(大洋) 기선』이라는 제목의 가제본 책이 놓여 있었다. 여행 초기에는 이따금 들여다보기도 했지만, 이제는 흥미가 없어졌는지 그냥 내팽개쳐져 있었다. 기관차가 내뿜는 매연이 객실 안으로 들어와 책 표지가 검게 더럽혀져 있었다.

여행 이틀 만이면 젊은이는—삶에 아직 굳건히 뿌리를 박지 않은 젊은이라면—자신의 세계, 즉 자신의 의무, 흥미, 근심거리, 희망이라고 생각해왔던 모든 것으로부터 멀어지게 된다. 그것도 역(驛)으로 향하는 마차 안에서 꿈꿨을지도 모르는 것보다 훨씬 더 멀리 가게 되는 것이다. 그와 그의 고향 사이의 공간은 돌고 돌면서 우리가 일반적으로 시간에 부여하는 힘을 갖게 되고 그 힘을 발휘한다. 공간은 마치 시간과 마찬가지로 시시각각 그 자체가 변화할 뿐 아니라 어떤 의미에서는 시간보다 더 크게 변화한다. 공간은 시간과 마찬가지로 망각을 낳는다. 하지만 공간은 시간과 달리 우리의 몸을 우리를 둘러싸고 있는 곳으로부터 해방시켜 우리를 아무것에도 속박되지 않은 원초적인 상태로 돌려놓는다. 그렇다! 공간은 학자인 체하는 사람이나 속물조차도 순식간에 방랑자처럼 만들어버린다. 우리는 시간을 망각의 강 '레테'라고 일컫지만 '공기의 바뀜' 또한 이와 비슷한 음료이다. 그 효력은 시간만큼 철저하지는 못하지만 시간보다 훨씬 빨리 나타난다.

한스 카스토르프가 겪은 것도 바로 그런 것이다. 그는 이번 여행을 심각하게 생각하지도 않았고 큰 의미를 두지도 않았다. 오히려 어차피 해야 할 일이므로 재빨리 해치우고 여행을 떠나기 전과 똑같은 사람으로 되돌아가서 잠시 중단했던 일을 그대로 다시 시작하고픈 마음이었다. 어제까지만 해도 그는 평상시의 익숙한 생각에 사로잡혀서 두 가지 일에 몰입해 있었다. 그 중 하나는 최근에 끝낸 시험이었고 다른 하나는 조선, 기계, 보일러 제조 회사인 툰더 운트 빌름스 회사 입사 건이었다. 그는 그와 같은 사람에게 어울리는 정도의 조바심을 지닌 채, 앞으로의 3주는 적당히 지나가리라는 생각을 하고 있었다. 그런데 마치 지금 그를 둘러싸고 있는 환경들이 그에게 온통 주의를 집중하라고 요구하고 있는 것만 같았고 대수롭지 않게 넘겨서는 안 된다고 말하는 것 같았다.

그가 이전에는 결코 숨 쉬어 본 적이 없는 곳, 비정상적인 생활 조건들이 널려 있어서 빈약하고 척박하다고밖에 묘사할 수 없던 지역으로 올라가다 보니, 이상하게 그는 동요되고 흥분되기 시작했다. 고향과 일상적인 삶들은 멀리 뒤로 물러났을 뿐아니라 그의 발밑 저 깊은 곳으로 떨어져 내렸으며 그는 그것들 위로 점점 더 높이 올라가고 있었다. 뒤로 물러간 익숙한 환경들과 다가올 미지의 세계 사이에서 왔다 갔다 하면서 그는 자신이 저 미지의 세계에서 어떻게 될 것인지 자문해보았다. 고작 해발 몇 미터 정도 되는 곳에서 태어나 생활한 그가 최소한 며칠만이라도 중간 그 어느 곳에 멈추지 않고 곧장 그렇게 높은 곳으로 올라간다는 것은 아마 현명치 못한 일인지도 모른다. 하지만 그는 그곳에서도 여전히 익숙하게 생활할 수 있으리라 생각하고 빨리 목적지에 도착하기를 바랐다.

창밖을 내다보니 기차는 좁은 계곡을 이리저리 구불구불 달리고 있었다. 앞쪽으로 다른 열차 칸들이 보였고 맨 앞에서 기관차가 갈색, 녹색, 검은색 연기 뭉치를 숨 가쁘게 토해내며 달리는 것이 보였다. 오른편 저 아래 골짜기에서 계곡물이 우렁찬 소리를 내며 흘러가고 있었고 왼쪽 암벽 사이로는 거무스름한 가문비나무가 은회색 하늘로 높이 치솟아 있었다. 이어서 칠흑 같은 터널을 여러 번 지나치자 저 아래 마을과 널찍한 골짜기가 모습을 드러냈다.

열차는 초라하고 작은 역에서 몇 번 멈춰 섰다. 기차가 고산지대 정상으로 올라감에 따라 성스럽고 기괴한 알프스의 전경이 웅장하게 펼쳐지기 시작했다. 그가 가볍게 현기증을 느꼈다가 그 현기증에서 벗어났다고 느끼는 순간 오르막이 끝났고 기차는 이제 평탄한 골짜기 바닥을 여유 있게 달리고 있었다.

저녁 8시쯤 되었지만, 아직 해는 지지 않았다. 멀리서 잿빛을 띤 호수가 모습을 드러냈다. 검은 가문비나무 숲이 호숫가를 따라 주위 언덕으로 펼쳐져 있었다. 숲은 위로 올라갈수록 듬성듬성해지다가 꼭대기에 이르자 벌거숭이 바위만이 드러나 있었다.

기차가 작은 역에서 멈추었다. 한스 카스토르프는 밖에서 외치는 소리를 듣고 그 역이 '다보스 도르프' 역임을 알 수 있었다. 그는 곧 목적지에 도착하리라고 생각했다. 그때였다. 가까운 곳에서 익숙한 함부르크 말투가 들렸다. 그의 사촌 요아힘 침센의 목소리였다.

"어이, 잘 왔어! 자, 여기서 내려야지."

한스 카스토르프가 창밖을 내다보니 차창 아래 승강장에 요아힘이 모자도 쓰지 않은 채 갈색 얼스터코트를 입고 서 있는 모습이 보였다. 그 어느 때보다도 건강한 모습이었다. 요아힘이 다시 웃으며 말했다.

"어서 내려. 바로 여기야."

"그렇지만 여기가 내릴 데가 아닌데."

제1장

**19**

한스 카스토르프는 어안이 벙벙한 듯 여전히 자리에 앉아 있었다.

"아니, 다 온 거야. 이곳이 마을이야. 요양원까지는 여기서가 더 가까워. 마차를 준비했으니까 짐들을 이리 줘."

한스 카스토르프는 도착과 재회의 기쁨에 흥분해서 웃기도 하고 당황하기도 하면서 요아힘에게 손가방, 겨울 외투, 둘둘 만 여행용 담요와 지팡이, 우산, 그리고 마지막으로 좌석 옆에 놓았던 『대양 기선』이라는 책까지 넘겨주었다. 그런 뒤 그는 기차 안 좁은 통로를 빠져나와 승강장으로 뛰어내려, 사촌과 정식으로 인사를 나누었다. 하지만 마치 전통적으로 점잖고 예의 바른 사람들 사이의 인사처럼 열정적인 구석이라고는 없었다. 이상하게 들릴지 모르겠지만 둘은 옛날부터 서로 이름을 부르지 않았다. 오로지 너무 낮은 감정을 드러내는 것은 피하기 위해서였다. 그렇다고 서로 성을 부를 수도 없었기에 그저 '너', '자네' 정도로 편하게 부르고 지냈다.

둘이 악수하는 모습을 곁에서 지켜보던 허름한 제복 차림의 사내가 한스 카스토르프에게 다가오더니 수하물 표를 달라고 말했다. 그는 국제 요양원 '베르크호프'의 수위였다. 그는 두 사람이 마차를 타고 저녁 식사하러 가는 동안 '다보스 플라츠' 역으로 가서 한스 카스토르프의 트렁크를 찾아가겠다고 말했다. 그 사나이가 다리를 심하게 저는 것을 보고 한스 카스토르프가 요아힘 침센에게 물었다.

"상이군인인가? 왜 저렇게 다리를 심하게 저는 거지?"

"상이군인? 무슨 소리를! 무릎이 안 좋아. 아니, 안 좋았지. 그래서 무릎 연골을 제거했어."

"아, 그래?" 한스 카스토르프는 걸어가면서 주위를 둘러보더니 사촌 쪽으로 고개를 돌리며 말했다.

"너, 아직도 건강이 좋지 않다고 나를 믿게 할 생각은 없겠지? 마치 긴 칼을 차고 방금 기동 훈련을 마치고 온 사람처럼 보이는데."

요아힘은 카스토르프보다 키도 컸고 몸집도 좋았으며 청춘의 활력이 넘치고 있어 제복에 딱 어울리는 사람 같았다. 금발이 많은 그의 고향에서 흔히 보이듯이 그는 짙은 갈색 피부를 하고 있었으며 그렇지 않아도 검은 얼굴이 햇볕에 그을려 거의 청동색을 띠고 있었다. 검고 큰 눈에다가 반듯하고 두터운 입술 위에 작고 검은 콧수염을 달고 있어 귀가 돌출해 있지만 않았다면 아주 뛰어난 미남이라고 할 수 있었을 것이다.

한스 카스토르프가 말을 이었다.

"너, 나와 함께 산을 내려갈 거지? 그러지 않을 이유가 없는 것 같은데……."

"너하고 함께?" 사촌은 커다란 눈을 카스토르프에게로 돌리며 물었다. 언제나 상냥한 눈빛이었는데 이 다섯 달 동안에 지친 듯했고 슬퍼 보이기까지 했다. "언제 말이야?"

"당연히 3주 후지."

"아니, 너는 벌써 돌아갈 생각부터 하고 있구나. 그렇게 서둘지 마. 이제 막 도착했잖아. 여기 산 위의 우리들에게 3주란 아무것도 아니야. 너는 이곳을 방문차 들른 것이고, 네게는 3주밖에 없으니 꽤 길게 여겨지겠지. 곧 알게 되겠지만 우선 기후에 적응한다는 것도 쉬운 일이 아니야. 하지만 별난 것은 기후뿐이 아니야. 너는 네가 꿈조차 꾸지 못했던 것을 여기서 보게 될 거야. 그러니 두고 봐. 내 건강에 대해 이야기를 했지? 하지만 네가 생각하듯 그렇게 잘되어가는 건 아니야. 3주 후에 집으로 간다? 그건 네가 저 아래 세상에서 가지고 있던 생각일 뿐이야. 그래, 난 얼굴이 검게 탔어. 나도 잘 알아. 하지만 대개 눈에 탄 거야. 베렌스 원장이 늘 말하듯 별 의미도 없는 거야. 지난번 정기 검진에서 그는 앞으로 반년 정도는 더 필요하다고 분명히 말했어."

"뭐야? 앞으로 반년? 너 제정신이니?" 한스 카스토르프가 소리쳤다.

그들은 오두막처럼 생긴 역사 앞에 서 있던 노란색 마차에 올라탔다. 마차에 앉은 뒤에도 한스 카스토르프는 마치 화가 난 듯 마차 쿠션 위에서 엉덩이를 들썩이며 말했다.

"반년이라고? 넌 벌써 반년이나 여기 있었어! 너 정말 시간이 많은 친구로구나!"

"오, 시간!" 요아힘은 사촌의 분개에도 아랑곳하지 않고 앞을 똑바로 바라보며 고개를 끄덕였다. "여기 사람들에게 시간은 보통 세상에서 생각하는 시간과 달라. 조금도 소중하지 않아. 넌 믿지 않겠지? 이들에게는 3주란 하루와 같아. 너도 곧 깨닫게 될 거야." 이어서 그가 덧붙였다. "여기서는 사람의 생각도 바뀌게 돼."

한스 카스토르프는 사촌을 열심히 바라보며 말했다.

"하지만 너는 정말 많이 회복된 것 같은데."

"정말 그렇게 생각해? 하긴 나도 그렇다고 봐. 그래, 좋아졌어. 하지만 완전히 나은 건 아니야. 폐 아래쪽에서 거슬리는 소리가 들리고, 두 번째 갈비뼈에서도 이상한 소리가 나거든."

"많이 배웠구나."

"그래, 정말 박식해졌지." 그러면서 그는 방한 외투 옆 주머니에서 뭔가 절반쯤 꺼내더니 도로 집어넣었다. 금속 뚜껑이 달린 납작한 푸른 유리병이었다.

"이 위에 사는 우리들은 대개 이걸 갖고 다녀. 별명까지 있어. 이걸 갖고 농담도 한다니까. 경치가 어때?"

"굉장해."

"그래?"

그들이 탄 마차는 선로와 평행으로 난 구불구불한 길을 따라 곧바로 골짜기 중심을 향해 달렸다. 마차가 달리는 동안 어느덧 날이 저물었고 인가 여기저기에 불이 켜지기 시작했다. 바람이 일기 시작하더니 밤의 찬 공기가 느껴졌다.

"솔직히 말하자면 그렇게 엄청난 것 같지는 않아." 한스 카스토르프가 말했다. "빙하나 만년설이 덮인 서내린 봉우리들은 어디 있는 거야. 저 산들은 별로 높아 보이지 않는데."

"아냐, 저 산들은 굉장히 높아. 생육 한계선 경계들이 보이잖아. 저기 오른쪽 뾰족한 산이 보이지? 거기 빙하가 있어. 스칼레타 빙하라고 하지. 저 봉우리들 사이에도 지금 우리 눈에 보이지는 않지만 1년 내내 눈으로 덮여 있는 곳이 있어. 우리들 자체가 지금 엄청나게 높은 데 있는 거야. 해발 1,600미터니까.

그래서 저 산들이 높아 보이지 않는 거야."

"1,600미터! 이렇게 높은 곳에는 올라와 본 적이 없어."

한스 카스토르프는 낯선 공기를 시험해보듯 깊이 숨을 들이마셨다. 오로지 상쾌하기만 할 뿐 향기도, 내용물도, 습기도 없었다.

"공기가 정말 좋아." 그가 상냥하게 말했다.

"그럼. 여기 공기는 유명하니까. 하지만 경치는 지금이 최고가 아닐 거야. 이따금, 특히 눈이라도 덮여 있을 때면 지금보다 훨씬 좋아. 하지만 곧 싫증이 날걸. 이 위에 사는 우리들은 모두 아예 질려버렸다고 할 수 있지."

그 말을 하면서 요아힘은 정말 역겹다는 듯 입술을 삐죽 내밀었다. 그와는 어울리지 않는 과장된 표정이었다.

"너, 이상한 말을 하는구나." 한스 카스토르프가 말했다.

"그래?" 요아힘은 걱정스런 표정으로 고개를 돌려 사촌을 바라보았다.

"아냐, 아냐! 네가 정말 그렇다는 건 아니고, 그냥 잠시 그런 생각이 들었던 것 같아." 한스 카스토르프는 서둘러 사촌을 안심시키려 했다. 하지만 요아힘이 몇 번에 걸쳐 입 밖에 낸 '이 위에 사는 우리'라는 표현이 그에게 이상한 충격을 주었고 불편하게 느껴졌던 것이다.

"요양원은 보다시피 마을보다 높은 곳에 있어." 요아힘이 말을 이었다. "안내 책자에는 100미터 더 높이 있다고 나와 있지만 실제로는 50미터 더 높은 곳에 있어. 가장 높은 곳에 있는 요양원이 샤츠알프 요양원이야. 여기선 보이지 않아. 겨울에는 길이 막혀 썰매로 시체를 내려보내야 해."

"뭐, 시체라고?" 한스 카스토르프가 소리쳤다. 그리고 갑자기 억제할 수 없다는 듯 격렬한 웃음을 터뜨렸고 그 때문에 추위에 얼어 있던 얼굴이 일그러졌다. "썰매로 시체를! 어떻게 그런 이야기를 그렇게 태연하게 할 수 있니? 이곳에 5개월 있는 동안 아주 시니컬해졌구나."

"절대로 그렇지 않아." 요아힘이 다시 한번 어깨를 으쓱하며 말했다. "뭐가 어때서? 뭐라고 하건 시체늘에 세는 나찬기지 이니야? 하지만 이곳 위에서는 사람들이 시니컬하게 변하는지도 몰라. 베렌스 원장 자체가 아예 시니컬한 사람의 대명사니까. 하지만 어쨌든 대단히 노련한 사람이고 수술의 대가라고들 말하지. 너도 좋아하게 될 거야. 크로코브스키라는 조수가 있는데 아주 똑똑한 사람이지. 안내 책자에 그의 전문 분야가 나와 있을 거야. 그는 환자들의 정신 분석을 담당하고 있어."

"뭘 한다고? 정신 분석! 무슨 그런 기분 나쁜 소리를!" 한스 카스토르프가 큰 소리로 외쳤다. 말과는 달리 그는 온통 즐거움에 사로잡혀 있었고 그것을 감출 수 없었다. 정신 분석이라는 말이 결정타였다. 너무 크게 웃는 바람에 눈물이 뺨 위로 흘러내렸다. 그는 손으로 얼굴을 가리고 웃음을 참으려 했다. 요아힘도 한스와 마찬가지로 큰 소리로 웃었다. 그러자 기분이 좋아진 모양이었다.

이리하여, 그들을 실은 마차가 가파르고 구불구불한 길을 천천히 달려 베르크호프 국제 요양원 정문 앞까지 와서 멈추자, 두 젊은이는 매우 유쾌한 마음으로 마차에서 내렸다.


## 34호실


안으로 들어가니 오른쪽 현관문과 안쪽 문 사이에 수위실이 있었다. 수위실에 프랑스인 직원 한 명이 앉아서 신문을 읽고 있다가 밖으로 나왔다. 그도 역으로 마중 나왔던 절름발이 남자처럼 제복을 입고 있었다. 그는 불이 훤하게 밝혀진 홀을 지나 그들을 안내했다. 홀 왼쪽에는 응접실들이 있었지만, 안에는 아무도 없이 텅 비어 있었다. 응접실에 왜 사람이 하나도 없느냐고 한스가 묻자 요아힘이 대답했다.

"요양 중이야. 나는 너를 마중 가느라 외출한 거고. 평소에는 저녁 식사 후 발코니에 누워 있어."

한스는 다시 웃음이 터져 나올 뻔했다.

"뭐야? 밤에 발코니에 누워 있다고? 이렇게 안개 낀 날에도?"

"응, 그게 규칙이야. 8시부터 10시까지. 자, 이제 네 방으로 가자. 좀 씻어야지."

그들은 프랑스인 수위가 가동시킨 전동 엘리베이터에 올랐다. 올라가면서 한스는 손으로 눈을 훔쳤다.

"너무 웃어서 진이 다 빠졌어." 그는 숨 가빠하며 말했다. "네가 이상한 말을 너무 많이 해서 그래……. 정신 분석 이야기는 압권이야. 하긴 여행 끝이라 내가 숨 풀어진 김인지도 모르기. 그런데 식사는 곧 하는 거니? 배가 좀 고파. 이 위에서도 식사는 제대로 할 수 있는 거니?"

두 사람은 좁은 복도 위에 깔린 야자수빛 카펫 위를 소리 없이 걸어갔다.

"여기야. 34호실이지. 오른쪽은 내 방이고 왼쪽은 러시아인 부부의 방이야. 좀 시끄럽고 불쾌한 사람들이지만 도리가 없지.

어때, 방이 마음에 들어?"

문은 이중이었고 두 문 사이 공간에 옷걸이가 박혀 있었다. 요아힘이 불을 켜자 떨리는 불빛에 흰색의 실용적인 가구들, 마찬가지로 흰색의 벽에 걸린 양탄자, 간소하고 운치 있는 커튼이 눈에 들어왔다. 발코니로 향하는 문이 열려 있어 골짜기 마을의 불빛이 보였고 멀리서 댄스곡이 들려왔다. 꽃병에는 꽃들이 꽂혀 있었는데, 자상한 요아힘이 경사진 곳에서 직접 꺾어온 톱풀꽃과 방울꽃 몇 송이였다.

"정말 고마워." 한스가 말했다. "너무 멋진 방이야. 이런 방이라면 몇 주 동안 기분 좋게 지낼 수 있겠어."

"그저께 이 방에서 미국 여자가 죽었어." 요아힘이 말했다. "네가 오기 전까지 이 방을 치울 수 있을 테니 네가 쓸 수 있을 거라고 베렌스가 내게 직접 말했어. 그녀의 약혼자인 영국 해군 장교가 곁을 지키고 있었는데, 군인답지 못하게 걸핏하면 복도에 나와 눈물을 흘렸지. 그저께 밤에 여자가 두 번 심한 각혈을 하더니 그걸로 그만이었어. 하지만 어제 아침 일찍 시체를 치우고 이 방을 철저히 소독했지. 포르말린으로 했어. 너도 알다시피 소독에는 포르말린이 그만이잖아."

한스 카스토르프는 사촌의 말을 쾌활한 듯하면서도 반쯤은 멍한 표정으로 듣고 있었다. 그는 금속 수도꼭지가 불빛에 반짝이는 세면대 앞에 서서 흰색의 침대 쪽으로 잠시 눈길을 돌렸다. 침대에는 하얀 시트가 깨끗하게 깔려 있었다.

"소독을 했다? 음, 그거 멋진데." 그는 손을 씻고 수건으로 물기를 닦으며 좀 앞뒤가 맞지 않는 이야기를 했다. "메틸알데히드…… 맞아, 박테리아에는 그만이지. 아무리 강한 놈이라도 견디지 못해. $H_2CO$라…… 하지만 냄새가 너무 지독해. 하긴 철저한 위생이 기본이긴 하지만……" 이어서 그는 아무 뜻도 없는 말을 덧붙였다. "그 남자는 아마 안전면도기를 사용했을 거야."

그는 애용하는 시가를 200개나 가져 왔는데 세관에서 너그럽게 눈을 감아주었다는 말을 한 후 고향 사람들의 안부를 전해주었다. 그런 뒤 그는 갑자기 난방 라디에이터로 다가가 손을 대며 말했다.

"그런데 여기는 난방을 안 하나?"

"응, 안 해. 좀 춥게 지내야 할 거야. 8월이 되어야 난방을 가동하거든. 그 전에 난방을 하려면 날씨가 달라져야 해."

"8월, 8월이라. 하지만 나는 추운데. 정말 추워 죽겠어. 몸은 추운데 이상하게도 얼굴은 달아오르네. 자, 한번 만져봐."

자기 얼굴을 만져보라는 한스의 말은 그의 성격에는 전혀 맞지 않는 것이었다. 요아힘은 그의 말을 무시하고 말했다.

"공기 때문일 거야. 별것 아니야. 베렌스도 하루 종일 뺨이 보랏빛으로 물들어 있어. 적응하지 못하는 사람들도 꽤 있어. 자, 어서 가자. 그러지 않으면 못 얻어먹을지도 몰라."

방 밖으로 나오자 간호사 모습이 보였다. 이 방으로 오는 도중 지나쳤던 간호사였다. 그런데 그들이 2층에 다다랐을 때였다. 한스 카스토르프는 무시무시한 소리에 얼어붙은 듯 그 자리에 멈춰 섰다. 얼마 떨어지지 않은 복도 모퉁이에서 나는 소리였다. 큰 소리는 아니었지만 으스스한 소리였기에 한스는 얼굴을 찌푸리고 눈을 휘둥그레 뜬 채 사촌을 바라보았다. 분명히 남자의 기침 소리였다. 하지만 그가 이제까지 단 한 번도 들어보지 못한 기침 소리였다. 이 기침에 비한다면 그가 지금까지 들어본 기침들은 삶에 대한 웅장하고도 건강한 표현이었다. 하지만 이 기침에는 아무런 신념도 믿음도 없었으며 심지어 발작적으로 나오는 것도 아니었다. 단지 유기체가 녹아 있는 용액이 힘없이, 그러면서도 끔찍하게 치밀어 오르는 것 같은 소리였다.

"응, 상태가 좋지 않은 모양이야." 요아힘이 입을 열어 설명했다. "오스트리아 귀족인데 기품 있는 남자야. 타고난 기수 체질인데, 지금은 저 모양이지. 그래도 아직 기동은 할 수 있어."

사촌과 걸어가면서 한스 카스토르프는 오스트리아 귀족의 기침에 대해 열심히 논했다. 기침에는 마른기침, 느슨한 기침 등 여러 기침이 있지만 저런 기침 소리는 처음 들어본다고, 산 사람의 기침 같지가 않고 마치 모든 것이 죽처럼 범벅이 된 상태에서 나오는 기침 소리 같다고 장황하게 말했다. 그러자 요아힘이 그의 말을 잘랐다.

"이봐, 난 저 기침 소리를 매일 듣고 있어. 그러니 내게 설명할 필요 없어."

하지만 한스 카스토르프는 도무지 진정이 되지 않았다. 그는 저 기침 소리를 들으면 마치 그 사람의 몸이 훤히 들여다보이는 것 같다고 말했다. 식당으로 들어섰을 때 여행으로 지친 그의 두 눈은 흥분으로 반짝이고 있었다.


식당에서


식당은 아늑하고 우아했으며 밝았다. 식당은 응접실 건너편,

홀 오른쪽에 있었고 요아힘의 설명에 따르면 새로 이곳에 도착한 사람들이나 손님들이 주로 이용하는 곳이라고 했다. 또한 누군가 생일을 맞이하거나 퇴원이 임박했을 때, 혹은 검진 결과가 좋아졌을 때도 이곳에서 축하 파티가 열린다고 했다. 하지만 지금은 서른 살쯤 되어 보이는 숙녀가 홀로 앉아서 책을 읽으면서 뭐라고 흥얼거리고 있을 뿐이었다. 그녀는 그들이 식당으로 들어오자 몸을 돌려 외면했다.

요아힘은 그녀가 어린 소녀일 때 이곳에 들어왔고 그 이후로는 한 번도 바깥세상에서 지내본 적이 없다고 말했다.

두 사람은 식당에서 가장 좋은 자리인 창가 약간 높은 자리에 앉았다. 곧이어 검은 옷을 입고 흰 에이프런을 두른 친절한 아가씨가 이들을 접대했다. 명랑한 콧소리의 아가씨는 무척 건강해 보였다.

식사는 아주 훌륭했다. 아스파라거스 수프, 속을 채운 토마토, 야채를 곁들인 로스트비프, 훌륭하게 구운 푸딩과 치즈, 과일 등이 나왔다. 한스 카스토르프는 별로 식욕이 왕성하게 돋지는 않았지만 푸짐하게 먹었다. 그는 배가 고프지 않을 때라도 순전히 자존심 때문에 음식을 많이 먹는 편이었다. 요아힘은 매일 이곳에서 식사를 해야 하니 진저리가 난다며 음식 칭

찬을 하지 않았다. 다만 그는 포도주만은 황홀한 듯 음미했다.

"네가 와줘서 정말 기분 최고야." 요아힘의 점잖은 목소리에는 감정이 묻어나고 있었다. "내게는 정말로 사건이라고 말할 수밖에 없어. 언제고 단조로울 수밖에 없는 이 생활에서 하나의 변화임에 틀림없고 어쨌든 틈이 생긴 셈이라고 할 수 있지."

"하지만 이 위에 살다보면 시간은 빨리 흘러가겠지?"

"네 식으로 하자면 빠르기도 하고 느리기도 해. 나는 시간이 전혀 가지 않는다고 말하고 싶어. 그건 시간이라고도 할 수 없고……, 삶이라고도 할 수 없어." 그는 고개를 절레절레 흔들며 술잔을 잡았다.

한스 카스토르프는 얼굴이 확확 달아올랐지만 역시 술을 마셨다. 하지만 여전히 추웠고 이상하게도 즐거운 가운데 뭔가 고통스러운 불안감을 느꼈다. 홀로 앉아 있던 숙녀가 밖으로 나가자 둘 사이의 이야기는 더 활기를 띠었다. 요아힘이 고향 이야기를 듣고 싶어 했고 화제는 자연스럽게 지금 계획 중에 있는 엘베강 조절 공사로 옮아갔다.

"획기적이야." 한스 카스토르프가 말했다. "우리나라 해운업 발전에 획기적이라는 말이지. 아무리 높이 평가해도 지나치지 않아. 당장 5,000만 마르크 예산을 집행하기로 했어."

하지만 한스 카스토르프는 그가 그토록 중요하게 생각하는 엘베강 공사에 대한 화제에서 바로 벗어나서 요아힘에게 '이 위' 생활과 손님들 이야기를 더 해달라고 졸랐다.

요아힘은 기꺼이 한스의 청에 응했다. 실컷 이야기할 수 있는 기회가 온 것이 기뻤던 것이다. 그는 썰매에 실려 내려가는 시체 이야기를 또 했다. 그 이야기를 듣고 한스가 웃음을 터뜨리자 그는 신이 나서 이곳에서 가장 교양이 없기로 정평이 난 슈퇴어 부인의 흉을 보면서 둘이 실컷 웃었다. 특히 그녀의 발음을 흉내 내며 둘은 배꼽을 잡고 웃었다.

하지만 그사이에도 요아힘의 얼굴에는 종종 그늘이 잡혔다. 자신의 운명에 대해 생각이 미쳤던 것이다. 그가 한스에게 말했다.

"그래, 우리 지금 여기 앉아 웃고 있지. 하지만 내가 언제 여기서 나갈 수 있는지는 알 수 없어. 베렌스가 반년이라고 말했지만 그 이상이 될지도 몰라. 정말 힘든 일 아니니? 다음 달이면 장교 시험을 볼 수가 있는데 입에 체온계나 물고 빈둥거리면서 저 무식한 프라우 슈퇴어 부인의 험담이나 하고 있으니…… 우리 나이에 1년이란 세월은 아주 중요하잖아. 저 아래에서라면 1년 만에 수많은 변화도 겪고 발전도 할 수 있어. 그런데도 나는 여기서 이렇게 썩고 있다니…… 그래, 마치 웅덩이에 고인 물처럼……. 별로 심한 비유도 아니야."

이상하게 들릴지 모르겠지만 요아힘의 말이 그치자 한스는 이곳에서 영국산 흑맥주를 마실 수 있느냐고 물었다. 요아힘이 약간 놀라서 그를 쳐다보니 그는 졸린 것 같았다. 아니, 이미 꾸벅꾸벅 졸고 있었다.

"뭐야, 잠이 든 거야?" 요아힘이 말했다. "자, 가자. 이제 우리 둘 다 잠자리에 들 시간이야."

"뭐, 여긴 시간이라곤 없다며……." 한스가 잘 돌지 않는 혀로 말했다.

그들이 홀로 나섰지만 한스는 너무 피곤해서 금세라도 바닥에 쓰러질 것 같았다. 그런데 요아힘이 "저기 크로코브스키가 앉아 있군. 간단하게 소개해줄세"라고 하는 말을 듣는 억지로 정신을 가다듬었다.

크로코브스키 박사는 응접실 창가 난로 옆 밝은 곳에 앉아 있었다. 그는 신문을 읽고 있다가 젊은이들이 다가오자 자리에서 일어났다. 요아힘은 군대식으로 차렷 자세를 하고 말했다.

"박사님, 함부르크에서 온 제 사촌 카스토르프를 소개드리겠습니다. 방금 도착했습니다."

크로코브스키 박사는 쾌활하고 씩씩한 태도로 신참을 반겼다. 그는 서른다섯 살 정도의 나이에 어깨가 딱 벌어지고 뚱뚱했으며 두 젊은이보다 키가 작았다. 원래 창백한 얼굴빛은 검게 빛나는 눈, 상당히 긴 검은 수염 때문에 더 창백해 보였다. 그는 정답게 미소 지으며 카스토르프의 손을 잡고 흔들며 말했다.

"우리들에게 잘 오셨소, 카스토르프 씨. 곧 익숙해질 것이고 우리와 편하게 지낼 수 있을 거요. 실례지만 환자로서 온 거겠지요?"

한스 카스토르프는 억지로 졸음을 참으며 자신은 3주간 머물 예정으로 왔으며, 이곳에 오기 전에 시험을 통과했다고 말한 후 자신은 대단히 건강하다고 덧붙였다.

"정말입니까?" 크로코브스키는 고개를 한쪽으로 갸우뚱하면서 웃음 띤 얼굴로 말했다. "그렇다면 당신은 연구해볼 만하군요. 나는 아직 완벽하게 건강한 사람을 만나보지 못해서 말입니다. 그런데 시험을 통과했다고 했지요? 무슨 시험인지 물어도 되겠습니까?"

"저는 엔지니어입니다, 박사님." 한스는 겸손하면서도 점잖게 말했다.

순간 크로코브스키의 얼굴에서 미소가 사라졌고, 다정한 표정도 어딘가 변했다.

"아, 엔지니어시군요. 아주 좋습니다. 그러면 이곳에 있는 동안 육체적이건 정신적이건 아무 진료도 받지 않을 겁니까?"

"다행스럽게도 그렇습니다."

그 말을 하면서 한스는 자신도 모르게 한 걸음 뒤로 물러났다. 그러자 박사가 다시 미소를 지으며 악수를 나눈 후 말했다.

"자, 그럼 편히 주무십시오. 건강을 만끽하시길! 편히 주무시고 또 뵙겠습니다."

박사와 헤어진 두 사람은 한스의 방으로 왔다. 방에는 절름발이 사내가 갖다 놓은 트렁크가 놓여 있었다. 둘은 15분 정도 잡담을 했다.

한스가 담배를 피우며 말했다.

"꽤 개성이 강해 보이네. 그런데 얼굴이 정말 창백하더라, 혹시 내 말에 기분이 상한 건 아닐까?"

"좀 민감한 편이야. 그의 치료를 그렇게 딱 잘라 거절하는 게 아니었는데……, 특히 정신 치료 말이야. 치료를 거절당하면 별로 좋아하지 않거든. 나는 그와 별로 상담을 하지는 않지만, 가끔 꿈 이야기를 해줘. 정신 분석 자료를 주기 위해서지."

"그래? 내가 그의 기분을 상하게 한 거네." 한스는 떨떠름한 표정으로 말했다.

잠시 후 요아힘이 아침 8시 식사 시간에 데리러 오겠다며 자기 방으로 갔고 한스는 침대에 누웠다. 자리에 눕자마자 잠이 쏟아졌지만 불현듯 바로 이 침대에서 이틀 전에 누가 죽었다는 생각이 들어 눈이 번쩍 뜨였다.

'뭐, 처음도 아닐 텐데……' 그는 스스로를 안심시키려는 듯 중얼거렸다. '그냥 보통 임종 침대일 뿐이야. 흔한 임종 침대인데, 뭐.' 그는 곧 잠에 빠져들었다.

하지만 잠이 들자마자 그는 꿈을 꾸기 시작했고 꿈은 다음 날 아침까지 계속되었다.

꿈에서 그는 요아힘 침셴을 보았다. 그는 사지를 비튼 자세로 썰매에 묶여 경사가 심한 길을 내려가고 있었다. 크로코브스키 박사처럼 창백한 모습이었다. 그 모습 그대로 요아힘이 말했다.

"이 위의 우리에게는 모든 게 다 마찬가지야."

그런데 그렇게 죽처럼 걸쭉한 기침을 한 사람은 그 아마추어 기수가 아니라 바로 요아힘이었다. 한스는 슬피 울었으며 약국으로 달려가 콜드크림을 사야겠다고 생각했다. 그런데 뾰족한 입술의 일티스 부인이 무언가를 손에 쥐고 길가에 앉아 있었다. 한스는 단도임이 분명하다고 생각했지만 그건 다름 아닌 자기가 조금 전에 뜬금없이 말했던 안전면도기였다. 그것을 보고 한스는 배꼽이 빠져라 웃었다. 이렇듯 한스 카스토르프는 반쯤 열린 발코니 문으로 햇살이 들어와 잠에서 깨어날 때까지 온갖 감정 사이를 오락가락했다.

# 제2장

세례반(洗禮盤)과 두 얼굴의 할아버지에 대하여

한스 카스토르프는 자신의 집안에 대해서는 기억이 희미했
다. 특히 부모님에 대해서는 거의 아는 것이 없었다. 두 분은 그
가 다섯 살에서 일곱 살까지의 짧은 기간 동안에 차례대로 세
상을 떴다. 먼저 어머니가 해산을 앞두고 정맥염으로 인한 혈
관폐색증으로 뜻하지 않게 세상을 떠났고, 어머니를 진심으로
사랑했던 아버지는 정신이 혼미해지고 쇠약해진 채 지내다가
폐렴으로 작고했다.

시의 상원 의원이던 할아버지는 비록 짧은 기간이었지만 아
들보다 1년 반을 더 살았고 고아가 된 한스 카스토르프는 그동

안 할아버지 집에서 지냈다. 할아버지 집은 19세기에 지은 고전주의적 취향의 집으로서 4층 집이었다.

응접실로 꾸며진 2층에 식당이 있었고, 한스는 18개월 동안 매일 이곳에서 할아버지와 점심을 들었고 할아버지처럼 말쑥하게 차려 입은 피에테 노인이 시중을 들었다. 할아버지와 식사를 하는 동안 한스는 맞은편에 앉아 할아버지의 세련된 동작을 주의 깊게 바라보곤 했다. 할아버지는 희고 섬세한 오른손 집게손가락에 녹색 문장(紋章)이 새겨진 반지를 끼고 있었다. 할아버지는 작으면서도 능숙한 동작으로 고기와 야채와 감자를 포크 끝으로 집어서 한 입만큼씩 입으로 가져갔다. 한스는 서툰 자신의 손동작을 바라보면서 자기도 언젠가는 할아버지처럼 나이프와 포크를 쥐게 될 날이 오리라고 기대했다.

식사를 마치면 할아버지는 자신이 애용하는 시가를 가지러 '작은방'으로 갔고, 한스도 가끔 할아버지를 따라 그 방으로 갔다. 지붕을 통해 빛이 들어오게 되어 있는 그 작고 침침한 방에는 시가를 올려놓은 진열장과 게임용 탁자 외에는 가구가 별로 없었다. 그 두 가구 외에 한쪽 구석에 자단 목재로 만든 로코코 양식의 유리장이 놓여 있었고 그 뒤에는 커튼이 쳐져 있었다.

한스는 그 방에 들어가면 까치발을 한 채 할아버지 귀에 대고 말했다.

"할아버지, 세례반을 보여주실래요?"

할아버지는 손자가 조르기도 전에 이미 프록코트 자락을 걸어 올리고 바지 주머니에서 열쇠 뭉치를 꺼내 유리장을 열었다. 그러면 이상하면서도 기분 좋은 향기가 소년의 코끝에 스쳤다. 유리장 안에는 이제 사용하지 않는 물건들, 그렇기에 더 매력적인 물건들이 들어 있었다. 은촛대 한 쌍, 나무 상자 속에 든 부서진 기압계, 옛 사진 앨범, 히말라야 삼나무 목재로 만든 수통, 오색 비단옷을 입은 터키 인형들이 바로 그것들이었다. 그 외에도 고풍스러운 배의 모형, 심지어 맨 아래 칸에는 쥐덫까지 있었다.

노인은 그것들 중, 유리장 중간쯤에서 은으로 만든 받침 위에 놓인 둥근 세례반을 꺼내서 소년에게 보여주었다. 그리고 받침과 세례반을 이리저리 돌리면서 이미 여러 번 소년에게 해주었던 설명을 되풀이했다.

세례반과 받침은 함께 만들어진 물건이 아니었다. 하지만 할아버지 말씀에 의하면 약 100년 전, 즉 세례반이 만들어진 때부터 함께 사용되어왔다. 엄격한 19세기 취향으로 만들어진 세례반은, 장미꽃과 톱니 모양의 꽃잎으로 이루어진 화환이 위쪽

테두리를 둘러싸고 있는 것이 장식의 전부였다. 하지만 세례반은 단순하면서도 우아했고 매우 아름다웠다.

한편 받침은 세례반보다 훨씬 오래전에 만들어진 것이었다. 그곳에는 1650이라는 연호가 여러 가지 무늬로 새겨져 있었고 물결무늬가 그 연호를 둘러싸고 있었다. 받침 뒷부분에는 오랜 세월이 흐르는 동안 이 받침을 소유했던 가문의 이름이 각기 다른 서체로 새겨져 있었다. 이미 일곱 명의 이름이 있었으며 세례반을 상속받은 연도도 표시되어 있었다. 노인은 목도리를 두른 채 그 이름 하나하나를 반지 낀 손가락으로 가리키며 손자에게 알려주었다. 그곳에는 한스의 아버지의 이름이 있었고 할아버지 자신의 이름과 증조부의 이름도 있었다. 이어서 할아버지의 입에서 고조부, 몇 대조, 몇 대조 하는 식으로 조상들의 이름이 나왔고, 소년은 머리를 기울이고 생각에 잠긴 채, 마치 꿈을 꾸는 듯한 눈으로 할아버지의 말에 귀를 기울였다.

현재의 자신의 삶과 깊이 파묻힌 과거의 삶이 경건하게 연결된 듯이 느껴졌기에 그런 표정을 지었던 것이다. 할아버지가 손가락으로 가리키며 알려주는 이름들을 듣고 있자니 마치 교회 지하 납골당의 공기를 마시는 것 같았고 성스러운 장소에 가면 느끼는 경건한 기분에 젖는 것 같았다. 증조, 고조 등등의 옛 조상들을 가리키는 음을 들으면 마치 종교적인 느낌이 죽음과 역사가 주는 느낌과 뒤섞이는 것 같았다.

이어서 할아버지는 세례반을 다시 받침 위에 올려놓고 연한 금색의 내부를 보여주었다.

할아버지가 말했다.

"그래, 우리가 너를 이 위로 들어 올려 네 몸을 씻긴 세례수가 이 안으로 흘러 들어간 지 벌써 8년이 되었구나. 물을 붓기도 전에 마구 울던 네가 막상 물을 부을 때가 되니까 울음을 뚝 그쳤지. 마치 세례 성사에 경의를 표하는 것 같았단다. 이제 며칠만 있으면 네 아버지의 머리에 흐른 세례수가 이 안으로 들어간 지 44년째가 되는구나. 75년 전에는 나도 세례를 받았지."

소년은 할아버지의 말씀을 들으며 이 모든 것이 다 옛날에 경험해본 적이 있는 것 같다는 이상한 느낌, 꿈꾸는 듯하면서도 불안한 감정을 맛보았다. 계속 이어지는 것들 가운데 뭔가 변화가 일어나고 있다는 느낌, 시간은 분명히 흘러가면서도 스스로 그 흐름에 저항하고 있는 듯한 느낌, 모든 것이 끊임없이 연속되는 것 같으면서도 무언가 재귀(再歸)하고 있다는 느낌이었다. 소년은 세례반을 바라볼 때마다 그런 느낌에 젖었으며 그가 이 세례반을 계속 보고 싶어 한 것은 그런 기분에 젖고 싶어서였다.

　나중에 청년이 되었을 때 한스는 자신에게 부모님의 이미지보다는 할아버지의 이미지가 더 깊고 선명하며 의미 있게 가슴에 새겨져 있음을 알게 되었다. 그가 할아버지를 닮았기 때문이기도 했지만, 사실은 할아버지가 이 가문의 전형적인 인물인 때문이었다. 그는 개신교 신앙을 지닌 전형적인 기독교 신사이면서 정신적으로는 엄격하게 보수적이었다. 그는 조상 대대로의 풍습이나 옛 제도를 중시했고 새로운 흐름이나 변혁은 거부했다.

　상원 의원 카스토르프는 여위고 키가 큰 사람이었다. 하지만 소년의 추억 속에 간직된 할아버지의 진짜 모습은 일상적인 노인의 모습이 아니었다. 소년의 추억 속에서 할아버지는 실제보다 훨씬 더 멋지고 진실해 보였다. 그 모습은 바로 실물 크기로 그려진 할아버지 초상화 속의 모습이었다. 이 초상화는 원래 한스의 부모님 집 거실에 걸려 있었지만 나중에 한스와 함께 할아버지 집으로 옮겨져 응접실 소파 위쪽에 걸려 있게 되었다.

　초상화 속의 할아버지는 시 상원 의원 제복을 입고 있었다. 초상화 속의 인물은 턱과 입을 아래로 끌어당긴 채 생각에 잠긴 듯한 눈으로 먼 곳을 보고 있었다. 유명한 화가가 그린 훌륭한 초상화였고 보는 이로 하여금 스페인풍, 네덜란드풍, 후기

중세풍의 각가지 느낌을 갖게 했다.

어린 한스 카스토르프는 이 그림을 자주 들여다보았다. 한스가 실제 삶에서 그림 속의 할아버지 모습을 본 것은 딱 한 번밖에 없었고 그것도 잠시뿐이었다. 할아버지가 마차를 타고 위풍당당하게 시청으로 갈 때의 모습이었다. 하지만 어린 한스에게는 초상화 속에서의 할아버지 모습이 진짜 모습이었고 매일 보고 있는 할아버지는 가짜 할아버지, 말하자면 임시로 세상에 불완전하게 적응하고 있는 모습일 뿐이었다. 할아버지의 외모나 표정뿐 아니라 의상도 초상화 속의 의상이 진짜 모습이었고 평상시에 입고 있는 주름진 프록코트는 가짜였다.

그리고 할아버지와 마지막 작별을 하게 되던 날 소년은 드디어 진짜로 완전한 할아버지가 찬란한 빛을 발하며 거기 누워 있는 것이라 생각하고 진심으로 기뻐했다. 할아버지는 손자와 함께 거의 매일 마주 앉아 식사하던 홀 한가운데 화환에 둘러싸인 채 은으로 장식된 관 위에 누워 있었다. 폐렴과 끝까지 치열하게 싸우던 할아버지는 엄숙하고 평화로운 표정으로 호사스러운 관 위에 누워 있었다.

소년은 관 위에 누워 있는 할아버지의 모습을 보며, 할아버지가 잠시 적응했던 이 세상 모습으로부터 해방되어 할아버지에게 걸맞은 본래의 모습으로 돌아간 것이라고 느꼈다. 피에테 노인이 머리를 절레절레 흔들며 울었고, 한스도 아버지나 어머니가 돌아가셨을 때처럼 눈물을 흘렸지만, 할아버지가 그렇게 본래의 모습으로 돌아간 것은 기쁜 일이었다.

이렇듯 그토록 어린 시절에, 그토록 짧은 기간 동안 세 번의 죽음을 경험함으로써, 소년의 정신과 감각, 특히 감각은 큰 영향을 받았다. 죽음을 바라본다는 것이 그에게 더 이상 이상한 것이 아니라 친숙한 일이 된 것이다. 세 번째 맞이한 죽음 앞에서, 비록 앞의 두 번째처럼 막연히 슬픔을 내보이기는 했지만, 소년은 침착했으며 결코 불안해하거나 약한 모습을 보이지 않았다.

죽음 앞에서 한스가 보인 태도를 몇 마디 말로 정리해서 말하자면 다음과 같을 것이다.

어떤 면에서 죽음에는 거룩하고 명상적이며 정신적인 면이 있어 슬프고도 아름답다. 하지만 다른 면에서 보면 전혀 다르며 정반대이다. 그것은 육체적이고 물질적이어서 거룩하거나 명상적이거나 아름답지 않으며 심지어 슬프지도 않다.

시신이 누워 있는 관을 장식하고 있는 꽃과 종려나무 가지, 고인이 된 할아버지 손가락 사이에 놓인 십자가, 관의 머리맡에 놓여 있는 그리스도 상, 그 옆에 놓여 있는 촛대들은 죽음의 장엄하고 정신적인 모습을 보여주었고, 할아버지가 이제 영원히 본래의 모습으로 돌아갔음을 증명해주었다.

하지만 할아버지의 죽음 앞에서 한스는 또 다른 느낌에 사로잡혀 있었다. 어린 한스에게 관 속에 누워 있는 사람은 실제 할아버지가 아니라 실물 크기로 만들어진 밀랍 인형과 같았고, 그래서 너무 낯설었다. 홀에 누워 있는 사람, 아니 더 정확하게 말해서 홀에 누워 있는 물질은 할아버지 자신이 아니라 하나의 껍질이었다. 그래서 그는 아무런 슬픔도 느끼지 못했다. 육체와 관련된 것, 오로지 육체와만 관련된 것이 슬프지 않은 것과 마찬가지였다.

어린 한스 카스토르프는 실물 크기로 죽음의 형상을 이루고 있는 물질, 치즈처럼 굳은 물질, 즉 이전의 할아버지의 얼굴과 손을 바라보았다. 그때였다. 파리 한 마리가 할아버지 이마에 앉아 긴 주둥이를 위아래로 움직이기 시작했다. 피에테 노인은 엄숙하고도 음울한 표정으로 파리를 쫓아버렸다. 파리는 홀 안을 빙빙 날아다니다가 이번에는 할아버지의 손가락 사이에 살그머니 내려앉았다. 그러자 한스 카스토르프는 갑자기 역겨운 냄새가 코끝에 풍기는 것 같았다. 홀을 떠도는 만향옥 향기가 아무리 강해도 그 냄새를 없앨 수는 없었다.

이윽고 장례식이 거행되었고, 한스 카스토르프의 삶에서의 한 시기가 막을 내렸으며 그는 새로운 집과 환경으로 옮겨가게 되었다. 어린 시절에 벌써 두 번이나 겪게 된 일이었다.

### 티나펠의 집에서 : 젊은 한스의 정신적 상태에 대하여

환경 변화가 한스에게 해로울 것은 없었다. 그의 법정 후견 인인 티나펠 영사의 집으로 들어가 아쉬울 것 없이 지낼 수 있 었기 때문이었다. 한스의 어머니의 삼촌인 티나펠 영사가 한스 카스토르프가 물려받은 유산을 관리했다. 그는 물려받은 부동 산을 처분하고 무역업을 하던 '카스토르프 부자 상회'도 청산 하여 모두 40만 마르크의 돈을 한스의 재산으로 마련한 것이 다. 티나펠 영사는 그 돈을 안전한 채권에 투자해서 매 분기 초 에 나오는 이자의 2퍼센트를, 친척으로서의 감정을 무시한 채 꼬박꼬박 챙겼다. 티나펠의 두 아들 중 맏아들 페테는 해군 복 무 중이어서 집에 거의 없었고 또 한 명의 아들인 제임스는 아 버지의 포도주 상회를 돕고 있었다. 티나펠의 아내는 세상을 떠났고 살림은 금 세공사의 딸인 살렌이 돌보고 있었다. 살렌은 어린 한스를 위해 어머니 역할을 충실히 수행했다.

한스 카스토르프는 고약한 날씨, 즉 바람과 물안개 속에서 자랐다. 말하자면 누런 방수 외투를 입고 자란 셈이었지만, 전반적으로는 무럭무럭 잘 자랐다고 할 수 있다. 그는 원래부터 빈혈기가 좀 있어서 하이데킨트 박사는 학교를 끝내고 돌아와 식사를 할 때면 늘 흑맥주를 한 잔씩 마시라고 조언했다. 누구나 알고 있듯이 흑맥주는 건강 음료였기에 하이데킨트 박사는 그것이 조혈 작용을 한다고 말했다. 흑맥주는 분명 카스토르프의 정신을 누그러뜨리는 효과를 발휘했다. 흑맥주는 티나펠 영사 말대로 '멍하니 있는 버릇', 즉 입을 벌린 채 아무 생각 없이 멍하니 몽상에 잠기는 한스의 버릇을 촉진시켜주었던 것이다.

하지만 그 외에는 모든 게 정상이었다. 그는 테니스도 곧잘 쳤으며 보트 타기도 즐겼다. 하지만 직접 노를 잡기보다는 여름밤에 나룻배 빌리는 집 테라스에 앉아 음악을 듣고 맛있는 음료를 마시며 불을 밝힌 보트들과 보트들 사이 알록달록한 불빛 위를 떠다니는 백조를 바라보는 것을 더 좋아했다. 그의 그런 모습은 전형적인 이곳 토박이의 모습이었다. 그는 자주 항구로 나가 분주한 그곳의 모습을 지켜보았다. 그는 국제 무역으로 풍요로움이 넘치는 항구 도시의 분위기에 젖어, 자신이 고향에 소속되어 있다는 아늑한 감정에 젖곤 했다. 그리고 일요일 오전, 제임스 티나펠이나 사촌 요아힘 침센과 함께 알스터 호수 정자에 앉아 포르투갈산 적포도주를 곁들여 훈제 고기와 빵을 먹을 때면, 또한 식사 후 아스라한 기분으로 시가를 피울 때면 그 느낌은 최고조에 달했다. 그는 순수한 함부르크 토종들이 그렇듯 마치 어머니의 젖가슴에 매달리듯 인생의 온갖 즐거움에 탐닉했다.

한스 카스토르프는 천재도 아니고 바보도 아니었다. 하지만 우리는 그에 대해 '평범한'이라는 단어를 사용하지 않겠다. 그 단어가 그의 지성과 어울리지 않기 때문이며 그의 순박한 성품과도 관계가 없기 때문이다. 그리고 우리는 그의 운명을 존중하며 그 존중심에 대해 개인적인 차원을 넘어서는 중요성을 부여하고 있기 때문이다. 그의 머리 성노라면 별로 애쓰지 않고도 레알-김나지움에 들어갈 수 있었다. 하지만 그 어떤 상황에서건, 해야 할 일이 어떤 것이건 그는 결코 애를 쓰는 스타일이 아니었다. 노력하는 게 힘들기 때문이 아니라 그럴 이유를 별로 느끼지 않기 때문이었다. 혹은, 보다 정확히 말한다면 노력해야 할 그럴 듯한 이유를 찾을 수 없던 때문이었다. 자신에게 그런 이유가 결여되어 있음을 그가 어떤 식으로건 의식하고 있었기에 우리는 그를 평범하다고 부를 수 없는 것인지도 모른다.

인간은 한 개인으로서의 자신의 삶을 살아갈 뿐 아니라 의식적이건 무의식적이건 그 시대, 혹은 그 시대를 사는 사람들의 삶도 살아간다. 한 개인은 우리의 선량한 한스 카스토르프처럼 자기 실존에 대한 '일반적이고도 비개인적인 토대'가 이미 자명하게 확립되어 있다고 생각하고 그에 대해 비판적인 태도를 갖지 않는다. 하지만 그럼에도 불구하고 자기 시대에 무언가 결함이 있음을 의식하고 그것이 자신의 정신 건강에 해가 된다고 느낄 수도 있다. 온갖 종류의 개인적 목표와 목적, 희망과 전망들이 개인의 눈앞에 떠다니고 있으며 그로부터 한 개인은 야망과 성취욕을 고취시킬 수 있게 된다.

그런데 한 개인을 둘러싸고 있는 삶, 자신이 살아가고 있는 시대가 외견상으로는 활기를 띠고 있는 것 같으면서도 그의 열망을 자극할 만한 양식(糧食)을 바탕으로 지니고 있지 않다면? 그가 개인적으로 자기 시대가 희망도 없으며 전망도 없고 무기력한 채, 인간이 의식적으로든 무의식적으로든 던지고 있는, 또한 던질 수밖에 없는 질문에 공허한 침묵으로 일관하고 있다고 생각하고 있다면? 그러면서도 그 개인이 자신의 모든 노력과 활동에 대해 궁극적이고 절대적이며 관념적인 질문을 계속 던지고 있다면?

그런 경우 그 개인의 인격에 장애가 올 수밖에 없으며 그 사람의 성격이 올곧으면 올곧을수록 필연적으로 더 그렇게 될 수밖에 없다. 정신적이고 윤리적인 영역에 일종의 마비가 나타나고 그 마비 작용이 그 영역 너머 육체적이고 유기적인 부분까지 번질지도 모른다. "왜?", "무슨 목적으로?"라는 영원한 질문에 대해 만족스러운 대답을 주지 못하는 시대에 살면서 여전히 현재 평균적으로 주어져 있는 한도 너머의 일을 성취하고자 하는 사람이라면, 영웅에게 어울림직한 정신적 고독과 단호함이 필요하고 그것이 아니라면 식을 줄 모르는 활력이 필요하다. 우리의 한스 카스토르프에게는 그 두 가지 모두 없었으니 어찌 보면 그는 평범하다고 볼 수도 있다. 물론 그 경우 '평범함'이라는 표현에 우리는 온갖 좋은 의미를 다 부여해야만 하리라.

우리가 지금 말하고 있는 한스의 정신 상태는 그의 학창 시절에 국한되는 것이 아니라 나중에 직업을 택한 이후의 시절에도 해당된다. 학창 시절 그는 상급 학년이 되어서도 자기가 진정으로 하고 싶은 것이 무엇인지 알지 못했다. 그리고 진로가 정해진 다음에도 다른 것을 택하는 것이 더 낫지 않을까 하는 생각을 하곤 했다.

그런 한스 카스토르프에게 티나펠 영사는 가끔 이렇게 말하곤 했다.

"네게는 그렇게 재산이 많지 않아. 내 재산은 페터와 제임스가 물려받을 거야. 네 유산은 안전한 곳에 투자했고 이자가 착실히 들어오고 있어. 하지만 재산이 네 것의 다섯 배 정도가 되지 않는 한 이자 소득은 대단할 게 없어. 네가 이곳에서 그럴듯한 사람 행세를 하려면 웬만큼 더 벌지 않으면 안 돼. 얘야, 내 말을 명심해야 한다."

한스 카스토르프는 그 말을 명심했다. 그는 자신이나 주변 사람들에게 적합하게 보일 만한 일자리를 찾았다. 그리고 툰더 운트 빌름스 회사에 취직했으며 자기 일에 만족했고 그 일을 존중했다. 심지어 자기 일에 대한 그의 존경심은 거의 종교적이었다. 하지만 그가 일을 사랑하는가, 아닌가 하는 것은 전혀 다른 문제였다. 그는 자신의 일을 존중하고 존경했지만 사랑하지는 않았다. 그 이유는 단순했다. 일이 자신에게 맞지 않았던 것이다. 자신에게 맞지 않는 일을 하자니 그는 금세 피곤해지고 지쳤다. 그는 일에서 벗어나 홀가분하고 자유롭게 지내는 시간을 자신이 더 사랑한다고 솔직하게 인정하고 있었다. 일에 대한 이런 이중적인 태도는 사실, 조속히 해결해야만 하는 문제였고, 다시 그가 과연 평범한 인간인가, 아니면 평범함 너머의 인간인가 하는 문제를 우리에게 제기하고 있지만 간단하게 대답하고 싶지는 않다. 우리가 마치 한스 카스토르프의 찬미자처럼 여겨지고 싶지 않기 때문이며 또한 다른 생각의 여지를 남겨두고 싶기 때문이다. 말하자면 그의 일이 그가 좋아하는 시가인 마리아 만치니에 취하는 그의 즐거움에 방해가 된다는 식의 관점 같은 것 말이다.

어쨌든 그는 엔지니어였고, 신참 조선 기사였다. 사람들은 그가 나중에 정치에서 한몫을 담당할 것이라고 여기며 그에게 주목했지만 그런 점에 대해 한스 카스토르프는 백지상태였다고 말하는 것이 옳을 것이다.

우리가 여행길에 오른 한스 카스토르프를 만났을 때 그의 나이는 스물세 살이었다. 그는 단치히 공과 내학에서 네 힉기의 학업을 마치고 브라운슈바이크와 카를스루에 공과 대학에서 또 네 학기를 보낸 뒤였다. 성적이 팡파르를 울리게 할 만큼 뛰어나지는 않았지만 그래도 첫 번째 본 시험에 합격해서 툰더 운트 빌름스 회사에 견습 엔지니어로 입사해 그 회사 조선소에서 실습 훈련을 받을 작정이었다.

그가 본 시험을 통과한 뒤 집으로 돌아왔을 때 그는 평소보다 기운이 없어 보였다. 시험 통과를 위해 열심히 공부한 때문이었다. 그를 본 하이데킨트 박사는 그를 꾸짖으며 그에게 신선한 공기가 필요하다고, 그것도 철저한 공기의 변화가 필요하다고 말했다. 조선소에 입사하기 전에 2~3주 정도 고산 지대에서 지낼 필요가 있다는 것이었다.

마침 한스의 사촌인 요아힘 침센이 폐결핵이 심해서 다보스에서 요양 중이었다. 요아힘은 가족의 소망에 따라 법학을 두세 학기 공부했지만 자신의 충동을 억누를 수 없어 도중에 진로를 바꾸었다. 즉 사관후보생에 지원하여 이미 선발이 된 상태였던 것이다. 자신의 소망이 이루어지려는 순간 요양지로 떠나야만 했기에 요아힘의 슬픔과 고통은 이루 말할 수 없을 정도였다.

그는 이미 베르크호프 국제 요양원에서 5개월 이상 지내고 있었다. 그는 우편엽서에서 죽을 정도로 따분하다고 썼다. 그러니 한스 카스토르프가 조선 회사에 입사하기 전에 요양을 해야만 한다면 베르크호프 요양원으로 가서 사촌의 말동무가 되어 주는 것은 너무나 당연한 일이었다.

한스가 그곳으로 가기로 결심한 것은 7월 말경 한여름이었다. 그는 3주 예정으로 여행길에 올랐다.

제2장

# 제3장

## 아침 식사

한스 카스토르프는 너무 피곤했기에 늦잠이나 자지 않을까 걱정했다. 하지만 오히려 평소보다 일찍 일어났고, 아침 세면 습관을 충실히 이행할 수 있는 시간이 충분했다.

그는 은도금한 면도기로 수염을 깎으며 간밤에 꾼 어지러운 꿈에 대해 생각해보았다. 그러고는 이성이라는 밝은 빛을 받으며 면도를 하고 있는 자가 가질 수 있는 우월감으로 그런 말도 안 되는 꿈에 대해 너그럽게 머리를 흔들었다. 푹 쉬었다는 느낌은 없었지만 아침의 신선함은 충분히 느끼고 있었다.

그는 뺨에 파우더를 바른 다음 반바지를 입고 발코니로 나갔다. 서늘하고 흐린 아침이었다. 좌우 언덕에 안개가 길게 뻗어 있었고, 멀리 산봉우리에는 묵직한 구름 덩어리들이 드리워져 있었다. 여기저기 푸른 하늘이 마치 띠처럼 언뜻 눈에 띄기도 했으며 그럴 때면 계곡 아래 마을이 하얗게 반짝이듯 모습을 드러냈다.

저 아래쪽으로는 어제 그가 마차를 타고 올라온 구불구불한 길이 보였다. 산비탈에는 별 모양의 용담 꽃들이 젖은 풀들 사이에 피어 있었다. 눈길을 바로 아래로 향하자 요양원 정원이 보였고 여자 한 명이 정원을 거닐고 있는 모습이 보였다. 머리부터 발끝까지 온통 검은 옷을 입고 머리에 검은 베일을 두른, 주름이 자글자글한 여자였다. 얼굴은 온통 우수에 잠겨 있어 아침부터 그런 얼굴을 보는 것은 결코 유쾌한 일이 아니었다. 하지만 그는 동정 어린 표정으로 그녀를 내려다보았다.

그런데 이번에는 남녀가 내지르는 이상한 소리가 들렸다. 요아힘의 말대로라면 러시아인 부부가 묵고 있다는 방에서 나오는 소리였다. 밝고 상쾌한 아침에 어울리지 않는 이상하게 끈적끈적한 소리였기에 마치 아침을 더럽히는 것 같았다. 한스는 어젯밤에도 그런 소리를 들은 것이 기억났지만 그때는 너무 피곤해서 그대로 잠에 빠져들었다. 마치 레슬링을 하듯 서로

뒹굴며 킥킥거리는 소리였다.

그는 그 소리를 피하기 위해 방으로 들어왔다. 그런데 막상 방으로 들어오니 벽 저쪽에서 벌이는 짓이 더욱 또렷하게 들려왔다. 완전히 동물적인 행위였다. 그는 당황해서 볼이 빨개졌다. 그는 옆방에서 나는 소리를 막으려는 듯 일부러 요란한 소리를 내며 몸치장을 끝내고는 생각했다.

'그래, 둘은 부부라잖은가. 그러니 별로 문제 될 것 없어. 하지만 밝은 아침부터 그 짓이라니, 이건 좀 심하잖아. 분명 어젯밤에도 그랬는데……. 물론 둘 다이거나 둘 중 한 명은 아픈 게 틀림없어. 그렇지 않다면 이곳에 있을 리가 없지. 그러니 좀 눈감아 줄 수도 있어. 하지만 벽이 이렇게 얇아서 무슨 소리든 다 들리는 건 참을 수 없어. 도대체 이렇게 날림으로 건물을 짓다니!'

그러자 갑자기 뺨이 화끈거렸다. 어젯밤에도 화끈거리는 바람에 고생을 하다가 잠을 잔 후 좀 괜찮아졌는데 지금 또다시 증세가 시작된 것이다. 게다가 일시적인 현상이 아니라 계속될 것처럼 느껴졌다. 그러자 옆방 부부를 향해 품었던 너그러운 마음이 사라지고 입에서 중얼중얼 비난의 말이 쏟아졌다. 이어서 그는 너무 찬물로 세수하는 실수를 저질렀고 상황은 더 악화되었다. 볼이 더 달아오른 것이다. 그는 짜증이 났다. 그래서 사촌이 문을 두드렸을 때 별로 기분 좋지 않은 목소리로 대답했으며 요아힘이 문을 열고 들어왔을 때 잠을 푹 자서 원기를 회복한 사람의 모습을 보여주지 못했다.

"잘 잤어?" 방으로 들어오며 요아힘이 말했다. "이 위에서 첫날 밤을 지냈군. 그래, 어땠어?"

그는 외출 차림으로 운동복을 입고 튼튼한 장화를 신고 있었으며 방한 외투를 팔에 걸치고 있었다. 외투 주머니에는 납작한 병이 들어 있는지 주머니가 볼록했다. 그는 어제와 마찬가지로 모자를 쓰지 않고 있었다.

"고마워." 한스가 대답했다. "그럭저럭. 아직은 뭐라고 해야 할지 모르겠어. 뭔가 뒤죽박죽인 꿈을 꿨어. 그리고 이 건물은 방음이 잘 안 되는 것 같아. 옆방 소리가 직접 다 들려. 그런데 검은 옷을 입고 아침부터 정원을 서성대는 여자는 누구야?"

"아, '둘 다(tout les deux)'를 말하는군. 이곳에서는 누구나 그녀를 그렇게 불러. 그녀 입에서 나오는 말이라고는 그것밖에 없으니까. 멕시코 여자인데 독일어는 하나도 모르고 불어도 마찬가지야. 그저 한두 마디 할 수 있을 뿐이지. 큰아들을 보려고 이곳에 온 지 5주일이 지났어. 가망이 없나 봐. 그런데 2주 전에 둘째 아들이 형을 만나러 왔어. 형제 둘 다 정말 아주 잘생겼어.

그런데 여기 오기 전까지는 기침만 약간 했을 뿐 그렇게 건강하던 둘째 아들이 이곳에 오자마자 열이 39.5도까지 오른 거야. 곧바로 병상에 누웠지. 베렌스는 저런 상태에서 회복이 된다면 그런 기적도 없을 거라고 말했지. 그때부터 그 여자는 저렇게 돌아다니고 있어. 누가 말이라도 걸면 불어로 '둘 다'라는 말밖에는 안 해. 할 말이 하나도 없으니 말이야. 이곳에서는 스페인어를 할 줄 아는 사람이 하나도 없거든. 자, 이제 아침 식사하러 가지."

"그래, 난 준비가 되었으니 자네만 괜찮다면 우리 '둘 다(tout les deux)' 식사하러 가지."

한스는 아무 생각 없이 농담을 던졌지만 요아힘은 그를 부드러운 눈길로 바라보면서도 우울과 조롱기가 담긴 웃음을 지었을 뿐이었다. 요아힘으로서는 달리 자신을 표현할 방법이 없는 것 같았다.

두 사람은 밖으로 나와 계단을 내려갔다. 복도를 걸으며 요아힘은 이 방, 저 방 문들을 가리키며 환자들의 이름을 알려주고 그들의 성격과 앓고 있는 병에 대해 간단한 설명을 덧붙였다. 가는 도중 한스는 요아힘의 이야기를 통해 러시아 부부 중 환자는 남편이라는 것을 알았다. 두 사람은 이런저런 이야기를 나누며 천장이 낮고 둥그런 식당으로 들어갔다. 사람들이 떠드는 소리가 들렸으며 식기 소리가 요란했고 여종업원들이 김이 모락모락 나는 주전자를 들고 바삐 왔다 갔다 하고 있었다.

식당에는 모두 일곱 개의 식탁이 있었는데 두 개를 제외하고는 모두 세로 방향으로 놓여 있었다. 한 식탁에 열 명씩 앉을 수 있는 꽤 큰 식당이었다. 그들은 식당을 가로질러 몇 발자국 걸어 들어가 한 식탁 앞에 멈추었다. 한스는 요아힘이 소개해 준 사람들에게 공손하게 인사했지만 그들의 이름은 머리에 들어오지 않았고, 누구의 얼굴 하나 제대로 보지 않았다.

식탁에는 잼과 꿀이 들어 있는 단지와 밥과 오트밀 죽이 들어 있는 주발, 찬 고기와 계란 스크램블이 놓인 접시가 있었다. 버터도 풍성했으며 유리 뚜껑 안에는 스위스산 치즈도 있었다. 이 외에도 신선한 과일이 담긴 접시가 식탁 한가운데 놓여 있었다.

자리를 잡고 앉자 여종업원이 다가와 카카오, 커피, 홍차 중에 무엇을 마시겠느냐고 물었다. 한스는 그녀의 키가 어린아이처럼 너무 작은 것을 보고 깜짝 놀랐다. 하지만 길쭉한 얼굴은 나이 들어 보였다. 그는 사촌을 쳐다보았지만 요아힘은 마치 '뭐, 어때서?'라는 듯 어깨를 으쓱하며 눈을 찡긋했을 뿐이었다.

한스 카스토르프의 오른편에는 볼이 약간 상기된 볼품없는 여자가 검은 옷을 입고 앉아 있었다. 또한 그의 왼쪽에도 나이가 들고 아주 못생긴 영국 여자가 앉아 있었다. 그녀 옆자리에 요아힘이 앉아 있었고 요아힘 옆에는 한눈에도 교양이 없음을 알 수 있는 슈퇴어 부인이 앉아 있었다. 그녀 옆에는 콧수염을 기른 젊은이가 앉아 말 한마디 없이 식사를 하고 있었다.

요아힘은 슈퇴어 부인과 의례적인 대화를 나누었다. 그녀는 요아힘에게 "너무 기운이 없어요"라고 말했다. 점잖은 말투였지만 교양이 없어 보이기는 마찬가지였다.

지난밤 꿈자리도 뒤숭숭했겠다, 한스는 식당에서 뭔가 기분 나쁜 인상을 받지나 않을까 약간 두려웠었다. 하지만 식당 안 분위기는 밝고 활기가 있어 고통 받고 있는 장소에 있다는 느낌을 주지 않았다. 한스는 말하자면, 기분 좋은 실망감 같은 것을 맛보았다.

식사를 마친 뒤 요아힘이 식탁에 앉은 사람들에게 의사들이 벌써 왔다갔느냐고 물었다. 그러자 누군가가 의사들이 이미 왔었고 그들이 들어오기 바로 직전에 나갔다고 대답했다. 요아힘은 그렇다면 기다릴 필요가 없으리라고 생각했다. '오늘 중으로 소개할 기회가 있겠지'라는 생각이었다. 그런데 그들이 식당 문을 나서려는 순간 크로코브스키 박사를 대동하고 빠른 걸음으로 식당으로 들어오던 요양원장 베렌스와 하마터면 부딪칠 뻔했다.

요아힘은 재빨리 한스를 소개했다. 그러자 베렌스가 말했다.

"아, 바로 당신이로군요. 만나서 반갑습니다."

베렌스가 손을 내밀었는데 마치 삽처럼 큰 손이었고 키도 크로코브스키보다 머리 셋 정도는 더 커 보였다. 뼈대가 굵은 사람이었으며 머리는 이미 거의 백발이었고 목덜미가 불거져 나와 있었으며 툭 튀어나온 충혈된 푸른 눈에는 눈물이 고여 있었다. 그리고 요아힘이 말한 대로 볼은 정말로 푸른빛을 띠고 있었는데 입고 있는 흰 가운 때문에 더 푸르게 보였다. 그는 크로코브스키와 마찬가지로 수술복을 입고 있었다. 크로코브스키 박사는 자신이 조수에 불과하다는 것을 여실히 보여주는 식으로 처신했다. 그는 세 사람이 인사를 나누는 자리에 전혀 끼어들지 않았지만 그의 꽉 다문 입술은 조수로서의 자신의 처지에 대해 뭔가 불만을 느끼고 있음을 여실히 보여주고 있었다.

"사촌 간이라고 했지요?" 원장은 손으로 두 청년을 번갈아 가리키며 말했다. 이어서 그가 턱으로 한스를 가리키며 요아힘에게 물었다.

"그렇다면 이분도 당신처럼 군대에 가려 하나요?"

이어서 그는 요아힘의 대답도 기다리지 않은 채 직접 한스에게 말했다.

"그럴 리가! 안 그래요? 척 보면 알 수 있어요. 당신은 속인(俗人)입니다. 당신에게서는 민간인 냄새가 나고 칼을 찰랑거리는 이 친구보다는 마음 편한 구석이 있어요. 당신은 이 친구보다 좋은 환자가 될 겁니다. 내기를 해도 좋아요. 사람들을 척 보기만 해도 나는 그가 좋은 환자가 될 건지 아닌지 알아볼 수 있다니까. 모든 일이 다 그렇듯 환자가 되는 데도 재능이 필요해요. 그런데 이 친구는 그런 재능이 조금도 없단 말이야. 군사 훈련이야 내 알 바 아니지만, 환자 생활에는 재능이 없다 이겁니다. 매일 달아날 궁리만 하다니! 도대체 나를 늘 얼마나 괴롭히는지! 이곳에 반년도 있으려 하지 않는다니! 여기가 얼마나 좋은 곳인지 어디 침센 군이 직접 말해보시지. 하지만 당신 사촌은 당신보다 훨씬 분별력이 있을 거야. 이곳 생활을 즐길 줄 알거라고. 그런데 당신 안색이 영 좋지 않군요. 생명의 황금나무야 초록빛이면 좋겠지만 초록빛 안색은 좋을 게 없어요. 완전히 빈혈이에요."

그는 그 말과 함께 갑자기 한스에게 다가가서 집게손가락과 엄지손가락으로 한스의 눈꺼풀을 뒤집었다. 그리고 계속 말을 이었다.

"맞아! 완전 빈혈이야! 내가 말한 대로야. 당신을 잠시 함부르크로부터 떠나 있게 한 건 정말 잘한 겁니다. 그 습기 때문에 우리에게 매년 꽤 좋은 사람들을 보내주니 함부르크는 우리에게 정말 고마운 곳이지요. 이 기회에 당신에게 충고 하나 하지요. 완전히 공짜로 해주는 건데……, 당신이 여기 있는 동안 당신 사촌이 하는 행동을 그대로 따라 해요. 마치 당신도 폐결핵을 앓는 것처럼 생활하면서 단백질 섭취를 줄이라 이 말입니다. 이곳에서는 단백질 신진대사가 정상이 아니라서 몸에 축적되니까요. 그런데 잠은 잘 잤나요, 침센 군? 푹 잘 잤다고요? 그렇다면 산책을 나가세요. 하지만 30분 이상은 안 됩니다. 돌아와서 수은 시가를 입에 물도록 해요. 그 결과를 꼭 기록하고. 그리고 당신 사촌도 당신처럼 주기적으로 체온을 재도록 해요. 체온을 재는 일은 절대로 몸에 해롭지 않으니까. 자, 두 사람 다 이만……. 즐겁게 지내기를……. 안녕……."

베렌스는 마치 노를 젓듯 손바닥을 뒤로 한 채 양팔을 흔들며 걸어갔고 그 뒤를 크로코브스키 박사가 따랐다. 그는 걸어가면서 좌우의 사람들에게 잘 잤느냐고 물었고 모두 그렇다고 대답했다.

제3장

**67**

## 농담, 임종 영성체, 중단된 웃음

"아주 멋진 양반이야." 한스는 수위실에서 다리를 저는 수위와 정겨운 인사를 나눈 뒤 사촌과 함께 현관을 나서며 말했다. 현관은 흰 건물 남서쪽에 있었다. 현관을 나서면 울타리를 두른 정원을 거치지 않고 곧바로 밖으로 나올 수 있었으며 꽤 큰 가문비나무와 잣나무가 자라고 있는 가파른 산지 초원이 바로 보였다. 둘은 건물 뒤쪽의 부엌과 사무국을 지나 왼쪽으로 나 있는 오르막길로 접어들었다. 산책로에는 그들만 있는 것이 아니었다. 식사를 마친 사람들이 그들의 뒤를 따르고 있었고, 이미 산책을 마치고 돌아오는 무리들도 있었다.

"아주 멋진 양반이야." 한스가 되풀이 했다. "말하는 게 너무 재미있어. 체온계를 수은 시가라고 밀히디니! 난 금방 알아들었어. 그런데 진짜 담배를 피워야겠어. 더 이상 못 참겠어. 어제 점심 이후로 제대로 피우질 못했거든. 잠깐 실례하겠네."

그는 자기 이름 머리글자가 은으로 새겨진 자동차 모양의 가죽 주머니에서 마리아 만치니 한 개비를 꺼냈다. 최고급 시가로서 한쪽 끝이 납작한 것이 특징이었고 한스는 바로 그 점을 더욱 마음에 들어 했다. 그는 시곗줄에 달린 작은 칼로 시가 끝을 자르고는 라이터를 켠 다음 시가에 불을 붙였다.

"자, 이제 산책을 계속하지. 너는 담배를 피우지 않겠지? 정말 고집이 대단해."

그러자 요아힘이 대답했다.

"이제까지 담배를 피우지 않았는데 새삼스레 여기서 피울 이유는 없잖아."

"난 그걸 이해 못 하겠어. 어떻게 담배를 피우지 않을 수 있다는 건지 이해할 수가 없다니까. 인생의 가장 중요한 부분, 말하자면 인생 최고의 즐거움을 스스로 빼앗는 것과 마찬가지 아니야? 나는 아침에 일어날 때면, 오늘도 하루 종일 담배를 피울 수 있겠구나 하는 생각에 기분이 좋아져. 식사할 때도 식사후 담배 피울 생각에 흐뭇해진다니까. 좀 과장인지 모르겠지만 담배를 피우기 위해 무언가를 먹는다고까지 말할 수 있어. 담배 없는 하루? 얼마나 무미건조할까? 그런 날은 상상할 수도 없어. 오늘 담배를 못 피우겠구나, 생각하면 아침 잠자리에서 일어나지도 못할 거야. 시가를 물고 있으면 꼭 바닷가에 누워 있는 것처럼 태평해지고 아무런 부족함도 느끼지 못해. 다행히 담배는 이 세상 어디를 가든지 존재해. 담배를 피우지 않는 곳은 없어. 극지 탐험가도 담배는 충분히 준비해 간다고 하더군. 그런

글을 읽을 때마다 나는 공감 정도가 아니라 감동을 느낀다니까. 내가 어떤 비참한 상황에 처하더라도 담배만 남아 있다면 얼마든지 견뎌낼 수 있을 것 같아. 시가가 날 구해줄 거야."

그러자 요아힘이 말했다.

"어쨌든 그토록 담배에 의존하고 있다는 건 네가 나약하다는 뜻이야. 베렌스 말이 맞았어. 너는 정말 민간인이야. 베렌스는 뭔가 칭찬의 뜻으로 말했는지 모르지만 내가 보기에 너는 구제 불능의 민간인이야. 하지만 너는 건강하니까 뭐든 하고 싶은 대로 할 수 있겠지."

"맞아, 빈혈만 제외하면 건강하지. 베렌스가 내 얼굴이 녹색으로 보인다고 말한 건 정말 엄청나게 솔직한 표현이었어. 나 자신도 이 위에서 지내는 너 같은 사람들에 비해 내 얼굴이 정말 초록색으로 보인나는 걸 알아차렸다니까. 집에 있을 때는 전혀 몰랐는데 말이야. 그리고 그 공짜 충고를 그대로 따를 거야. 네 생활 방식을 그대로 따를게. 이 위에서 뭐 달리 도리가 있겠어? 그리고 난, 벌써 이 위에 사는 사람들에게 흥미를 갖기 시작했어. 그런데 이게 어찌 된 일이지? 담배가 왜 이렇게 맛이 없지?"

한스는 그 말을 하면서 자신이 피우던 시가를 바라보았다.

그가 계속 말을 이었다.

"위장이 완전히 상했을 때 먹는 음식 같아. 아침밥을 많이 먹어서 그런 건 아닐 텐데……. 밥을 많이 먹으면 담배 맛은 더 좋은 법이거든. 잠을 못 자서 그런가? 그래서 몸이 정상이 아닌지도 몰라. 어휴, 더 이상 못 피우겠네!"

그는 잠시 망설이다가 시가를 산비탈 아래 축축한 침엽수 사이로 던져버렸다.

그가 다시 입을 열어 요아힘에게 말했다.

"무슨 이유일까? 그래, 분명히 내 얼굴 열기와 관련이 있어. 오늘 아침에도 볼이 화끈거려 애를 먹었거든. 너도 여기 도착했을 때 그랬어?"

"나도 그랬어. 나도 처음에는 이상했어. 하지만 뭐 심각하게 생각할 거 없어. 이 위 생활에 익숙해지는 게 쉽지 않다고 내가 말했잖아. 조금 지나면 좋아질 거야. 아, 저기 벤치가 좋아 보이네. 저기 좀 앉았다가 집으로 돌아가도록 하자. 가서 치료를 받아야 하거든."

두 사람은 가파른 산 절벽에 놓인 벤치에 앉았다. 요아힘은 사촌에게 구름에 덮인 알프스 봉우리 이름을 가르쳐주려 했다. 하지만 한스는 잠시 그쪽으로 눈을 돌렸을 뿐 지팡이 끝으로

땅 위에 뭔가 그림을 그리면서 다른 것을 물었다.

"네게 물어보려던 것이 있어. 내가 오기 직전에 내 방에 있던 환자가 죽었다고 했지? 그 외에도 네가 이곳에 온 이후 죽은 사람들이 많아?"

"응, 몇 명 될 거야. 하지만 매우 은밀하게 처리가 돼. 아무도 그에 관한 이야기는 들을 수 없어. 나중에 우연히 알게 될 뿐이지. 누군가 죽으면 극비리에 처리해버려. 다른 환자들, 특히 여성 환자들을 고려해서야. 쉽게 쇼크에 빠질지도 모르니까. 누가 옆방에서 죽어도 알 수가 없어. 이른 새벽에 관을 들여놓고 때맞춰서, 그러니까 식사를 하는 동안 실어 나르거든."

"그렇군." 한스는 여전히 지팡이로 그림을 그리며 말했다. "알겠어. 그러니까 그런 일은 무대 뒤에서 진행된다 이거로군."

"맞아. 대부분의 경우는……. 하지만 최근에는……, 가만있자, 한 8주 전쯤 일일 거야."

"그렇다면 최근이라고 하면 안 되지." 한스가 분명하게 지적했다.

"뭐야? 그래, 최근은 아니지. 너 정말 정확하구나. 그냥 어림잡아 말했을 뿐인데. 어쨌든 내가 그 무대 뒤를 보게 된 거야. 정말 우연이었지. 마치 오늘 일어난 일처럼 생생해. 바르바라

후유즈라는 소녀에게 임종 영성체를 줄 때의 일이었어. 그 소녀는 가톨릭이었지. 내가 이곳에 처음 왔을 때만 해도 얼마나 자유롭게 뛰어놀았는지 몰라. 말괄량이라고 할 정도였어. 그런데 갑자기 병이 악화되어서 자리에서 일어나지 못했어. 내 방 옆 세 번째 방이었어. 그날, 부모가 달려왔고 신부도 왔어. 모두가 차를 마시러 갈 오후 시간이었고 복도에는 아무도 없었어. 그런데 내가 정오 안정 요양을 하다가 잠이 들었는데 차 마시러 갈 시간이 되었다는 종소리를 듣지 못한 거야. 그래서 15분 정도 지각을 하게 되었고 결정적인 순간에 사람들이 있어야 하는 곳에 있지 못하게 된 거지. 그리고 네 표현대로 무대 뒤를 보게 된 거야.

내가 복도를 지나가는데 맞은편에서 신부 일행이 십자가를 앞에 세우고 걸어오더군. 모두 세 명이었어. 맨 앞에는 십자가를 든 사람, 바로 뒤에 안경 낀 신부, 맨 뒤에는 조그만 향로를 든 소년이 따라오고 있었지. 나는 복도 벽에 붙어 섰어. 이들이 내 앞을 지나갈 때 가볍게 목례를 했지. 그런데 일행이 소녀의 방인 28호실 앞에 왔을 때였어. 향로를 든 소년이 문을 열었고 신부가 먼저 방으로 들어갔어. 그때 내가 얼마나 놀랐고 내 기분이 어땠는지 넌 상상할 수도 없을 거야. 신부가 문지방에 발을 들여놓는 순간 방 안에서 비명 소리가 들린 거야. 마치 쇳소리 같았지. 너는 결코 그런 소리를 들어본 적이 없을 거야. 세 번인가 네 번인가 비명 소리가 들리더니 이번에는 울부짖는 소리가 들렸어. 애처로움과 공포와 항의가 섞여 있는 것 같은 그런 울부짖음이……. 암튼, 뭐라고 표현할 수가 없는 그런 울부짖음이었어. 그리고 중간중간 애걸조가 섞여 있는 것 같았어. 이윽고 그 소리가 마치 땅속으로 빠져 들어가 깊은 구덩이에서 울리는 것처럼 공허하고 희미하게 울렸어. 소리가 이불 속으로 기어들어 간 것 같았어. 신부와 복사 소년은 들어가지도 못하고 나오지도 못하고 어정쩡하게 서 있었어. 그래서 나는 방 안을 들여다 볼 수 있었지. 네 방이나 내 방하고 구조는 똑같았어. 침대는 입구 왼쪽 벽에 붙어 있었고 침대 머리맡에는 부모님들이 서 있었어. 침대 쪽을 향해 위로의 말을 던지고 있었지. 침대에는 형태가 없는 덩어리 같은 것이 보였는데 무섭도록 항의하면서 두 다리로 발버둥을 치고 있었어."

"발버둥을 쳤다고?"

"그래, 있는 힘을 다해서! 하지만 아무 소용이 없었지. 임종 영성체를 받아야만 했거든. 신부가 그 애에게 다가가고 두 사람이 따라 들어가자 이윽고 문이 닫혔어. 나는 문이 닫히기 직전에 흘낏 안을 들여다볼 수 있었어. 소녀의 머리가 순간적으로 이불 밖으로 삐져나오더군. 연한 금발이 엉망으로 헝클어진 채 두 눈을 부릅뜨고 신부를 응시하고 있었어. 그러더니 다시 울부짖으며 이불 속으로 파고들었어."

"그런데 너는 왜 그 이야기를 지금에서야 하는 거야?" 한스는 잠시 침묵을 지키다가 말했다. "왜 그 이야기를 어젯밤에 해주지 않은 거야? 어쨌든 그 애가 그렇게 저항한 걸 보면 아직 힘이 남아 있던 게 틀림없어. 기력이 다하기 전까지는 신부를 불러들이지 말아야 하잖아?"

"그 애는 분명 기력이 다했었어. 너무 할 말이 많아서 어떤 말을 골라서 해야 할지 모르겠네. 정말 기력이 다 떨어져 있었어. 다만 공포감이 그 애에게 힘을 준 거야. 자기가 죽어간다는 것을 알고 있었기에 그렇게 공포에 사로잡힌 거야. 어쨌든 그 애는 어린 소녀였잖아. 하긴 어른들도 가끔 그러기는 하지. 어른이 그러는 건 추하고 나약한 모습이긴 하지만. 어쨌든 베렌스는 그런 사람들을 다루는 방법을 잘 알고 있었어. 그런 경우에 가장 알맞은 말을 할 줄 알거든."

"어떤 말인데?"

"그러면 못써요'라고 말하는 거야. 최근에도 어떤 남자에게 그런 말을 해서 효과를 봤다더군. 수간호사에게 들은 이야기야. 그녀가 임종하는 남자를 꽉 잡고 있었는데 죽음이 임박하자 그 남자가 죽지 않겠다며 끔찍한 장면을 연출했나 봐. 그러자 베렌스가 '그러면 못써요'라고 호통을 쳤대. 그러자 환자는 금세 온순해지더니 조용히 눈을 감았대."

한스는 손으로 자신의 허벅다리를 치더니 벤치에 기대고는 하늘을 쳐다보며 소리쳤다.

"아무리 그렇더라도 그건 너무하는군. 죽어가는 사람을 그런 식으로 대하고 '그러면 못써요'라고 말하다니! 죽어가는 사람에게! 죽어가는 사람도 나름대로 소중한 게 있는 법이야. 그에게도 신성한 게 있는 거야."

"나도 그건 인정해. 하지만 그렇게 나약한 모습을 보이는 사람에게는……."

"아니야!" 한스가 격하게 사촌의 말에 반박했다. "죽어가는 사람은 이리저리 돌아다니며 실실 웃고 그럭저럭 돈을 벌고 세 끼나 먹고 지내는 상스러운 사람보다는 낫다고. 죽어가는 사람을 그런 식으로 대하면 안 돼!"

그 말을 하면서 그는 갑자기 웃음을 터뜨렸다. 어찌나 격렬하게 웃었는지 온몸을 심하게 뒤흔들었으며, 눈을 뜰 수 없을 정도였고 눈꺼풀 사이로 눈물이 비어져 나왔다.

"쉿!" 요아힘이 갑자기 주의를 주었다. "조용히 해."

그는 계속 웃고 있는 사촌의 옆구리를 찔렀다.

그때였다. 왼쪽 길에서 다가오는 사람이 있었다. 검은 콧수염을 멋지게 말아 올린 갈색 머리의 신사로서 밝은 줄무늬 바지를 입고 있었다. 그가 두 사람 앞으로 다가와 요아힘과 아침 인사를 나누더니 다리를 꼬고 지팡이에 의지한 채 요아힘 앞에 멈춰 섰다.


## 사탄


나이를 짐작하기 어려운 모습이었지만 서른과 마흔 사이의 외국인인 것은 틀림없었다. 대체로 젊다는 느낌을 주었지만 관자놀이 부근의 머리칼은 이미 희끗희끗했고 머리숱도 눈에 띌 만큼 적었다. 그는 연노랑 체크무늬 바지에 매우 긴 상의를 입고 있었다. 검은 넥타이는 낡았으며 커프스도 달고 있지 않았다.

옷차림은 허름했지만 한스는 그가 신사임을 알 수 있었다. 편안하고 매력적인 몸짓, 교양 있는 표정으로 보아 그가 신사라는 사실은 조금도 의심의 여지가 없었다. 요아힘이 벤치에서 일어나며 둘을 소개했다.

"제 사촌 한스 카스토르프입니다. 이분은 세템브리니 씨야."

한스도 인사를 하기 위해 밝은 표정으로 자리에서 일어났다. 그러자 그 이탈리아인은 두 사람에게 편하게 그대로 앉아 있으라고 공손하게 부탁했다. 둘이 자리에 앉자 그는 그들 앞에 선 채로 말했다.

"두 분 다 기분이 좋으신 모양이군요. 당연하지요. 화창한 아침이니까요! 하늘은 푸르고 태양은 웃고 있습니다."

그의 독일어 발음에는 외국인 악센트가 들어 있지 않았다. 하지만 오히려 발음이 너무 정확해서 그가 외국인이라는 것이 드러날 정도였다. 그의 입술은 말을 만든다는 것에 즐거움을 느끼는 듯해서 그가 하는 말을 듣고 있으면 기분이 좋았다.

"그래, 이곳으로의 여행은 즐거웠습니까?" 그가 고개를 돌리며 한스에게 말했다. "벌써 당신의 운명을 알고 있겠군요. 말하자면 첫 번째 진찰이라는 우울한 의식(儀式)이 행해졌느냐 이 말씀입니다."

그는 한스의 대답을 듣기 위해 질문한 것 같지 않았다. 그는 한스가 대답할 틈도 주지 않고 계속 말을 이었다.

"웃음 띤 당신의 모습을 보니 관대한 판결이 내려진 것 같군요. 우리의 미노스(그리스 신화에 나오는 크레타 섬의 왕. 사후 저승의 최고 심판관이 되었다-옮긴이 주)와 라다만토스(미노스의 형제로 역시 사후 저승의 심판관이 되었다-옮긴이 주)가 당신에게 몇 달을 부과했나요? 내가 한 번 맞춰볼까요? 여섯 달? 아니면 아홉 달? 아시다시피 이곳에서는 시간이 넘쳐나니까."

한스는 미노스와 라다만토스가 누구인지 기억해내려 애쓰면서 놀라는 한편 웃음을 지었다. 그가 비로소 입을 열어 대답했다.

"아니, 뭔가 오해하셨군요. 셉템……."

"세템브리니입니다." 이탈리아인은 익살스럽게 허리를 굽히며 자신의 이름을 정정해주었다.

"죄송합니다, 세템브리니 씨. 암튼 오해하셨습니다. 나는 아프지 않습니다. 2~3주 예정으로 사촌을 방문하러 온 것이고 이참에 휴양을 좀 하려는 것뿐입니다."

"네? 설마! 그렇다면 당신은 우리와 다른 사람이란 말입니까? 당신은 건강한데, 마치 지옥으로 찾아간 오디세우스처럼 이곳에 왔단 말입니까? 참으로 용감하십니다. 한가롭고 게으른 사자(死者)들이 우글거리는 이 심연으로 내려오시다니."

"심연으로 내려오다니요? 이곳에 오려고 1,500미터 이상을 올라왔는데요."

"그렇게 보일 뿐이지요. 그건 환상입니다." 그 이탈리아인은 단호하게 손을 흔들며 말했다. "우리는 모두 이곳에 깊이 빠져 있습니다. 안 그렇습니까, 소위님?" 그는 요아힘에게로 고개를 돌리며 말했다.

요아힘은 소위님이라는 호칭에 기분이 좋았지만 속마음을 숨기려고 애쓰며 신중하게 대답했다.

"우리는 모두 어느 정도 한쪽으로 치우쳐 있는 것 같습니다. 하지만 노력한다면 결국에는 다시 제정신을 차릴 수 있겠지요."

"당신은 훌륭한 사람이니까 언젠가는 그렇게 할 수 있겠지요." 이어서 이탈리아인은 다시 한스 쪽으로 고개를 돌리고 그를 빤히 쳐다보며 말했다.

"암튼 좋습니다. 그럼 여기에 얼마나 계실 삭성이십니까?"

"3주입니다." 한스는 그가 부러워하리라 생각하고 다소 의기양양하게 말했다.

"3주요? 3주 예정으로 왔다가 3주 후면 이곳을 떠난다고요? 소위님, 당치않은 말 같지 않나요? 이곳에 주(週)라는 단위는 없는 걸로 아는데……. 우리에게는 한 달이 최소 시간 단위입니다. 모든 걸 큰 단위로 계산하지요. 바로 우리 같은 그림자들이 지닌 특권입니다. 다른 특권들도 있지만 다 비슷합니다. 실례지만 저 아래 세상에서는 어떤 일을 하고 있습니까? 호기심 역시 우리들의 특권 중의 하나라서……."

"실례라니요? 별 말씀을……."

이어서 한스는 자신의 직업을 말해주었다.

"조선 기사라! 대단하십니다! 나 같은 사람은 다른 방면에 소질이 있어서……."

"세템브리니 씨는 문필가이셔." 요아힘이 왠지 약간 당혹스러워하면서 설명했다. "독일 신문에 카르두치(1906년 노벨상을 수상한 이탈리아의 고전주의 시인 ─ 옮긴이 주)의 추도사를 쓰셨어. 자네도 그 시인 알지?"

그러자 세템브리니가 말했다.

"맞습니다. 저는 그분의 제자입니다. 볼로냐에서 직접 가르침을 받기도 했지요. 제가 교양을 갖추게 된 것도, 명랑한 성격을 갖게 된 것도 다 그분 덕분입니다. 하지만 그보다 당신 이야기를 하지요. 조선 기사라고요? 정말 대단한 일을 하고 계십니다."

"하지만 저는 아직 학생입니다. 이제 막 시작하려는 참입니다."

"그러시겠지요. 하지만 시작이 반인 셈입니다. 그리고 그런 말을 들을 만한 일들은 대개 다 힘들고 중요한 일입니다."

"사실이지요. 하느님도 아시고 계시지요. 혹은 악마도 알고 있을 겁니다." 한스는 마음속에서 우러나오는 단어를 사용해 말했다.

"오, 자신의 감정을 확실히 보여주기 위해 악마라는 단어를 끌어들이다니! 진짜 살아 있는 악마, 사탄을 말씀하시는 겁니까? 나의 스승께서 악마 찬가를 쓰셨다는 걸 알고 계신가요?"

"죄송하지만, 악마한테 찬가를?"

"네, 바로 악마 찬가입니다. 우리나라에서는 축제 때마다 그 찬가를 부르곤 하지요. 하지만 우리가 찬양하는 악마는 당신이 생각하는 악마와는 다를 겁니다. 이 악마는 일과 아주 사이가 좋거든요. 당신이 생각하는 악마는 일을 두려워하고 싫어하는 악마겠지요. 사람들 말대로라면 새끼손가락 하나도 까딱하지 못하게 하는 그런 악마 말입니다."

세템브리니의 이야기들은 선량한 한스에게 야릇한 인상을 주었다. 그는 사촌을 빤히 쳐다보며 말했다.

"아, 세템브리니 씨, 제 말을 너무 액면 그대로 받아들이지 마십시오. 제가 악마라고 한 것은 그냥 말재주에 불과했을 뿐인데요."

"누군가는 재치 있는 말을 해야 하지요. 암튼 당신은 명예로

우면서도 힘든 일을 선택한 셈이라고 결론 내리면 되겠습니다. 실은 나는 휴머니스트 즉 호모 후마누스(Homo Humanus)입니다. 솔직히 공학 분야에 상당한 존경심을 갖고 있지만 아는 것은 전혀 없습니다. 이론적으로는 명석한 두뇌를 필요로 하고 실제적인 면에서는 착실한 인물이 필요한 분야라고 하면 되겠습니까?"

"맞습니다. 감당하기 힘든 엄청난 것을 요구한다고 할 수도 있지요." 한스 카스토르프는 자신도 모르게 약간 웅변조가 되었다. "하지만 그것을 의식해서는 안 됩니다. 그러다가는 용기를 잃게 될지도 모릅니다. 정말로 강한 사람이 아니라면……. 나는 이곳에 손님으로 왔을 뿐이지만 그렇게 튼튼하다고는 할 수 없습니다. 게다가 그 일이 내게 아주 잘 들어맞는다고 할 수도 없습니다. 사실 솔직하게 말하자면 그 일은 나를 무척 피곤하게 합니다. 전혀 아무 일도 하지 않을 때 오히려 내게 꼭 맞는 자리에 있다고 생각하게 됩니다."

"예를 들자면 지금 같은 경우 말입니까?"

"지금이요? 아, 저는 이곳에 온 지 얼마 되지 않아서……, 약간 어리둥절하고 있습니다. 이해할 수 있으시겠지요."

"오, 어리둥절하고 있다?"

"네, 잠도 잘 못 잤고, 또 아침에는 과식을 했고……, 속이

제3장

**83**

더부룩한 데다 담배 맛이 영 별로입니다. 그런 일은 없었는데……, 몹시 앓고 있었을 때를 제외하고는 말입니다."

"담배는 아직 경험이 없어서……. 그런데 베렌스 원장과는 인사를 나누었나요?"

"네, 조금 전에 식당에서 나오면서 인사했습니다. 마치 공짜 진찰을 해주는 것 같았습니다. 내가 악성 빈혈이라는 것을 단번에 알아맞히더군요. 저보고 사촌 행동을 그대로 따라 하고 체온도 재보라고 했습니다."

"정말입니까? 아주 재미있군요. 물론 그 양반 충고를 따르시겠지요. 안 따를 이유가 없으니까요."

그런 뒤 그는 갑자기 페트라르카 이야기를 꺼내더니 그를 근대의 아버지라 부르며 장황한 이야기를 이어가려 했다. 그러자 요아힘이 신중하게 말했나.

"이제 안정 요양을 하러 갈 시간인 것 같은데요."

"우리의 소위님께서 근무 시간을 재촉하시는군요. 자, 그럼 갑시다. 우리는 같은 길로 가야 하니까. 저 오른쪽, '권세가 막 강한 저승 왕의 성으로 가는 길' 말입니다."

그는 요양원으로 돌아가는 동안 베르길리우스의 시를 라틴어로 읊다가 이탈리아어로 읊기 시작했다. 그리고 내려가면서 베렌스 요양원장에 대해 독설을 퍼붓기 시작했다. 그의 독설에 의하면 베렌스는 유능하기 짝이 없었다. 베렌스가 이곳에 오기 전엔 여름이면 요양원은 텅텅 비었었다. 웬만큼 이 요양원을 사랑하지 않는 한, 여름을 이 골짜기에서 참고 버티는 사람은 없었다. 베렌스는 이 요양원이 여름에 특히 환자들에게 효과가 있고 필수불가결하다고 역설했고 그 학설을 사람들에게 퍼뜨렸으며 그 기사를 신문에 실었다. 그 결과 이곳은 겨울과 마찬가지로 여름에도 사업이 번창했다.

"천재예요! 대단한 직관입니다!" 세템브리니는 쉬지 않고 원장에 대해 독설을 퍼부었다. 베렌스는 근방 요양원들의 장삿속을 비난하며 그들을 헐뜯었다. 베렌스가 비난한 인근 요양원들의 수법이 순전히 베렌스 머릿속에서 나온 것인지, 실제로 그런지는 알 수 없지만 그의 비난대로라면 베렌스 요양원을 제외한 나머지 요양원들은 사람들의 병을 고치는 곳이 아니라 죽음으로 몰고 가는 곳이었다.

세템브리니의 독설이 하도 재미있고 청산유수처럼 막힘이 없어서 한스는 진심으로 웃었다.

"당신은 정말 말씀을 재미있게 하십니다. 너무나 생생해서 뭐라고 표현해야 할지 생각이 나지 않네요."

"조형적이라고 하면 어떨까요? 아마 당신이 찾고 싶은 말이 그걸 겁니다. 아, 저기 좀 보세요. 우리의 염라대왕들이 산책 중이군요."

세 사람은 이미 길모퉁이를 돌아선 뒤였다. 세템브리니가 말한 쪽으로 둘이 눈을 돌려보니 저 아래 요양원 뒤편 공터에서 두 명의 의사가 걷고 있는 것이 보였다. 흰 가운을 입은 원장이 앞서 걷고 있었고 그 뒤를 검은 옷을 입은 크로코브스키가 주위를 둘러보며 따르고 있었다.

세템브리니가 말했다.

"아, 크로코브스키! 불결한 밤의 남자! 엔지니어 양반, 그러고 보니 우리 저 사람에 대한 이야기는 전혀 나누지 않았군요. 저 사람과도 인사를 나누었겠지요?"

한스가 고개를 끄덕였다.

"그래, 어떻던가요?"

"잘 모르겠습니다. 그냥 잠깐 만났을 뿐인데요. 나는 누구를 만나건 그저 그런 사람이겠거니 하고 그냥 넘기는 편입니다."

"당신, 정말 무심한 사람이로군요. 판단해야 합니다. 당신에게 눈과 오성이 주어진 건 그러기 위해서입니다. 내가 좀 심술궂다고 생각하지요? 만일 그렇다면 그 무언가 가르치기 위해서입니다. 우리 휴머니스트들에게는 모두 교육자의 피가 흐릅니다. 휴머니즘과 교육학 사이에는 역사적으로 연관이 있습니다. 심리적인 관계가 있는 거지요. 휴머니스트에게서 교육자로서의 직분을 빼앗으면 안 됩니다. 아니, 빼앗을 수도 없지요. 인간의 존엄성과 아름다움은 오직 휴머니스트를 통해서만 전승되기 때문입니다. 난 그런 인문주의적 김나지움의 선봉자입니다."

세템브리니는 엘리베이터에 올라서도 비슷한 말을 계속 떠들었고 그들이 3층에서 내린 다음에야 입을 다물었다. 그는 4층의 방에 기거하고 있었다.

"4층에 머무는 걸 보면 돈이 없나보지?" 한스가 요아힘에게 물었다.

"그럴 거야. 있다 해도 빠듯한 정도일 거야. 아버지도 문필가였고 할아버지도 문필가였던 것 같으니."

"그래? 그렇다면 병은? 심각해?"

"내가 알기론 그다지 위험하지 않아. 하지만 고질병이라서 자꾸 재발하는 모양이야. 벌써 여러 해 이곳에 있었어. 딱 한 번 이곳을 나간 적이 있지만 다시 들어와야 했다는군."

"불쌍한 사람이로군. 하지만 말솜씨는 정말 대단해. 휴머니스트 이야기를 할 때는 마치 웅변 같았어. 너, 저 사람하고 자주 어울리는 편이야?"


## 정신 체조


요아힘은 대답을 하는 둥 마는 둥했다. 하던 일이 있었기 때문이었다. 그는 비단으로 만든 작은 주머니에서 체온계를 꺼내 수은으로 채워진 끝부분을 혀 왼쪽 아래에 집어넣는 중이었다. 이어서 그는 옷매무새를 가다듬은 후 신발을 신고 윗도리를 걸치고는 그래프가 그려진 체온표와 연필을 집어 들었다. 그 외에도 그는 러시아어 문법책까지 집어 들었다. 군복무에 도움이 될까 해서 러시아어를 공부하고 있었던 것이다. 이런 식으로 준비가 끝나자 그는 발코니에 있는 접이식 간이침대에 눕더니 낙타털 담요로 발을 덮었다.

15분 정도 지나자 구름이 옅어지더니 해가 모습을 드러냈다. 마치 여름 날씨처럼 따뜻하고 눈이 부셔서 요아힘은 흰 아마포로 만든 차양으로 머리를 가려야 했다. 한스는 요아힘이 체온을 재는 장면을 흥미롭게 지켜보면서 그에게 말했다.

"체온을 재는 데 얼마나 걸리지?"

요아힘은 손가락 7개를 펼쳐보였다.

"7분? 그렇다면 벌써 지났어!"

요아힘은 고개를 저었다. 잠시 뒤 그는 입에서 체온계를 빼서 살펴보더니 말했다.

"지켜보고 있으면 시간은 아주 천천히 흘러가. 나는 하루에 네 번 이렇게 체온 재는 걸 좋아해. 1분이라는 것, 혹은 7분이라는 게 실제로 얼마나 되는지 알 수 있기 때문이야. 이곳 위에 있다 보면 일주일의 7일도 휙 지나가버리거든."

"너, '실제로'라고 말했어?" 한스가 그의 말에 답했다. 그는 한쪽 허벅다리를 난간에 올려놓고 앉아 있었는데 웬일인지 눈이 붉게 충혈되어 있었다.

그가 말을 계속했다.

"시간에 '실제로'라는 건 없어. 네게 길게 여겨지면 긴 것이고 짧다고 여겨지면 짧은 거야. 하지만 실제로 얼마나 길고 얼마나 짧은지는 아무도 알 수 없어."

한스는 철학적인 말을 하는 데는 익숙하지 않았지만 이상하게도 지금은 그러고 싶은 충동을 강하게 느꼈다.

요아힘이 그의 말을 반박했다.

"무슨 말이야? 우리는 시간을 재고 있잖아. 그러기 위해 시계도 있고 달력도 있잖아. 한 달이 지나면 한 달이 지난 거고, 그건 네게나 내게나, 우리 모두에게나 똑같이 실제로 벌어진 일이야."

"잠깐!" 한스는 집게손가락을 그의 지친 눈가로 가져가며 말했다. "1분이란 건, 네가 시간을 재면서 1분이라고 느끼는 것, 그걸 말하는 게 아닐까?"

"1분이란 건, 시계 초침이 한 바퀴 도는 데 걸리는 시간을 말하는 거야."

"하지만 시간의 길이라는 건 정말 다양하다니까! 우리의 감각에게는! 그리고 실제로는……, 실제로는 말이야……." 한스는 같은 말을 되풀이하면서 집게손가락으로 자신의 코를 눌러 짓뭉개버렸다. "시간이란 운동이야. 공간 내에서의 운동. 아니, 아니, 잠깐 기다려봐. 내 말은 우리는 공간으로 시간을 재고 있다는 뜻이야. 그건 공간을 시간으로 재는 것과 마찬가지야. 비과학적인 사람들이나 하는 짓이지. 함부르크로부터 다보스까지 오는 데 기차로는 스무 시간이 걸려. 하지만 걸어서 오면 얼마나 걸리지? 게다가 마음속으로는 얼마나 걸릴까? 단 1초도 걸리지 않을걸."

그러자 요아힘이 말했다.

"이봐, 너 왜 그래? 이 위에서 우리들과 함께 지내다보니 머리가 이상해진 건 아니겠지?"

"좀 가만있어봐. 난 오늘 머리가 아주 맑아. 자, 시간이 대체 뭘까? 우리는 공간을 우리의 감각 기관, 즉 시각과 촉각으로 지각하고 있다는 걸 너도 인정하겠지? 좋아. 하지만 시간을 지각하는 감각은 대체 어떤 거지? 어디, 말해줄 수 있다면 말해봐. 어떻게 우리가 실제로는 아무것도 모르는 대상, 단 한 가지 속성도 모르는 대상을 잴 수 있다는 거지? 우리는 시간이 지나간다고 하지. 좋아, 지나간다고 치자. 하지만 시간을 잴 수 있으려면……, 잠깐! 기다려! 시간이 측정 가능한 대상이 되려면 시간은 균등하게 흘러가야만 해. 하지만 시간이 균등하게 흘러간다고 말할 수 있는 사람이 어디 있지? 우리의 의식에 관한 한 시간은 결코 균등하게 흘러가지 않아. 그냥 편의상 그렇다고 가정하고 있을 뿐이지. 우리의 시간 단위라는 것은 순전히 임의적인 관습에 불과할 뿐이야."

"좋아. 여기 내 체온계에 다섯 줄이나 더 올라가 있는 것도 그저 관습이란 뜻이구나. 그런데 그 눈금 다섯 개 때문에 나는 군복무를 못 하고 여기서 빈둥거리고 있어. 나는 그래서 기분이 나쁜 거고."

"몇 도야? 37.5도?"

"그러다가 떨어지겠지." 요아힘은 체온표에 체온을 기입하며 말했다. "어젯밤에는 38도까지 올라갔어. 자네가 왔기 때문이야. 누군가 찾아오면 다들 체온이 올라가. 하지만 누가 찾아오는 건 좋은 일이야."

"나도 가서 안정 요양을 좀 해야겠어. 시간 이야기를 너랑 더 하다가는 네가 흥분해서 체온이 더 올라가겠다. 나중에 다시 말할 기회가 있겠지. 아침 식사 후에 말이야. 식사 시간이 되면 내게 말해줘."

한스는 유리 칸막이를 지나 자기 방 발코니로 건너갔다. 그곳에도 요아힘의 방 발코니와 마찬가지로 작은 탁자 옆에 접이식 침대가 놓여 있었다. 그는 방에서 『대양 기선』과 부드러운 담요를 가져온 후 자리에 누웠다.

잠시 후 그도 차양을 펼칠 수밖에 없었다. 침대에 눕자 햇빛 열기를 견디기 어려웠던 것이다. 누워 있자니 기분이 좋았다. 그는 갑자기 무슨 생각이 떠올랐는지 큰 소리로 옆 발코니의 요아힘에게 말했다.

"아까 첫 아침 식사 때 우리 시중 든 여자, 난쟁이였지?"

"쉿! 너무 큰 소리로 말하지 마. 맞아, 난쟁이야, 그런데 왜?"

"그냥. 그 이야기를 하지 않아서……."

한스는 생각에 잠겼다. 그가 자리에 누웠을 때는 10시였다. 한 시간이 지났다. 길지도 짧지도 않은 평범한 시간이었다. 그렇게 한 시간이 지났을 때 종소리가 울렸다. 처음에는 멀리서, 이어서 가까이 울리더니 다시 멀리서 울렸다.

"두 번째 아침 식사야." 요아힘이 말하더니 자리에서 일어나는 기척이 들렸다.

둘은 함께 식당으로 들어갔다. 식탁마다 큰 유리병들이 놓여 있었다. 유리병마다 반 리터의 우유가 들어 있었고 식당 전체가 우윳빛으로 빛나고 있었다.

한스는 아침 일찍 먹은 음식으로 아직 속이 더부룩한데도 불구하고 사촌과 함께 재봉사로 보이는 여자와 영국 여자 사이의 식탁에 자리를 잡았다. 한스가 자리에 앉자마자 난쟁이에게 말했다.

"지금은 우유를 마실 수가 없겠는데요. 혹시 흑맥주는 없나요?"

여자는 흑맥주는 없다고 말하더니 대신 쿨름바흐산(産) 병맥주를 갖다주었다. 걸쭉한 갈색 맥주로서 흑맥주 대용으로 마실 만했다. 한스는 500밀리리터 유리잔에 맥주를 따라 맛있게 마신 뒤 차가운 고기를 얹은 토스트를 먹었다. 이번에도 오트밀이 나왔고 버터와 과일도 푸짐했다.

제3장

**93**

그가 앉은 식탁 맞은편 자리를 제외하고는 거의 모든 자리가 차 있었다. 사람들 말에 의하면 그 자리는 의사의 자리라고 했다. 의사는 평소에 환자들과 함께 식사를 했다. 하지만 지금은 수술 중이라서 자리가 비어 있었다.

잠시 후 세템브리니가 옆문을 통해 식당으로 들어오더니 콧수염을 매만지며 한스 카스토르프가 앉은 자리 앞쪽 비스듬한 방향의 자기 자리로 가서 앉았다. 그가 자리에 앉자마자 식탁에 앉아 있던 사람들이 한바탕 웃음을 터뜨렸다. 그가 뭔가 독설을 퍼부은 모양이었다.

"저기 네 옆방 사람들이 오는군." 요아힘이 고개를 앞으로 숙이며 한스에게 나지막이 말했다. 그들은 한스의 옆을 스치듯이 지나 식당 오른쪽 끝에 있는 그들의 식탁으로 갔다. 남자는 홀쭉한 체격이었으며 쑥 들어간 볼은 회색빛을 띠고 있었다. 살색 가죽점퍼를 입고 있었고 볼품없는 펠트 장화를 신고 있었다. 그의 아내는 작은 키에 귀여운 얼굴이었다. 러시아제 가죽 장화를 신고 있었고 털목도리를 목에 두르고 있었다. 한스는 좀 무례하다 싶을 정도로 그들을 관찰했다. 하지만 그의 시선은 어딘지 모르게 멍했다. 맥주를 들이켠 탓에 의식이 마비된 때문이었다. 평소라면 기분 좋을 정도로 적당하게 취기만 느끼게 해줄 뿐인

맥주가 이번에는 그를 완전히 멍하게 만들었다. 눈꺼풀이 무거워 눈길을 옮기는 것조차 힘들 정도였다. 게다가 얼굴이 어제만큼이나 심하게 화끈거렸다. 열 때문에 볼이 부풀어 오른 것 같았고 숨쉬기도 힘들었으며 심장이 심하게 고동쳤다.

잠시 후 크로코브스키 박사가 들어와 그의 맞은편에 앉았지만 그는 마치 꿈속인 듯 아련하게 느꼈을 뿐이었다. 한스는 마치 죽은 듯 조용히 앉아서 나이프와 포크를 예의 바르게 움직였다. 사촌이 그에게 눈짓을 하며 일어나자 그도 자리에서 일어나며 누구에게랄 것도 없이 식탁에 앉은 사람들을 향해 인사했다. 그리고 요아힘의 뒤를 따라 식당에서 나왔다.

"언제 다시 안전 요양 침대에 눕지?" 그가 식당을 나서며 요아힘에게 물었다. "내가 보기엔 여기선 그게 최고야. 그 안락한 침대에 다시 눕고 싶어. 멀리까지 둘러볼 건가?"


**물론, 여자야!**


"아니." 요아힘이 대답했다. "나는 멀리 가면 안 돼. 이 시간에는 마을로 내려간 뒤 시간이 되면 다보스 플라츠 읍내까지 내려가보곤 해."

둘은 마을로 내려갔지만 사실 마을이라고 부를 수도 없는 곳이었다. 요양지가 골짜기까지 끊임없이 확장되면서 마을을 잠식하고 있었고, 다른 쪽은 플라츠 읍내에 흡수되어 구별이 없어져 가고 있었다. 길 양쪽으로는 베란다, 발코니, 요양 홀 같은 시설을 갖춘 호텔과 펜션, 작은 민박들이 눈에 띄었다.

한스는 습관대로 시가에 불을 붙였다. 맥주를 마신 덕분인지 기대했던 향내를 약간 느낄 수 있었기에 그는 매우 흡족했다. 물론 아주 이따금 그 향이 느껴질 뿐이었고, 그것도 매우 희미했으며 그 향을 감지하려면 노력이 필요했다. 하지만 노력하면 노력할수록 꺼림칙한 가죽 냄새만 짙게 났다. 한스는 한동안 향을 맡으려고 노력하다가 마침내 지쳐서 시가를 던져버렸다.

둘은 한동안 말없이 걸었다. 그때 요아힘이 한스에게 물었다.

"여기 사람들 어떤 것 같아? 우리 식탁에 앉았던 사람들 말이야."

한스가 심드렁한 표정을 지었다.

"글쎄, 별로 흥미롭지는 않아. 슈퇴어 부인은 머리를 좀 감아야겠어. 기름기가 너무 많아. 그리고 마주르카인가 뭔가 하는 여자는 좀 멍청한 것 같아. 계속 웃으면서 손수건을 입에 처넣고 있잖아."

그러자 요아힘이 큰 소리로 웃으며 말했다.

"마주르카! 하하, 정말 재미있군. 그녀 이름은 마루샤야. 마리 아랑 같은 뜻이지. 하긴 행동이 좀 제멋대로이긴 하지."

이어서 둘은 다른 사람들 이야기를 나누었다. 차를 즐겨 마시는 영국 여자 이름은 미스 로빈슨이었고, 한스가 재봉사인 줄 알았던 여자는 공립 여자 고등학교 교사로서 이름은 엥엘하르트였다. 식탁에서 가장 원기 왕성한 노부인에 대해서는 요아힘조차 이름도 몰랐고 기타 신상에 대해 아는 것이 별로 없었다. 다만 요구르트를 즐겨 먹는 여 조카와 함께 이곳에 있다는 것만 알고 있을 뿐이었다. 식탁 동료들 가운데 건강이 가장 안 좋은 사람은 오데사 출신의 블루멘콜 박사라는 젊은이였다. 콧수염을 기른 채 늘 시무룩한 표정을 짓고 있는 그는 이미 여러 해를 이곳에서 보내고 있었다.

두 사람은 읍내를 돌아본 후 다시 요양원으로 돌아왔다. 그동안 한스는 줄곧 입을 벌리고 숨을 쉬었다. 코감기 증세가 없었는데도 불구하고 코로 숨을 쉴 수가 없던 때문이었다. 그는 마치 심장이 음악과 엇박자를 내며 뛰고 있는 것 같아 기분이 언짢았다.

제3장

요양원으로 돌아온 둘은 "좀 있다 보자"라며 헤어졌고 한스는 방으로 들어오자마자 곧장 발코니로 나가서는 옷을 입은 채로 간이침대에 몸을 던졌다. 그는 이내 반수면 상태에 빠져들었지만 심장이 빠르게 뛰어서 그의 잠을 방해했다.

얼마나 잤을까, 한스는 벨소리에 잠에서 깨어났다. 식사 준비할 때가 되었음을 알리는 벨소리였다. 한스는 식사 때임을 알리는 예비 종소리라는 것을 알고 있었기에 두 번째 벨소리가 들릴 때까지 여전히 누운 채로 있었다.

곧이어 요아힘이 방으로 들어오더니 어서 식당으로 가자고 했다. 그는 시간 엄수를 철칙으로 삼고 있었기에 한스가 옷을 갈아입을 시간도 주지 않았다. 한스는 급히 손만 씻고 사촌과 함께 식당으로 내려갔다. 이것으로 벌써 오늘만 세 번째 식사였다.

점심 식사는 풍족했고 요리도 훌륭했다. 영양죽을 포함해 가짓수도 여섯 가지나 되었다. 생선 요리 다음에 양념을 한 소고기가 나왔으며 이어서 특선 야채 요리와 구운 닭고기가 나왔다. 그다음에 맛있는 푸딩이 나왔으며 마지막으로 치즈와 과일이 나왔다. 일곱 식탁에 둘러앉은 사람들은 모두 열심히 접시를 가득 채웠다. 이제 식당 안은 왕성한 늑대 같은 식욕이 지배하고 있었다.

이렇게 식사가 진행되는 동안 두 가지 돌발 사건이 일어났고 한스는 그 사건에 주목하게 되었다. 첫 번째는 생선을 먹는 도중에 벌어진 사건이었다. 갑자기 유리문이 쾅 하고 닫힌 것이다. 전번 식사 중에도 그런 적이 있었기에 한스는 격분했다. 그는 몸까지 부르르 떨면서 범인이 누구인지 반드시 알아내겠다고 말했다. 생각만 한 것이 아니라 아예 입 밖으로까지 낸 것이다.

"누군지 밝혀내고야 말겠어."

그가 너무 격정적으로 말을 했기에 여교사뿐 아니라 미스 로빈슨도 놀라서 그를 쳐다볼 정도였다. 한스는 상반신을 왼쪽으로 돌려 핏발 선 눈을 부릅떴다.

숙녀 한 명이 홀을 가로질러 가고 있었다. 중간 키 정도의, 부인이라기보다는 차라리 소녀라고 부르는 게 어울릴 법한 여자였다. 그녀는 흰 스웨터에 화려한 색의 치마를 입고 있었으며 금발을 땋아 올리고 있었다. 한스가 앉은 자리와는 거리가 떨어져 있었고 게다가 옆모습밖에 보이지 않았기에 자세히 살필 수는 없었다. 그 지각생은 자기 식탁 사람들에게 고개를 끄덕이더니 상석에 앉아 있는 크로코브스키 박사의 옆자리에 앉았다. 그녀는 머리칼에 손을 댄 채, 고개를 뒤로 돌리고는 식당 손님들을 둘러보았다. 그때 한스는 순간적으로 그녀의 광대뼈가 넓고 눈이 가늘다는 것을 알아챌 수 있었다. 그리고 그녀의 얼굴을 보는 순간 누군가에 대한 어렴풋한 기억이 스쳐 지나갔다.

"물론, 여자야." 그는 생각했다. 아니, 아예 입 밖으로 중얼거렸기에 여교사인 엥엘하르트 양이 그 혼잣말의 뜻을 알아차렸다. 그녀가 미소 지으며 말했다.

"쇼샤 부인이랍니다. 저렇게 막 행동하는 것 같아도 매력적인 여자지요."

"프랑스 사람인가요?" 한스가 단호한 어조로 물었다.

"아뇨, 러시아 여자예요. 남편이 프랑스 사람이거나 프랑스 혈통일 거예요. 하지만 확실하지는 않아요."

한스는 여전히 화가 가라앉지 않은 표정으로 러시아인들이 둘러앉은 식탁의 어깨가 튀어나온 한 신사를 가리키며 저 남자가 남편이냐고 물었다.

"아뇨, 남편은 여기 없어요. 한 번도 온 적이 없으니 아무도 모르지요."

"문 닫는 법부터 배워야겠어요." 한스가 말했다. "언제나 저렇게 쾅 소리를 내며 닫다니! 정말 무례한 짓입니다."

여교사는 마치 자기가 잘못을 저지른 듯 한스의 꾸지람을 미소로 받아들였기에 쇼샤 부인에 대한 이야기는 더 이상 계속되지 않았다.

두 번째 사건은 블루멘콜 박사가 잠시 식당을 떠난 일이었다. 사실 사건이라고 할 것도 없을 것이 단지 그뿐이었다. 그가 나가는 모습을 보고 슈퇴어 부인의 교양 없는 태도가 빛을 발했다. 그녀는 자신의 병이 블루멘콜 박사의 병보다 심하지 않다는 것이 만족스럽다는 듯 동정 반, 멸시 반의 혹평을 한 것이다.

"정말 불쌍한 사람이야. 얼마 안 가서 죽을 거야."

얼마 후 블루멘콜 박사는 다시 자리로 돌아와 식사를 계속했다. 그는 다른 사람들과 마찬가지로 요리마다 두 번씩 집어서 과묵한 표정으로 말없이 푸짐하게 먹었다.

난쟁이 아가씨의 재빠르고 능숙한 서비스 덕분에 점심 식사는 고작 한 시간 만에 끝났다. 한스 카스토르프는 어떻게 자기 방으로 돌아왔는지 의식하지도 못한 채 가쁜 숨을 몰아쉬며 발코니 접이식 침대에 누워 있었다. 점심 식사 뒤, 차를 마실 때까지의 안정 요양이 하루 중 가장 중요한 일과였다. 한스는 심장의 고동 소리를 들으며 졸고 있었다. 손수건으로 코를 푸니 손수건에 빨갛게 피가 묻어 나왔다. 그는 자기 자신에 대해 염려를 많이 하는 편이었고 약간 우울증 성향이 있었지만, 그 문제에 대해 깊이 생각해볼 기력이 없었다. 그는 다시 마리아 만치니에 불을 붙였고 이번에는 맛과 상관없이 끝까지 다 피웠다. 그는 어지럽고 답답한 마음으로, 자신이 이곳에 온 이래 얼마나 이상한 기분을 느꼈는지 마치 꿈을 꾸듯 생각에 잠겼다.


## 알빈 씨


눈 아래 보이는 정원에 헤르메스의 지팡이가 그려진 멋진 깃발이 미풍에 흔들리고 있었다. 하늘이 다시 흐려졌고 해가 가려졌으며 날이 쌀쌀해졌다. 공동 요양 홀 안에 사람들이 가득 차 있는 것 같았다. 대화 소리와 웃음소리가 끊이지 않고 이어졌다.

"알빈 씨, 제발 그 칼 좀 치우세요. 얼른 주머니에 넣으세요. 그러다 다치기라도 하면 어떻게 해요." 애원조의 높은 여자 목소리였다. 이어서 다시 간청하는 다른 여자의 목소리가 들렸다.

그러자 맨 앞줄에 누워 담배를 물고 있던 금발의 청년이 뻔뻔스럽게 대답했다.

"못 하겠는데요! 내 칼을 갖고 노는 걸 갖고 뭘 그러는 겁니까? 자, 잘 보시지요. 아주 날카로운 칼입니다. 어떤 맹인 마술사에게 샀지요. 그자가 이걸 꿀꺽 삼켰는데 조수가 50걸음 떨어진 땅에서 파냈지요. 아니, 이거보다 권총을 가져와야겠군. 권총이 더 효과적이라니까!"

여자들이 비명을 지르며 말렸지만 그는 이미 요양 홀을 나와서 자기 방으로 권총을 가지러 가고 있었다. 새파란 젊은이로서 반항심이 가득해 보였고, 어린애 같은 장밋빛 얼굴에 구레나룻을 기르고 있었다. 그는 몇 분 뒤에 권총을 가지고 돌아왔고 여자들은 아까보다 더 미친 듯 쇳소리를 냈다. 이어서 알빈 씨의 목소리가 들렸다.

"내가 왜 권총을 갖고 있는 줄 알아요? 난 여기서 빈둥거리는 게 싫증이 나서, 내가 스스로 이 세상과 작별할 영광을 누릴 날을 위해 이걸 갖고 있는 겁니다. 어떻게 하면 멋지게 해치울 수 있을까 연구했지요. 여기다 바로 들이대는 겁니다."

그러면서 그는 권총으로 관자놀이를 툭툭 건드렸다. 그러자 다시 여자들 비명 소리가 들렸다. 알빈 씨는 여자들이 비명을 지르건 말건 자기 이야기를 계속했다.

"나는 여기 온 지 3년째입니다. 이제 정말 신물이 납니다. 병은 결코 낫지 않습니다. 베렌스 원장조차 숨기지 않고 있습니다. 이러니 나를 나쁘다고 할 수 있을까요? 나를 좀 참고 내버려둘 수 없나요? 학교에서 낙제로 판명 나면 더 이상 질문도 받지 않고 아무것도 할 게 없는 것과 똑같아요."

누군가 저음으로 조용히 하라고 명령했다. 알빈 씨는 잠시 낄낄거렸다. 하지만 맥이 빠진 웃음이었고 곧이어 요양 홀은 조용해졌다. 꿈이 사라진 듯, 혹은 유령이 나타났다 사라진 듯 너무 조용했다. 지금까지 들려온 이야기들이 침묵 속에서 묘한 여운을 남기고 있었다.

한스는 요양 홀이 완전히 침묵에 빠질 때까지 귀를 기울이고 있었고 본능적으로 알빈 씨가 철이 들지 않은 애송이 같다는 생각을 했다. 하지만 동시에 왠지 그가 부럽다는 생각도 들었다. 무엇보다 그가 낙제생에 자신을 비유한 것에 대해 깊은 인상을 받았다. 한스는 6학년 때 낙제를 꽐 적이 있었고, 그때 자신이 처했던 정신 상태가 다시 느껴지는 것 같았다. 그는 완전히 버려진 상태에서 느꼈던 묘한 쾌감이 생각났다. 모든 것을 완전히 방기해버리자 그는 모든 것을 비웃을 수 있었다. 그는 명예에는 분명 그 어떤 특권이 있지만 치욕에도 그 못지않은 특권이 있다는 것을 어렴풋이 느꼈으며 어찌 보면 그 특권이 훨씬 무제한적이라고 느꼈다. 한스는 자신이 시험 삼아 알빈 씨의 입장이 되어, 존중할 만한 삶이라는 짐에서 해방된 채 치욕이라는 무한의 왕국에서 자유를 누릴 수 있다면 어떤 기분일 것인지 상상해보았다. 그러자 이 청년은 그의 머리와 가슴에 일종의 달콤한 물결이 휩쓰는 것을 느끼고 몸을 부르르 떨었다.

## 사탄이 무례한 제안을 하다

그는 깊은 잠에 빠져들었다. 그가 왼쪽 유리 칸막이 뒤에서 들려오는 말소리에 잠에서 깼을 때는 손목시계가 3시 반을 가리키고 있었다. 이 시간에 홀로 회진을 도는 크로코브스키 박사가 옆 발코니에서 러시아 부부와 대화를 나누고 있었던 것이다. 박사는 남편의 몸 상태를 물어보면서 체온표를 달라고 하는 것 같았다.

이어서 박사는 복도로 나가더니 한스 카스토르프의 방을 지나쳐 요아힘의 방으로 들어갔다. 박사와 단둘이 있고 싶은 생각은 추호도 없었지만 막상 무시되자 모욕이라도 당한 것 같은 기분이었다. 물론 그는 건강한 사람이니까 고려의 대상이 아니었다. 이 위에서는 자신의 건강에 자부심을 갖는 사람은 상대해줄 필요가 없는 사람이었다. 이 젊은이는 그 사실에 화가 났다.

그때 옆 발코니에 누워 있던 요아힘이 차 마시러 갈 시간이 되었다고 말했다. 한스는 간이침대에서 일어났다. 하지만 너무 오래 누워 있던 탓인지 현기증이 났다. 얼굴이 다시 화끈거렸고, 그와 반대로 온몸은 오한으로 덜덜 떨렸다.

그는 눈과 손을 씻고 옷단장을 한 후 복도로 나갔다. 문 앞에 요아힘이 기다리고 있었다. 요아힘을 보자마자 한스가 말했다.

"왠지 이곳은 기분이 좋지 않아. 어쩌면 이곳에 더 이상 머물 수 없을 것 같아. 곧 떠나야 할 것 같아. 괜찮겠지?"

"떠난다고? 무슨 소리야!" 요아힘이 소리쳤다. "말도 안 돼! 여기 온 지 얼마나 됐다고! 겨우 하루 지내고 어떻게 그런 판단을 내릴 수 있는 거지?"

"맙소사! 아직 하루밖에 안 되었다고? 이곳에 아주 오랫동안, 정말 오랫동안 있었던 것 같은데."

"또 시간에 대해 어려운 이야기할 거면 집어치워. 아침에 내 머리를 그토록 복잡하게 만들어 놓고서."

"알았어. 염려할 것 없어. 그런 건 다 잊었어. 지금은 머리가 그렇게 잘 돌아가지도 않으니까."

식당으로 들어서니 온갖 음료수가 모두 차려져 있었다. 차,

요구르트 외에 우유, 커피, 초콜릿, 심지어 고기 수프도 있었다. 푸짐한 점심 식사 후에 두 시간 동안 발코니에 누워 있던 사람들이 건포도가 든 케이크 조각에 열심히 잼을 바르고 있었다.

한스도 차를 청하고 비스킷을 적셔 먹었으며 잼도 맛을 보았다. 그는 케이크를 바라보더니 진저리를 쳤다. 저걸 다시 입에 집어넣는다는 것은 생각만 해도 오싹했다. 오늘 벌써 식당 자기 자리에 네 번째 앉게 된 셈이었다.

차를 마신 후 둘은 아침에 갔던 곳까지 다시 산책을 했다. 이윽고 7시가 되자 그들은 다섯 번째로 식당에 앉아 있었다. 저녁 시간이었다. 한스는 깔끔하게 차려입고 미스 로빈슨과 여교사 사이에 앉아 야채수프, 찐 소고기와 구운 소고기, 파이 두 조각, 고급 치즈를 바른 검은 호밀 빵을 먹었다. 이번에도 그는 쿨름바흐산 맥주를 한 병 시켰다. 하지만 맥주 반 잔 정도를 마셨을 때 침대에 가서 눕고 싶다는 생각이 간절하게 들었다. 머릿속이 윙윙거렸고 눈꺼풀이 납덩이처럼 무거웠으며 심장은 작은 북처럼 마구 뛰고 있었다. 그는 사람들에게 우스운 꼴을 보이지 않으려 필사적으로 애를 썼지만 예쁜 마루샤가 자기를 보고 웃는 것 같아 괴로웠다. 그리고 슈퇴어 부인의 이야기 소리가 마치 멀리서 말하는 것처럼 들렸다.

제3장

**107**

식사가 끝나고 사람들이 자리에서 일어나자 그도 멍한 상태에서 함께 일어났다. 사람들은 앞쪽 홀로 곧장 통하는 좌측 유리문을 통해 밖으로 나갔다. 요아힘은 한스에게 저녁 식사 후에는 홀과 접해 있는 살롱에서 사교 모임이 있다고 말했다. 살롱으로 들어가니 대부분의 환자들이 무리지어 이야기꽃을 피우고 있었고 카드놀이를 하고 있는 사람들도 있었다. 한쪽 구석에서는 크로코브스키 박사가 슈퇴어 부인, 또 다른 부인 한 명, 레비 양 등에게 반원으로 둘러싸여 활기찬 대화를 나누고 있었다.

좀 더 작은 방에는 러시아 사람들이 모여 있었으며 쇼샤 부인도 그곳에 있었다. 블루멘콜 박사도 그들과 어울려 있었다. 쇼샤 부인은 흰 레이스 깃이 달린 푸른색 옷을 입고 둥근 탁자 뒤 소파에 앉아 카드놀이가 벌어지고 있는 곳으로 시선을 향하고 있었다. 한스 카스토르프는 못마땅한 시선으로 이 매너 없는 여자를 바라보면서 생각했다.

'저 여자를 보면 뭔가가 생각이 나. 하지만 그게 뭔지는 알 수가 없단 말이야.'

그때 주머니에 두 손을 찔러 넣고 사람들 사이를 어슬렁거리던 세템브리니가 한스 카스토르프에게 다가오며 말을 걸었다.

"자, 오늘 하루 어떻게 보내셨습니까? 이 즐거운 유원지에서의 첫날이 어땠습니까?"

"감사합니다. 규정대로 잘 지내고 있습니다. 당신이 즐겨 쓰는 표현대로 '수평적'인 생활을 하고 있지요."

세템브리니는 미소 지었다.

"어쩌면 내가 그런 표현을 썼었는지도 모르겠군요. 한데 이런 식의 생활 방식이 재미있는 것 같습니까?"

"생각하기에 따라 재미있다고 할 수도 있고 지루하다고 할 수도 있겠지요. 하지만 그 둘을 구별하기란 쉽지 않지요. 어쨌든 지루하지는 않습니다. 그러기에는 이곳에서 너무 활기찬 일들이 많이 벌어지고 있어요. 새롭고 희귀한 일들을 보고 들을 수 있지요. 내가 이곳에 온 지 하루가 아니라 벌써 오랜 시간이 지난 것처럼 보입니다. 이곳에 온 이래 나이를 먹고 더 현명해진 것처럼 느껴지거든요."

"현명해지기도 했다고요?" 세템브리니가 눈썹을 치켜올리며 말했다. "실례지만 당신 나이가 얼마인지 물어도 되겠습니까?"

그런데, 맙소사! 한스는 말해줄 수 없었다. 아무리 애를 써도, 아무리 기를 쓰고 생각해보아도 순간적으로 자기 나이가 얼마인지 알 수 없었던 것이다. 그는 시간을 벌기 위해 상대방 질문

제3장

**109**

을 반복하면서 말했다.

"제가 몇 살이냐고요……? 분명 스물넷일 겁니다. 스물넷이 맞아요. 죄송하지만 제가 피곤해서요." 한스는 말을 이었다. "하지만 피곤하다는 말은 적당하지 않은 것 같군요. 마치 꿈을 꾸고 있는 것 같아요. 분명 꿈을 꾸고 있는 것을 알고 깨어나려고 애를 쓰지만 도저히 눈이 떠지지 않는 그런 상황 같아요. 지금 내 기분이 꼭 그래요. 열 때문인 게 틀림없어요. 다른 식으로는 도저히 설명할 수가 없어요. 발이 무릎까지 온통 시리니 말입니다. 그것도 이상한 말이긴 하네요. 무릎은 발이 아니니 말입니다……. 죄송합니다. 정신이 온통 혼란스러워서 말입니다. 하긴 이곳에서는 이상한 일이 아닐지도 모르지요."

세템브리니는 한스를 한참 지켜보고 있다가 입을 열었다.

"스물넷이라고 했지요? 질문 하나 더 해도 되겠습니까? 아니, 차라리 제안이라고 해도 되겠지요. 당신이 이곳에 머무는 것이 육체적으로나, 혹은 내 생각이 맞는다면 정신적으로나 좋지 않은 것 같습니다. 어떻습니까? 이곳에서 나이 드는 것을 포기하는 것이? 간단히 말해 오늘 밤이라도 당장 짐을 꾸려 내일 첫 기차로 이곳을 떠나는 것이?"

"나보고 당장 떠나란 말씀이십니까?" 한스 카스토르프가 되

물었다. "이제 겨우 도착했을 뿐인데요? 안 됩니다. 겨우 하루 지내고 어떻게 판단을 내릴 수 있다는 겁니까?"

그는 그 말을 하면서 러시안인들이 앉아 있는 옆방 쪽을 바라보았다. 이쪽을 향해 앉아 있는 쇼샤 부인의 가느다란 눈과 넓은 광대뼈가 보였다.

그는 생각했다.

'도대체 뭐지? 그녀를 보면 왜 그 무언가가, 혹은 그 누군가가 생각나는 거지?'

하지만 머리만 무거울 뿐 아무것도 생각나지 않았다. 그는 다시 세템브리니를 향해 말을 이어갔다.

"물론 이 위의 삶에 적응하는 게 쉽지 않은 건 사실입니다. 하지만 예상하고 있던 일입니다. 이삼일 정도 마음이 혼란스럽고 몸에 열이 난다고 해서 실망하고 가버린다면 부끄러운 일입니다. 겁쟁이 같은 짓이고 이성에도 어긋나는 짓이지요. 그렇지 않습니까?"

그는 마치 강한 주장을 내세우듯 어깨를 심하게 흔들었다. 마치 그 이탈리아인에게 자신의 제안을 철회하라고 다그치는 것 같았다.

세템브리니가 말했다.

"난 이성을 진심으로 존중합니다. 그리고 당신의 용기에도 경의를 표합니다. 당신 말이 너무 당연해서 반박할 수도 없습니다. 사실, 이곳에 잘 적응한 사례도 꽤 있습니다. 가령 작년에 있었던 오틸리에 크나이퍼의 경우가 좋은 예입니다. 고위 공무원의 딸로서 명문가 출신이었습니다. 그녀는 이곳에 1년 6개월가량 있었는데 요행히 건강을 완전히 회복했습니다. 흔치는 않지만 가끔 그런 일도 있지요. 그런데도 그녀는 절대로 이곳을 떠나려 하지 않았습니다. 원장에게 애걸복걸할 정도였으니까요. 집에 돌아가기 싫고 돌아갈 수도 없다, 여기가 자기 집이다, 여기에 있는 게 제일 행복하다고 주장했어요. 의사를 속이려고 체온을 조작하고, 추운 날씨에도 물속에 뛰어들어 체온을 올리려 했지만 소용이 없었지요. 그녀는 부모의 위로를 받으며 고통과 절망 속에 이곳을 떠났습니다. 그녀는 서듯 소리쳤습니다. '저 아래에서 뭘 하란 말이에요! 여기가 내 고향인데요!' 그 뒤 그녀가 어떻게 되었는지는 모르겠습니다. 그런데 엔지니어 양반, 당신 내 말을 듣고 있지도 않군요. 내가 잘못 본 게 아니라면 두 다리로 서 있기도 힘들어 하는 것 같군요."

그러더니 그는 마침 그 쪽으로 다가오고 있는 요아힘에게 말했다.

"소위님, 사촌을 데리고 가서 침대에라도 눕히십시오. 용기와 절제를 지닌 분이지만 지금은 좀 기진맥진한 것 같군요."

잠시 후 한스는 요아힘의 방으로 함께 들어가 요아힘이 마지막 안정 요양을 하는 모습을 지켜본 후 9시가 가까이 되어서야 자기 방으로 왔다. 얼굴이 여전히 화끈거렸으며 온몸에 오한이 났다. 담배를 피워 물었지만 맛이 제대로 나지 않았다. 그러자 이루 말할 수 없이 비참한 기분이 들었다. 살면서 그렇게 비참한 기분을 느껴본 것은 처음 같았다.

'정말 비참해.' 그는 중얼거렸다. 순간 이상한 일이 일어났다. 이상한 기쁨과 서스펜스가 밀려와 몸이 부르르 떨린 것이다. 그는 그 떨림을 분명히 의식하고는 혹시 그 느낌이 다시 찾아오지 않을까 하여 기다려보았다. 하지만 그 느낌은 다시 찾아오지 않았고 오로지 참담함만이 남아 있을 뿐이었다.

그는 거의 기계적으로 취침 준비를 마친 후 침대에 누웠다.

그는 금세 잠에 빠지리라 생각했다. 하지만 오산이었다. 조금 전까지만 해도 들어 올리기조차 힘들었던 눈꺼풀이 이번에는 반대로 좀처럼 감기지 않았고, 겨우 눈을 감으면 파르르 떨렸다. 그는 '아직 너무 이른 시각이라서 그런 거야. 아니면 낮에 너무 많이 자 두어서 그런 거겠지'라며 스스로를 위안했다. 그

때 바깥 어디선가 카펫 두드리는 것 같은 소리가 들려왔다. 이 시각에 있을 수 없는 일이었고, 실제로 그렇지 않다는 것이 드러났다. 바로 한스의 심장이 뛰는 소리였던 것이다. 그 소리는 마치 한스의 몸 밖 저 멀리서, 먼지떨이로 카펫을 터는 소리 같았다.

그는 마치 무엇인가 기다리는 듯한 심정으로 누워 있었다. 잠이 오리라는 기대는 하지 않았다. 그러자 아까 느꼈던 이상한 기쁨과 전율의 느낌이 다시 찾아왔다. 그는 다시 기다렸다. 자신이 무엇을 기다리고 있는지 자문하지도 않았지만, 아무튼 막연하게 기다리고 있었다.

한참 뒤에 그는 잠이 들었다. 하지만 잠이 들자마자 첫날 밤 꾸었던 꿈보다 더 복잡한 꿈을 꾸기 시작했다. 꿈속의 끔찍한 광경에 화들짝 잠에서 깨어나 혼란스러운 상념에 싲기도 했다.

꿈에 베렌스 원장이 두 팔을 앞으로 내민 채 뜰 안 좁은 길을 고독해 보이는 걸음걸이로 멀리서 들려오는 행진곡 박자에 맞춰 걷고 있었다. 그는 한스 카스토르프 앞에서 발걸음을 멈추었다. 도수 높은 둥근 안경을 끼고 있었으며 횡설수설 말도 안되는 말을 늘어놓았다.

그는 "물론 민간인이지"라고 말하더니 다짜고짜 두 손가락으로 한스의 눈꺼풀을 뒤집었다. "존경할 만한 민간인이야. 금세 알아봤지. 하지만 재능이 없는 건 아니야. 고도의 산화 작용을 받을 만한 재능 말이야. 한 일 년쯤 이 위의 우리 곁에서 봉사하는 걸 아까워하지 않겠지? 자, 여러분, 그럼 산책을 계속하길!"

그는 두 집게손가락을 입에 넣고 길게 휘파람 소리를 냈다. 그러자 여교사와 미스 로빈슨이 각기 다른 방향에서 작아진 몸집으로 공중에서 날아와 그의 좌우 어깨 위에 앉았다. 베렌스는 뛰는 듯한 걸음걸이로 멀어져 가면서 안경알 뒤로 헝겊을 집어넣고 눈을 닦았다. 하지만 그가 닦는 것이 눈물인지 땀인지는 알 수 없었다.

이어서 그는 꿈속에서 그가 학교에 다니는 동안 휴식을 취하곤 하던 교정에 있었다. 그는 꿈속에서 역시 그 교정에 있는 쇼샤 부인에게 연필을 빌려달라고 하고 있었다. 그녀는 은색 필통에서 붉은색 몽당연필을 그에게 주었다. 그러고는 듣기 좋은 허스키한 목소리로 수업이 끝나면 돌려달라고 말했다. 그녀가 넓은 광대뼈 위의 회색과 녹색이 섞인 가느다란 눈으로 그를 쳐다보았을 때 그는 꿈에서 빠져나오려고 애를 썼다. 그녀가 무엇을, 그리고 누구를 그토록 생생하게 상기시키는지 순간적으로 알 것 같아서 그것을 마음에 새겨두기 위해서였다. 그는 훗날을 위해 황급히 그 기억을 마음속에 새겼다.

그는 다시 잠과 꿈속에 빠져들었다. 이번에는 정신 분석을 한 답시고 자신에게 다가오는 크로코브스키 박사를 피해 도망가고 있는 중이었다. 그는 박사에게 잡히지 않으려고 여러 개의 발코니를 통과하고 유리 칸막이를 지나 도망쳤다. 그는 위험을 무릅쓰고 정원으로 뛰어내렸으며 곤경에 처하자 적갈색 깃대 위로 올라가려 했다. 그리고 쫓아온 의사에게 바짓가랑이를 붙잡히는 순간 잠에서 깨어났다. 온몸이 땀으로 흠뻑 젖어 있었다.

약간 진정이 되자 그는 다시 얕은 잠에 빠졌고 이번에도 어김없이 꿈이 찾아왔다. 한스는 자기 앞에 미소를 짓고 서 있는 세템브리니를 어깨로 밀어내려 애쓰고 있었다. 세템브리니는 우아하면서도 냉정하게 비웃는 듯한 웃음을 띠고 있었다. "비켜요! 저리 가요! 당신은 손풍금상이일 뿐이에요!"라고 한스는 외쳤다. 하지만 세템브리니는 그 자리에서 꼼짝도 하지 않았다. 그때 정말 예기치 않게 시간이란 무엇인가, 하는 질문이 한스의 머리에 떠올랐다. 그리고 번쩍, 시간이 무엇인지 간파할 수 있었다. '그래, 시간이란 의사를 속이려고 사용하는 눈금 없는 체온계 같은 거야.' 그 생각과 함께 잠에서 깨어나며 그는 이 깨달음을 사촌 요아힘에게 꼭 알려줘야겠다고 다짐했다.

이런 식으로 어이없는 모험과 깨달음을 반복하며 밤이 지나갔다. 그 꿈속에서 그가 만났던 요양원 사람들이 거의 대부분 등장해서 나름 영문 모를 역할들을 했고 한스도 그 꿈의 장면에 참여했다.

그가 새벽녘에 꾼 꿈속에서 그는 식당에 앉아 있었다. 그런데 유리문이 쾅 하고 닫히더니 흰 스웨터를 입은 쇼샤 부인이 한 손은 주머니에 넣고 한 손으로는 뒷머리를 매만지며 식당 안으로 들어섰다. 이 무례한 여자는 자기 자리로 가지 않고 한스 쪽으로 오더니 한 손을 내밀고 키스해달라고 했다. 하지만 그녀는 손등이 아니라 손바닥을 내밀었다. 한스 카스토르프는 결코 고상하지 않은 그녀의 손, 손톱 주변의 피부가 거칠고 손가락이 약간 뭉툭하고 짧은 그 손바닥에 입을 맞추었다. 그러자 명성, 혹은 평판이라는 짐으로부터 자유로워지려고 생각하려 했을 때 그가 처음으로 맛보았던 그런 느낌, 그런 무한히 감미로운 느낌이 머리부터 발끝까지 그를 사로잡는 것을 다시 느꼈다. 그가 꿈속에서 맛본 이 새로운 느낌은 깨어 있을 때의 느낌보다 수천 배는 더 강렬했다.

# 제4장

필요한 물건 구입

"이제 너희들 여름은 끝난 건가?" 사흘째 되는 날 한스 카스토르프가 요아힘에게 빈정거리듯 물었다.

환경이 갑자기 바뀌어버린 것이다.

우리의 방문객이 이 위에서 보낸 두 번째 날은 아주 화창한 여름 날씨였다. 요양원 사람들은 모두 그런 날씨에 어울리게 각자 외모에 신경을 쓰며 옷을 입고 다녔다. 그런데 3일째 되는 날 갑자기 천지가 뒤집히고 모든 것이 뒤죽박죽이 된 것처럼 변해버렸다. 한스 카스토르프는 자신의 눈을 믿을 수 없었다.

하루 중 가장 중요한 식사인 점심 식사를 마치고 발코니의 접이식 침대에 누워 안정 요양을 한 지 20분 정도 지났을 때였다. 갑자기 태양이 모습을 감추더니 남동쪽 산꼭대기에서 검은 먹구름이 몰려오고 뼛속까지 파고드는 찬 바람이 불어왔다. 기온이 급격히 내려가면서 완전히 다른 세상이 되어버린 것이다.

"눈이 오겠어." 유리 칸막이 뒤에서 요아힘이 말했다.

"눈이라니? 대체 무슨 소리야?"

"분명히 눈이 올 거야. 우리는 이런 바람에 익숙해. 이런 바람이 불고 나면 썰매 길이 생기지."

"말도 안 돼! 아직 8월 초잖아."

하지만 요아힘의 말이 곧 증명되었다. 몇 분 지나지 않아 천둥소리가 요란하게 울리더니 엄청난 눈보라가 흩날리기 시작한 것이다. 너무 맹렬한 눈보라였기에 마을과 골짜기가 거의 시야에서 사라져버렸다. 눈은 오후 내내 퍼붓기 시작해서 다음 날 아침에는 거의 30센티미터 이상이나 쌓여 있었다.

"이제 너희들 여름은 끝난 건가?" 한스가 사촌에게 빈정거리는 투로 다시 말했다.

"꼭 그런 건 아니야." 요아힘이 사실대로 대답했다. "여름처럼 멋진 날씨가 또 찾아올 거야. 심지어 9월에도 그런 날이 있으니까. 말하자면 여기서는 사계절이 명확하게 구분이 되지 않

제4장

**119**

아. 계절이 그냥 뒤범벅이야. 겨울에도 햇볕이 너무 강해서 산책하다가 옷을 벗어야 할 때도 있어. 네가 지금 보듯이 여름에도 눈이 내리고. 1월에도 내리고, 5월에도 내리고, 지금처럼 8월에도 내려. 말하자면 눈이 내리지 않는 달이 없다고 할 수 있지. 여름 같은 날씨, 겨울 같은 날씨는 있어도, 봄, 여름, 가을, 겨울처럼 명확히 구분되는 사계절은 없는 셈이야."

둘은 두 번째 아침 식사를 마친 후, 한스가 안정 요양에 쓸 담요를 사려고 함께 마을로 내려갔다. 그들은 베르크호프 요양원 34호실로 담요를 보내달라고 가게 주인에게 말한 후 돌아오는 중에 요양원을 향해 터벅터벅 걸어가고 있는 세템브리니를 만났다. 얼굴이 창백했고 우울해 보였다. 그는 이렇게 추운데 눈이 그치자마자 난방을 꺼버렸다며 요양원 당국에 대해 불평을 털어놓았다. 이어서 그는 자신의 아버지는 늘 서재를 따뜻하게 유지했으며 그런 것에 익숙해 있는 자신으로서는 이런 야만적인 행태는 도저히 참을 수가 없다고 투덜댔다. 이어서 그는 원장과 크로코브스키가 악마의 하인이라고 욕설을 퍼부었고 마침내 식탁에 함께 앉는 사람들 중 도저히 참아낼 수 없는 저질이 있다고 늘 그와 맞은편에 앉는 여자를 비난하는 데까지 이르렀다.

한스는 그의 말에 고개를 끄덕이며 입을 열었다.

"그래요. 이런 곳에서는 잡다한 사람들과 어울릴 수밖에 없는 법이지요. 식탁 옆자리에 함께 앉는 사람을 고를 수는 없지 않습니까? 우리 식탁에도 그런 사람이 있지요. 슈퇴어 부인이라고……. 너무 교양이 없어서 그녀가 입을 열면 민망한 시선을 어디 둬야 할지 모를 지경입니다. 그런데 그녀의 하소연을 들어보면 결코 병이 가벼운 것 같지는 않습니다. 제게는 그게 정말 이상해 보입니다. 병이 있는데 우둔하다니 말입니다. 어떤 식으로 표현해야 할지 잘 모르겠지만 어떤 사람이 우둔하면서 동시에 병에 걸렸다는 게 정말 특이하다는 느낌이 든다 이 말입니다. 정말 비참한 일 아닙니까? 이 두 가지가 함께 존재한다니 그 앞에서 어떤 표정을 지어야 할지 정말 모르겠습니다. 병에 걸린 사람 앞에서는 어느 정도 존경심을 갖는 게 당연하지 않습니까? 우리는 병하고 우둔함을 결부시키는 데 익숙하지 않으니까요. 우리는 일반적으로 병은 사람을 섬세하고 현명하게, 또한 특출하게 만든다고 생각하고 있습니다. 최소한 상식적으로는……, 잘 모르겠습니다. 어쩌면 내가 감당할 수 없는 이야기를 하고 있는지도 모르겠습니다. 어쩌다 이런 이야기를 하게 되었는지……."

한스는 말을 맺지 못하고 당황해했다. 요아힘도 좀 당황한 눈빛을 보이고 있었다. 세템브리니는 마치 예의상 그러듯이 눈썹을 치켜올린 채 한스의 말이 끝나기를 조용히 기다리고 있었다. 한스의 말이 끝나자 그가 드디어 입을 열었다.

"어이쿠, 엔지니어 양반! 예기치도 않던 철학적 재능을 보여 주고 계시는군요. 이론대로라면 당신은 겉보기보다는 건강하지 못한 것 같습니다. 뛰어난 머리를 소유하고 있으니까요. 하지만 솔직히 말한다면 당신의 추론을 받아들이기 어렵군요. 좀 더 분명히 말한다면 당신의 추론을 부정합니다. 아니, 아예 반대 입장이라고 하는 게 옳겠군요. 나는 지적(知的)인 문제에는 너그럽지 못한 편이라서 당신 견해처럼 도저히 받아들이기 어려운 이야기를 들을 때면 잘난 척한다는 소리를 듣더라도 그냥 넘기지 못하는 체질이라서……."

"하지만 세템브리니 씨……."

"아니, 내 말 좀 들어보십시오. 당신이 하려는 말을 내가 충분히 짐작하고 있으니까. 별로 심각하게 한 말이 아니다, 그냥 허공에 떠도는 견해들 중의 하나를 별 의미 없이 가볍게 이야기했을 뿐이다, 라고 말하겠지요? 물론 당신 나이에는 충분히 그럴 수 있습니다. 말하자면 '실험적 채택(placet experi)' 같은 것이지요. 그건 좋은 겁니다. 하지만 위험하기도 합니다. 누군가 당신을 저지하지 않으면 당신 성격이 그쪽으로 완전히 굳어질 수도 있으니까요. 그래서 나는 당신을 바로잡아 주어야겠다는 의무감을 느낍니다.

당신은 병과 우둔함이 결합되어 있는 게 가장 비참한 일이라는 뜻의 말을 했지요? 인정합니다. 나는 우둔한 환자보다는 총명한 환자가 더 좋습니다. 하지만 병과 우둔함의 결합을 일종의 미적 부조화, 자연의 미적 감각의 결여로, 혹은 당신이 즐기는 표현대로 '인간 감정의 딜레마'로 간주하는 당신의 태도에 대해 항의하지 않을 수 없습니다. 즉, 당신이 병을 뭔가 아주 고상한 것, 존경할 만한 것으로 간주하고, 우둔함과 어울릴 수 없다고 말한 데 대해 항의할 수밖에 없다 이 말입니다.

병은 결코 고상하지 않으며 존경할 만한 것도 아닙니다. 병을 그렇게 생각하는 것 자체가 병이며, 그 생각이 사람을 병으로 이끌기도 합니다. 그런 생각은 미신이 공공연히 성행하던 시대, 불안이 가득하던 시대에 생긴 겁니다. 균형과 조화와 건강함이 악마적으로 여겨지고 허약한 것이 천국으로 들어가는 허가증처럼 여겨지던 시대에 생긴 것입니다. 하지만 인간의 이성과 계몽이 인간의 영혼에 진을 치고 있던 이런 그림자를 축

출했습니다. 물론 아직 완전히 몰아내지는 못했고 아직도 싸움을 계속하고 있습니다. 엔지니어 양반, 우리는 그것을 과업이라고 부릅니다. 지상의 과업이며, 지상을 위한 과업이고, 인류의 명예와 이익을 위한 과업입니다. 이성과 계몽이라는 두 힘은 그 싸움에서 더욱 단련되고 강해져서 언젠가는 인간을 완전히 해방시킬 것이며 진보와 문명의 길 위에서 인간을 보다 밝고 순수한 광명으로 이끌 것입니다."

'이것, 참!' 하고 한스는 당혹스러울 수밖에 없었다. '이거 한 편의 장황한 설교로군! 도대체 내가 무슨 말을 했기에? 그리고 내내 과업, 과업 하는데, 그게 도대체 어쨌단 말인가? 이 위, 이곳에서는 전혀 어울리지도 않는 말 아닌가?' 하지만 그는 정중하게 말했다.

"세템브리니 씨, 정말 좋은 말씀이십니다. 정말 들을 만한 가치가 있는 말씀입니다. 제 생각으로는 더 이상 아름다운 조형적인 표현은 없을 것 같습니다."

그러자 세템브리니가 다시 장광설을 시작했다.

"이전으로 다시 되돌아가는 것, 저 음산하고 고통스러웠던 시대로 되돌아가려는 것, 그것이 바로 병입니다. 미학과 심리학, 정치학 등의 학문에서는 그 병에 대한 연구가 충분이 이루어졌고 그 병에 대해 다양한 이름을 붙이고 있습니다. 하지만 그런 용어는 그다지 중요하지 않으며 당신도 별로 듣고 싶지 않을 겁니다. 하지만 정신생활에서는 모든 것이 서로 엮여 있어 서로 원인도 되고 결과도 됩니다. 악마에게 새끼손가락을 맡기면 손 전체를 빼앗기고 몸과 마음 전체를 빼앗기는 법입니다. 반대로 건전한 원칙은 그 어떤 목표를 갖고 시작하더라도 건전한 결과를 낳을 뿐입니다. 그래서 당신에게 단단히 부탁하는 겁니다. 병이란 우둔함과 양립할 만큼 고상한 것도 아니고 존경할 만한 것도 아닙니다. 그것은 인간의 타락을 의미합니다. 고통스러운 굴욕을 의미합니다. 개인적인 경우에는 배려를 해주어야겠지만 병에 대해 찬사를 던지는 것은 과오입니다. 정신적인 혼란의 시작입니다.

엔지니어 양반, 딜레마, 즉 비극이 언제 시작되는지 아십니까? 고상하고 삶의 의지에 가득한 정신이 쓸모없는 육체와 결합되어 인격의 조화가 파괴되거나 아예 조화를 불가능하게 만들 때 시작되는 것입니다. 건전한 것과 건전한 것의 결합이 이상적인 것이지, 건전한 것과 병든 것의 결합이 조화를 이루는 것이 아닙니다. 엔지니어 양반, 그리고 소위님, 당신들 혹시 레오파르디라는 이름을 들어보셨나요? 이탈리아의 불행한 시인

인데, 꼽추에 병약했습니다. 그 위대한 영혼의 소유자가 비참한 육체 때문에 언제나 멸시를 당하고 모욕을 당했습니다. 그 위대한 영혼의 탄식은 우리의 가슴을 갈가리 찢어놓습니다. 어디 한번 들어보십시오."

이어서 세템브리니는 머리를 흔들고 때때로 눈을 감으며 아름다운 이탈리아 시를 암송하기 시작했다. 그들이 이탈리아어를 한 마디도 모른다는 사실은 조금도 개의치 않는 것 같았다. 낭송을 마치자 그가 말했다.

"자, 아시겠습니까? 인간성이 처한 딜레마는 바로 이런 것이지, 그 우둔한 여인의 경우가 아닙니다. 병에 의해 인간의 정신화가 초래될 수 있다는 말은 그만하십시오. 육체가 없는 영혼은 영혼이 없는 육체처럼 끔찍한 겁니다. 물론 전자의 경우는 드물고 후자의 경우가 일반적이지요. 대체로 육체는 과도할 징도로 번성합니다. 모든 것을 독점하려 하고 영혼으로부터 벗어나려 합니다. 환자로 살아가는 인간은 그 무엇보다 육체 그 자체입니다. 거기에는 비인간성과 타락이 지배하고 있습니다. 대부분의 경우 썩은 고기에 불과할 뿐입니다."

"재미있네." 요아힘이 갑자기 한스 카스토르프 쪽으로 고개를 돌리며 낮게 속삭였다. "너도 지난번에 비슷한 말을 했잖아."

"그랬던가?" 한스가 말했다. "글쎄, 내 머리에 비슷한 생각이 떠올랐었는지도 모르지."

세템브리니는 몇 발자국 앞서 걷더니 마무리 짓듯 말했다. 그의 말을 들은 모양이었다.

"그랬어요? 그렇다면 좋은 일이지요. 이 엔지니어에게 충분히 그런 생각이 들 수 있으니까요. 재능 있는 젊은이라면 모든 가능한 견해를 일시적으로 실험해보기 마련이니까요. 재능 있는 젊은이란 아무것도 쓰여 있지 않은 백지가 아닙니다. 옳건 그르건 간에 신비한 마술 잉크로 모든 것이 쓰여 있는 종이 같은 존재이지요. 그런 젊은이 앞에서 교육자가 할 일은 자명한 것이지요. 옳은 것은 과감하게 발전시키고 잘못된 것이 싹트려 하면 영원히 없애버리도록 영향력을 행사하는 것입니다."

세템브리니와 헤어져 엘리베이터를 타고 가며 한스가 요아힘에게 말했다.

"대단하군! 정말 교육자야. 저 사람 앞에서 입을 함부로 놀리면 안 되겠어. 자칫하면 장광설을 들어야 할 판이니. 하지만 들을 만한 것도 사실이야. 말을 정말 잘하고 그 입에서 나오는 단어들도 정말 둥글고 감칠맛이 있단 말이야. 그의 말을 듣고 있으면 갓 구운 빵이 생각나."

"그 사람 앞에서 그런 말은 하지 않는 게 좋을걸. 그의 설교를 듣고 빵 생각이 난다고 하면 실망할걸."

"그래? 하지만 그 사람 말을 듣고 있으면 그 말을 하는 사람의 품성이 중요한 게 아니라 그 아름다운 말 자체가 중요하다는 생각이 들어. 그가 사용하는 단어들을 들으면 기가 죽는다니까. 하지만 그가 무엇이든 깎아내리는 것을 보면 은근히 반감이 들기도 해. 매사에 반대만 하고 있으니. 존재하는 모든 게 마음에 들지 않는다고 비난하는 것 같아. 뭔가 황폐해진 사람 같다고 할까? 암튼 그런 생각이 드는 걸 어쩔 수 없어."

그러자 요아힘이 신중하게 대답했다.

"너는 그렇게 말하지만 나는 정반대 느낌도 들어. 황폐한 사람이라기보다 자기 자신을 무척 존중하는 사람 같은 느낌. 혹은 인류 전체를 존중한다는 느낌? 나는 그 점이 좋아. 내가 보기에는 그건 좋은 거야."

"네 말이 맞아." 한스가 대답했다. "게다가 뭔가 금욕적이고 엄격한 데가 있어. 그게 사람들을 가끔 불편하게 만들기도 하지만 말이야. 말하자면 '너 제대로 하고 있는 거냐?'라고 묻고 있는 것만 같단 말이야. 뭐, 하지만 나쁘다는 뜻은 아니야. 실은 아까 안전 요양용 담요를 사러 갔다 오는 거라고 말했을 때 동의하지 않는 것 같다는 느낌을 받았어. 뭔가 반대를 하고 싶지만 그냥 참고 있는 것 같았어."

"그럴 리가! 말도 안 돼."

요아힘은 곧바로 안정 요양에 들어갔고 한스는 점심 식사 준비를 하려고 손을 씻고 옷을 갈아입기 시작했다. 점심 식사까지는 한 시간도 채 남아 있지 않았다.


## 시간의 감각에 대한 부가 설명


점심 식사를 마치고 돌아와 보니 한스 카스토르프의 방 의자 위에 꾸러미가 놓여 있었다. 마을로 가서 주문한 담요였다.

한스 카스토르프는 이날 오후 처음으로 담요를 사용해 접이식 침대에 누워보았다. 이미 숙련된 요아힘이 담요를 싸매고 눕는 기술을 가르쳐주었다. 익히기 쉽지 않은 기술이었다. 한스가 겨우 담요 안에 몸을 동그랗게 감싸고 누울 수 있게 되자 요아힘이 "이만하면 이제 영하 10도가 되어도 끄떡없을 거야"라고 말한 다음, 자기 방 발코니로 가서 자세를 취하고 누웠다.

늘 그렇듯이 접이식 침대에 누워 있자면 한스는 마음 깊이 편안함을 느꼈다. 그리고 요양원의 규칙에서 신성시되는 이 두 시간이 자신에게 온전히 주어져 있다는 사실에 적이 만족했다. 자신은 이 위의 세상에 단지 손님으로 왔을 뿐이지만 이 안정 요양은 자신에게도 아주 유익하고 고마운 제도라고 느껴졌다.

안정 요양이 끝나면 과자와 잼이 곁들여진 티타임이 있고 다시 접이식 침대에서 휴식을 취한 다음 7시에 저녁 식사를 한다. 저녁 식사 시간에는 눈으로나 머리로나 볼거리들이 생겨 긴장감을 갖게 된다. 식사를 마친 뒤에는 입체경, 만화경, 영사기 등 갖가지 광학 기구들을 들여다보며 시간을 보냈다. 한스 카스토르프가 벌써 이곳 생활에 익숙해졌다고 말한다면 과장일 것이지만 그는 최소한 하루 일과를 훤히 파악하고 있었다.

한 사람이 새로운 환경에 적응하며 지내게 되는 과정에는 뭔가 주목할 만한 것이 있다. 그 새로운 것과 어울리고 익숙해지려 애쓰면서 그에게는 그것 자체가 즐거운 목표가 된다. 그런데 가까스로 그 목적을 달성하자마자, 혹은 달성한 지 얼마 되지 않아 이번에는 그 모든 것을 깨버리고 이전 상태로 돌아가는 것이 새로운 목표가 되는 것이다.

우리는 이런 것들을 중간 휴식, 혹은 막간이라는 이름으로 우리의 주요 인생행로 중의 하나로 삼는다. 언제나 자체 재생에 여념이 없는 바쁜 유기적 생명체가 매일매일의 밋밋하고 매듭도 없는 단조로움 때문에 무기력해지고 무감각해질 위험에 빠질 경우, 그로부터 벗어날 수 있기 위해서이다. 그런데 누군가 똑같은 것을 오랫동안 계속할 경우 이런 무기력증과 무감각증이 나타나는 이유는 무엇일까? 그것은 육체적이고 정신적인 피로나 쇠진(衰盡) 때문이 아니다. 만일 그렇다면 완벽하게 쉬는 것이 가장 좋은 회복 방법일 것이다. 그것은 차라리 심리적인 것이다. 말하자면 매일 매일 천편일률적인 일이 계속되다 보면 시간에 대한 지각이 사라진다는 뜻이다. 시간에 대한 지각은 생활에 대한 의식과 밀접하게 맺어져 있어서 생활 의식이 큰 손상을 입게 되면 시간에 대한 지각도 약화된다.

지루하다는 것이 무엇인가에 대해서 잘못된 생각들이 널리 받아들여지고 있다. 일반적으로 사람들은 시간의 내용이 흥미롭거나 참신하면 시간이 빨리 지나간다고 생각한다. 반대로 단조롭고 공허한 경우 시간이 흐르는 것을 방해한다고 생각한다. 하지만 그런 생각에는 반드시 단서 조항이 필요하다.

공허함, 단조로움이 실제로 시간을 길게 늘려 지루하게 만드는 것이 사실이다. 하지만 아주 큰 시간 단위의 관점에서 보면 공허함과 단조로움은 오히려 시간을 축소시키고 심지어 그것을 무화시키는 힘을 지니고 있다. 반대의 경우도 마찬가지이다. 충만하고 흥미로운 내용을 지닌 시간들은 시간에 날개를 달아준 것처럼 훌쩍 지나가버린다. 하지만 시간의 단위를 크게 잡으면 시간의 흐름에 무게, 부피, 넓이가 주어져 그 시간은 아주 천천히 지나간다.

그러니 우리가 지루함이라고 일컫는 것은 사실은 시간이 늘어나는 것을 의미하는 것이 아니라 단조로움 때문에 시간이 비정상적으로 짧아지는 것을 말한다. 큰 단위의 시간들이 계속 단조로움에 빠져 있으면 그 시간은 무서움에 심장이 얼어붙을 정도로 작게 수축되어버린다.

어느 하루가 다른 모든 날과 똑같다면 그날들은 모두 하루 같을 것이다. 완벽하게 같은 날들이 이어진다면 우리의 기나긴 삶이 짧아진 듯 여겨질 것이며 부지불식간에 사라져버린 것처럼 될 것이다. 생활에 익숙해진다는 것은 시간에 대한 감각이 잠들거나 지쳐버린 것을 의미한다. 젊은 시절이 더디게 흘러가고 나이가 들수록 세월이 점점 더 빨리 흘러가는 것은 그 때문이다. 변화와 새로움의 기간을 그 사이에 집어넣는 것만이 우리의 시간 감각을 새롭게 하고 강화하는 방법, 시간을 늦추고 젊게 하여 우리의 삶에 대한 지각 자체를 새롭게 할 수 있는 유일한 방법이라는 것을 우리는 알고 있다. 우리가 공기와 무대를 바꾸는 것, 요양소에 머무는 것, 온천에 가는 것은 바로 그 이유에서이다. 그것이 바로 변화와 일상 속의 소소한 사건들이 행하는 치료의 비법이다.

우리가 새로운 장소에 가게 되면 처음 며칠, 즉 6일이나 8일 정도는 마치 청춘 시절처럼 힘차고 활기차게 지나간다. 하지만 점차 시간이 지나감에 따라 우리는 그 장소에 익숙해지고 점차적으로 시간은 단축된다. 그리고 매일매일이 휙 지나간 것처럼 느껴져 깜짝 놀라게 될지도 모른다. 물론 일상생활로 다시 돌아간 경우에도 시간 감각의 쇄신이라는 효과가 작용한다. 기분 전환을 한 후 집으로 돌아오면 며칠간 우리는 다시 새로운 기분에서 활기차게 지낼 수 있다. 하지만 그 효과는 아무리 길어도 단 며칠뿐이다. 일상의 규칙에서 벗어나는 것보다 돌아오는 게 훨씬 쉬운 일인 때문이다. 또한, 고령이어서 시간 감각이 이미 무뎌져 있는 경우에는 훨씬 빨리 옛 생활로 되돌아오게 되어 하루도 지나기 전에 마치 집을 떠난 일이 없었던 것처럼 여겨지거나 심한 경우 여행 자체가 마치 하룻밤 꿈처럼 여겨지게

제4장

된다.

우리가 이런 이야기를 여기에 끼워 넣은 것은 며칠 뒤에 한 스가 그의 사촌을 충혈된 눈으로 바라보며 이와 비슷한 이야기를 한 때문이다.

"이 새로운 곳에서 시간이 천천히 흘러가는 것처럼 보이는 건 정말 이상해. 말하자면……, 물론 지루하다는 이야기가 아니야. 반대로 정말 즐겁다고 할 수 있어. 하지만 돌아보면 내가 여기 온 게 언제인지 모를 정도로 오래 있었던 것 같은 생각이 들어. 아주 먼 옛날 일 같다는 생각이 든다니까. 이건 순전히 느낌의 문제이지, 이성이라든지, 일반적으로 시간을 잰다거나 하는 것과는 아무 상관이 없어."


히페


우리의 주인공이 이 위의 사람들에게 온 지도 어언 닷새가 지났다. 하지만 그사이 그는 복도의 간호사를 빼놓고는 별로 사람들을 사귀지 못했다. 스스로 이곳의 손님으로 여기고 있었고 '냉담한 관객'처럼 행동했기 때문이었다. 간호사 외에 그가 알게 된 사람은 얼굴이 창백하고 머리칼이 새까만 멕시코 여자가 유일했다. 바로 이전에 요아힘이 '둘 다'라고 말해주었던 여자였다. 하지만 그녀와 알게 되었다고 해서 무슨 대화를 나누었다는 뜻은 아니었다. 그가 그녀와 복도에서 만나 인사를 나누었을 때 그녀에게서 들을 수 있는 말은 '둘 다'라는 불어뿐이었다. 또 한 가지, 매일매일 똑같은 일이 반복되는 가운데 한 가지 변화가 있었다. 하지만 그것도 규칙적인 변화라고 하는 것이 옳았다. 매월 두 번째 주 일요일마다 테라스에서 요양 음악이 연주되었고 한스가 이곳 위에 와서 처음 맞이한 일요일이 마침 그 연주회 날이었던 것이다. 그밖에는 일요일도 평일과 다를 바 없었으며 굳이 달라진 것을 지적하자면 평일보다 음식량이 덜 풍부한 대신 질이 좋아졌다는 정도였다.

하지만 다음 날, 그러니까 월요일은, 역시 규칙적으로 찾아오는 변화이긴 했지만 변화가 있었다. 크로코브스키 박사가 베르크호프의 중환자를 제외하고 독일어를 이해하는 모든 성인들에게 2주마다 식당에서 행하는 정신 분석 강의 날이 다가온 것이다. 요아힘이 해준 말에 의하면 '병을 일으키는 힘으로서의 사랑'이라는 제목의 대중적이고 과학적인 연속 강좌였다. 계몽적인 성격을 띤 이 행사는 두 번째 아침 식사를 마친 후에 거행되었다.

한스도 예의상, 또한 호기심 때문에 강연에 참석하기로 마음먹었다. 그런데 강연 시간이 되기 전에 뭔가 잘못된 판단으로 일을 저지르고 말았다. 그는 혼자 멀리까지 산책을 해보기로 마음먹었고 그것이 예기치 않은 나쁜 결과를 가져온 것이다.

"이봐, 내 말 좀 들어봐." 아침에 요아힘이 방에 들어오자 한스가 그에게 말했다. "이대로는 안 되겠어. 이제 수평 생활이 지겨워. 아침 식사를 마친 후 제대로 된 산책을 좀 해봐야겠어. 너를 유혹할 생각은 없어. 나 혼자 가볼게. 두세 시간 정도 모든 걸 하늘에 맡기고 무작정 걸어볼 작정이야. 돌아왔을 때 딴 사람이 되어 있을지 알 게 뭔가."

"좋은 생각이야. 하지만 너무 무리하지는 마. 무엇보다 강연 시간에 늦지 않도록 해."

그날 아침 식사 후에 한스는 요아힘과 규칙적인 요양 근무 산책을 함께 한 다음, 늘 가던 벤치에서 요아힘과 헤어진 뒤 지팡이를 흔들며 차도로 내려가 과감하게 혼자만의 산책을 시작했다.

서늘하고 흐린, 아침 9시 무렵이었다. 한스 카스토르프는 계획대로 아침 공기를 깊이 들이마셨다. 습기 찬 냄새도 없었고 내용물도 추억도 없는 신선하고 가벼운 공기라서 들이마시기 쉬웠다. 그는 도로를 벗어나 오솔길로 접어들었다가 다시 오른쪽으로 나 있는 꽤 가파른 비탈길을 올라갔다. 기분이 상쾌해서 그는 큰 목소리로 노래를 불렀다.

그는 꼬불꼬불한 길을 계속 올라가다가 왼쪽으로 방향을 꺾어 마을로 향하는 오솔길로 접어들었다. 이어서 침엽수림 사이를 한참 걸어갔고 숲을 빠져나오자 계곡물이 졸졸 흐르는 외딴 곳이 나타났다. 더없이 아름다운 풍경이었다. 시냇물 건너편에 휴식용 벤치가 한스의 눈에 들어왔다. 그는 작은 다리를 건너면서 급류 소리와 물거품을 귀와 눈으로 즐겼다. 그리고 벤치에 앉아 변화무쌍한 물소리에 귀를 기울였다.

그런데 그가 벤치에 앉자마자 갑작스레 코피가 흘러내려 그만 옷이 더러워지고 말았다. 코피가 계속 심하게 흘러내려 그는 손수건을 헹구어 코피를 닦기 위해 벤치와 시냇물 사이를 30분가량 왔다 갔다 해야만 했다. 마침내 코피가 멎자 그는 그대로 벤치에 누웠다. 그는 양손을 머리 뒤에 깍지 끼고 양 무릎을 올린 채 두 눈을 감고 물소리에 귀를 기울이며 얌전히 누워 있었다. 피를 많이 쏟고 나니 기분이 나쁜 게 아니라 오히려 그를 진정시키는 효과를 내어서 이상하게 온몸의 활력이 다 빠진 것 같은 상태가 되었다. 숨을 내쉬고 나자 다시 들이키고 싶은 필요성을 느끼지 못한 채 그는 미동도 않고 누워 있었다. 그는 가만히 누운 채 심장이 뛰도록 내버려두었다가 천천히 건성으로 숨을 들이마셨다.

그러다가 갑자기 한스는 며칠 전에 꾸었던 꿈속, 머나먼 과거 속으로 자신이 빨려 들어가 있음을 알게 되었다. 지난 며칠 동안 받은 인상으로 인해 촉발된 꿈이었다. 마치 시간과 공간이 소멸해버린 듯 너무나 생생하게, 그리고 저항할 수 없이 그는 과거로 빨려 들어갔다. 마치 이곳 시냇물 옆 벤치에 누워 있는 것은 생명이 없는 육체에 불과하고 진짜 한스 카스토르프는 먼 과거의 시간과 장소로, 비록 유치하긴 하지만 대담함과 모험심으로 흥분해 있던 그 옛날의 상황 속으로 옮아간 것 같았다.

그는 열세 살 소년이었고 짧은 반바지 차림의 중학교 2학년생이었다. 그는 비슷한 또래의 소년과 이야기를 나누며 교정에 서 있었다. 역사와 미술 시간 사이에 이루어진 아주 짧은 대화였지만 한스는 기뻤다. 교정은 아이들의 재잘거리는 소리로 떠들썩했다.

한스 카스토르프와 이야기를 나누고 있는 소년은 프리비슬라프 히페였다. 그리고 이 이상한 이름은 그의 이국적인 외모와 잘 어울렸다. 그는 게르만족의 혈통에 슬라브 피가 섞인 게 틀림없었고 게다가 금발이었다. 눈은 푸르스름한 회색, 혹은 회색이 섞인 푸른색으로서 키르키스인의 특색을 보여주고 있었다. 마치 먼 산의 색처럼 뭐라 말하기 어려운 모호한 색이었다. 비스듬히 위로 올라가 있어 특이한 모양의 눈 아래로는 광대뼈가 튀어나와 있었다. 그는 모범생이어서 나이는 한스와 같았지만 벌써 한 학년 위로 진급해 있었다.

벌써 오래전부터 한스는 프리비슬라프를 눈여겨보고 있었다. 그는 교정에서 뛰놀고 있는 수많은 학생들 중에서 알게 모르게 그에게 관심을 갖고 두 눈으로 그를 좇았다. 그를 사모하고 있었다고 해야 할까? 하지만 우정이라고 부를 수도 없을 그런 감정을 뭐라고 표현해야 할지 한스는 생각해본 적도 없었기에 그 감정에 어떤 명칭을 붙일 필요성을 조금도 느끼지 못했다. 그 감정은 그 어떤 규정으로도 불충분한, 그냥 그런 감정이었다.

이러한 상태가 1년가량 지속되었다. 그만큼 한스의 성격은 성실했고 꾸준했다. 그러던 어느 날 드디어 대담한 절정의 순간을 맞이하게 되었다. 그 절정의 순간이란 다음과 같았다.

제4장

미술 시간이 시작되기 전 한스 카스토르프는 자신이 연필을 가져오지 않은 것을 알았다. 순간 한스는 연필을 빌릴 만한 친구는 바로 프리비슬라프라고 생각했다. 비록 남몰래 자기 혼자 간직해 온 관계였지만 그가 가장 친한 친구라고 여겨졌던 것이다. 그는 기쁘고 설레는 마음으로 이 기회를 이용해서 그에게 연필을 빌려달라고 해야겠다고 생각했다. 드디어 말을 걸 기회가 생긴 것이다.

그는 붉은 벽돌이 깔려 있는 혼잡한 교정에서 프리비슬라프 앞에 홀로 서서 말했다.

"미안하지만 연필 좀 빌려줄 수 있겠니?"

그러자 프리비슬라프는 놀란 기색도 없이 듣기 좋은 허스키 목소리로 말했다.

"좋아. 다만 수업이 끝나면 꼭 돌려줘야 해."

프리비슬라프는 주머니에서 은도금이 된 붉은 색연필을 꺼내어 그에게 주면서 다시 말했다.

"부러뜨리지 않도록 조심해야 해."

둘은 서로를 바라보며 빙그레 웃었다. 하지만 더 이상 할 말이 없었으므로 둘은 등을 돌리고 헤어졌다.

그것이 전부였다. 하지만 한스는 프리비슬라프에게 연필을 빌려서 그림을 그렸던 그 미술 시간만큼 기뻤던 적이 결코 없었다. 게다가 그에게는 연필 주인에게 연필을 돌려준다는 즐거운 일이 남아 있었다. 그는 자기 마음대로 연필을 조금 뾰족하게 깎은 후 그 붉은색 부스러기 서너 개를 1년 가까이나 책상 서랍 안에 보관했다. 누가 그 부스러기들을 보았다 해도 그것이 지닌 중요한 의미는 짐작할 수도 없었을 것이다.

연필을 돌려주는 일도 아주 간단하게 끝이 났다.

"자, 연필 여기 있어. 정말 고마웠어."

프리비슬라프는 아무 말도 하지 않은 채 연필을 쓱 한번 살펴보고는 주머니에 집어넣었다. 이후 둘이 다시 대화를 나눈 적은 한 번도 없었다. 한스 카스토르프의 모험심 덕분에 딱 한 번뿐인 그 일이 일어날 수 있었던 것이다.

둘 사이의 그런 상황은 1년 정도 더 계속되다가 끝이 났다. 보다 정확히 말한다면 한스가 마음속에 맺어놓은 관계가 1년 동안 지속되었다는 뜻이다. 역시 한스의 보수적인 성실성 덕분이었다. 한스는 그 관계가 언제 시작되었는지 몰랐듯이 그 끈이 느슨해진 것을 눈치채지 못했다. 또한 프리비슬라프도 아버지의 전근으로 인해 전학하게 되어 학교와 도시에서 사라져버렸다. 그리고 한스는 그에 대해 별로 개의치 않았다. 이미 오래

전에 그를 잊고 있었던 것이다.

한스 카스토르프는 학창 시절의 황홀경에 빠져 있다가 깜짝 놀라 잠에서 깨어났다. '꿈을 꾸었나?'라고 그는 생각했다. '그래, 프리비슬라프였어. 정말 오랫동안 그를 생각하지 않았네. 연필 부스러기들은 어떻게 됐을까? 그를 이렇게 다시 보게 되리라고는 정말 생각도 못했어. 그런데 어떻게 신기하게도 그 여자와 닮았을까? 이 위에 있는 그 여자와! 그 친구 덕분에 내가 그녀에게 관심을 갖게 된 걸까? 아니면 그녀 덕분에 그 친구 생각이 난 걸까? 그건 그렇고 이젠 돌아가야겠네.'

그는 돌아가려고 모자와 지팡이를 손에 쥐었다가 다시 주저앉고 말았다. 무릎이 말을 듣지 않았던 것이다.

'이거 안 되겠네. 강의를 들으려면 성각 11시끼지는 식당에 가야 하는데. 이 위에서의 산책은 멋진 면도 있지만 어려운 점도 있군. 하지만 오래 누워 있었더니 다리가 좀 마비되었을 뿐일 거야. 몸을 움직이면 금세 괜찮아질 거야.'

이번에는 꾹 참고 힘을 주었더니 몸을 일으킬 수 있었다. 그러나 걸음을 옮기자마자 얼굴이 갑자기 창백해지고 식은땀이 이마에서 흘러내렸으며 심장이 불규칙하게 뛰어 숨을 쉴 수 없을 정도였다. 그는 몇 번이나 길바닥에 앉아 휴식을 취한 끝에 겨우 골짜기까지 내려올 수 있었다. 하지만 베르크호프까지 혼자 걸어갈 힘은 도저히 없었다. 그는 마침 빈 상자를 싣고 가던 짐마차 마부에게 부탁해서 겨우 요양원 입구까지 갈 수 있었다. 그는 마부에게 손에 잡히는 대로 돈을 쥐어준 다음 빠른 걸음으로 현관을 향해 걸어갔다.

그를 본 프랑스인 수위가 그에게 말했다.

"어서 오십시오, 선생님. 박사님 강연이 벌써 시작되었습니다."

그는 조심스럽게 식당 안으로 들어섰다. 식당 안에는 요양객들이 열을 지어 자리에 앉아 있었고 크로코브스키 박사가 프록코트 차림으로 유리 물병이 놓인 탁자 뒤에 서서 강연을 하고 있었다.


## 사랑과 병


다행히 문 가까이 구석진 곳에 빈자리가 있었다. 한스는 슬그머니 그곳으로 미끄러져 들어가 앉아 처음부터 그 자리에 앉아 있던 척했다. 청중들은 크로코브스키 박사의 입술에 정신이 팔려 한스에게 주의를 기울이지 않았다. 몰골이 말이 아닐 정도로 끔찍했던 그로서는 잘된 일이었다. 얼굴은 백지장처럼 창백했으며 양복은 피로 얼룩져 막 범죄 현장으로부터 도망친 살인자 같은 모습이었다.

그가 자리에 앉자 바로 앞에 앉은 여자가 고개를 돌리고 가느다란 눈으로 그를 바라보았다. 바로 쇼샤 부인임을 알아보고 그는 분노가 치솟았다.

'제길! 한순간도 마음이 편할 때가 없군! 조용히 앉아 편히 쉴 수 있을 거라고 생각했건만…… . 그녀가 바로 코앞에 앉아 있다니!'

다른 상황이었다면 그는 이런 우연을 무엇보다 기뻐했을 것이다. 하지만 이렇게 녹초가 된 마당에 가슴이 뛰는 일을 겪어야 한단 말인가!

그녀는 바로 프리비슬라프와 똑같은 눈초리로 그의 얼굴과 옷에 묻은 피 얼룩을 쳐다보았다. 문을 쾅 소리 내어 닫을 때와 마찬가지로 뻔뻔스럽고 주제넘은 여자의 모습이었다. 쇼샤 부인은 어깨를 축 늘어뜨린 채 단정치 못한 자세로 앉아 있었다. 등을 구부정하게 굽히고 어깨를 앞으로 내밀고 있어 흰 블라우스 사이로 목덜미 뼈가 훤히 드러나 보였다. 프리비슬라프의 머리 자세도 그와 비슷했다. 하지만 그는 모범생이었다. 그에 반해 쇼샤 부인의 단정치 못한 자세, 문을 쾅 닫는 태도, 상대방을 똑바로 쳐다보는 눈초리 등은 모두 그녀가 병에 걸렸다는 사실과 연관이 있음이 분명했다.

쇼샤 부인의 축 늘어진 등을 바라보면서 한스 카스토르프의 사고는 혼란에 빠졌고 이내 몽상으로 변했다. 그리고 그의 몽상 속으로 크로코브스키 박사의 둔중한 바리톤 음성이 아주 먼 곳에서 들리는 것처럼 흘러들어왔다. 하지만 방 안의 정적, 청중들이 모두 깊은 주의를 기울이고 있는 분위기가 그에게 영향을 미쳐 그도 몽상에서 깨어날 수 있었다.

'박사는 도대체 무슨 이야기를 하고 있는 것일까?'

그는 박사의 강연에 집중하려 했다. 하지만 처음 부분을 놓친 데다 쇼샤 부인의 축 늘어진 어깨에 정신이 팔려 강의 내용을 쉽게 이해할 수 없었다. 박사는 힘에 대해, 달리 말해 사랑의 힘에 대해 이야기하고 있었다. 그는 인간의 모든 본능 중에서 사랑이야말로 가장 위험하고 불안정한 본능이라고 말하고 있었다. 사랑은 본질적으로 인간을 착오로 이끌며 치유 불가능한 도착에 빠지게 한다고 말하고 있었다.

그는 이제 정신 분석의 영역으로 들어가고 있었다. 그가 말했다.

"인간의 의식은 본능적 사랑의 충동을 억압합니다. 수치심과 혐오감 같은 것이 바로 그것입니다. 하지만 억압된 사랑은 죽지 않고 살아남아 정신의 어두컴컴한 곳에 숨어서 욕구 실현의 기회를 노립니다. 그리고 검열을 피해서 그 모습을 바꾸어 나타납니다. 물론 그것이 바로 사랑의 충동이 변장한 모습이라는 것을 알아볼 수 없게끔 나타나는 것입니다. 그렇다면 의식 속으로 들어가지 못하고 억압된 사랑은 과연 어떤 모습으로 나타날까요? 어떤 마스크를 쓰고 나타날까요?"

사람들은 모두 숨을 죽였다. 크로코브스키 박사는 청중을 둘러보았다. 그의 질문에 대답할 수 있는 사람은 아무도 없었다. 오로지 크로코브스키 박사만이 그 대답을 알 수 있을 뿐이었다. 순간 한스는 크로코브스키 박사 자신의 모습이 바로 그 순결과 욕정 사이의 대립과 투쟁을 상징적으로 구현하고 있는 것 같다는 느낌을 받았다.

잠시 뜸을 들이던 크로코브스키 박사가 드디어 입을 열었다.

"병의 형태로 나타납니다. 병의 증상은 사랑의 힘이 변장해서 나타난 것, 바로 그것입니다. 모든 병은 사랑의 변형된 모습입니다!"

이제 사람들은 비록 그의 말을 완전히 이해할 수는 없었지만, 정답을 알 수 있게 되었다. '아!' 하는 탄식 소리가 홀 안에 울려 퍼졌고, 여기저기서 사람들이 고개를 끄덕였다. 한스 카스토르프는 방금 들은 말을 나름대로 이해해보려고 고개를 숙였다. 하지만 평소 들어본 적이 없는 말인 데다가 힘에 부치는 산책을 한 뒤라서 머리가 잘 돌아가지 않았다. 게다가 바로 자기 앞에 앉은 여자의 등과 팔 때문에 주의가 산만해졌다. 쇼샤 부인이 땋은 머리를 손으로 받치기 위해 팔을 뒤로 내밀고 있었던 것이다.

이렇게 바로 눈앞에서 손을 바라보고 있다는 것, 원하든 원치 않든 그 손을 볼 수밖에 없다는 것, 그 손 안에서 인간의 모든 흠결과 불완전성을 마치 확대경을 통해 보듯 샅샅이 바라볼 수밖에 없다는 것은 불편한 일이었다. 그렇다. 그 손, 마치 땅딸막한 여학생의 손 같은 그 손에는 귀족적인 면모라고는 조금도 없었다. 손톱은 아무렇게나 너무 바싹 깎여 있었으며 손톱 끄트머리가 매끈하지 못한 것으로 보아 손톱을 물어뜯는 버릇이 있는 게 틀림없었다.

한스는 얼굴을 찡그렸지만 그의 눈길은 여전히 쇼샤 부인의 등을 떠나지 않았다. 그리고 사랑의 힘에 대항하는, 혹은 그것을 억압하는 부르주아적 윤리와 저항에 대한 크로코브스키 박사의 말이 애매하나마 막연하게 생각났다. 머리 뒤로 유연하게 굽은 그녀의 팔은 손보다는 훨씬 나았다. 팔은 얇은 망사만으로 가려져 있어 아무것으로도 가리지 않은 것보다 훨씬 아름답게 보였다. 충만한 것 같으면서도 가냘프게 보이는 그 팔은 아무리 보아도 차가운 느낌을 지울 수 없었다.

'아니야! 적어도 저 팔에 관한 한 부르주아적 윤리나 저항 같은 건 적용될 수 없어'라고 한스는 생각했다. 그는 여전히 쇼샤 부인의 팔을 바라보며 '여성들은 목과 가슴을 보여주고, 팔을 '환상' 속으로 감추기 위해서 망사를 입는 거야. 이 세상 어디를 가든, 여자들은 남자들의 욕망을 부추기기 위해 그렇게 하는 거야. 아, 인생은 얼마나 아름다운가!'라고 생각했다.

크로코브스키 박사는 강연 미기막에 정신 분석을 대대적으로 선전하는 것 같았다. 그는 두 팔을 벌리고 '모두 내게로 오라!'고 촉구하고 있었다. 그는 '수고하고 무거운 짐을 진 자여, 모두 내게로 오라'는 성경 구절을 자기식으로 말하고 있었다. 그의 눈에 모든 사람은 수고하고 무거운 짐을 진 자였다. 그는 인간의 내부에 숨겨진 고통에 대해, 수치심과 번민에 대해, 그런 인간을 구원해줄 수 있는 정신 분석의 영향력에 대해 이야기했다. 그는 정신 분석이 무의식을 밝혀냈다고 주장했으며 병이 어떻게 의식적인 감정으로 변하는지 설명했다.

강연이 끝나고 이윽고 사람들이 모두 자리에서 일어나 박사의 뒤를 따라 식당에서 나갔다. 마치 피리 부는 사나이를 따라가는 아이들처럼 사람들은 모두 자기의 의지를 상실하고 무작정 부화뇌동해서 다른 사람들을 따라가는 것 같았다. 한스는 그들을 바라보며 "나는 다행히 건강해. 이곳에 손님으로 왔을 뿐이야. 나와는 상관없는 이야기이니 다음번 강의에는 참석하지 말아야지"라고 혼잣말을 했다.

그는 쇼샤 부인이 특유의 걸음걸이로 살금살금 걸어 나가는 모습을 지켜보았다.

'그녀도 정신 분석을 받으러 갈 건가?'

그 생각을 하자 갑자기 가슴이 쿵쿵거렸다. 그 때문에 요아힘이 그에게 다가오는 것을 눈치채지 못했다.

"그래, 멀리까지 갔었어? 산책은 어땠어?"

"좋았어. 하지만 기대만큼은 아니었어. 당분간 장거리 산책은 하지 않을 거야."

요아힘은 강연에 대해서는 아무것도 묻지 않았고 두 사람은 마치 합의를 본 것처럼 이후로도 크로코브스키 박사의 강연에 대해서는 아무 이야기도 나누지 않았다.


## 베렌스 원장


화요일은 우리의 주인공이 이 위에 온 지 일주일이 되는 날이었다. 아침 산책을 마치고 돌아와 보니 방에 일주일치 청구서가 놓여 있었다. 녹색 봉투에 들어 있는 깔끔한 상용 문서에 적힌 금액은 정확히 180프랑이었다. 방값이 하루에 8프랑, 식대 및 의료 진료비가 하루 12프랑, 입원비 20프랑, 방 소독비 10프랑이었으며 그 외에 세탁비, 맥주 값, 도착한 날 밤에 마신 포도주 값 등을 합산한 금액이었다.

한스 카스토르프는 요아힘과 함께 청구서를 검토해본 결과 이의를 제기할 것이 없다고 생각했다. 그가 말했다.

"나는 진료 같은 것은 받은 적이 없지만, 내 임의대로 그렇게 한 것이고 더욱이 식대에 포함되어 있으니 그것만 빼달라고 할 수도 없잖아. 소독비는 좀 폭리를 취하고 있는 것 같지만 전체적으로 비싸다는 생각은 들지 않아."

두 사람은 두 번째 아침 식사를 들기 전에 계산을 치르기 위해 1층에 있는 '원무과'로 갔다. 원무과 사무실은 작았지만 사무실로서의 면모는 다 갖추고 있었다. 타이피스트 한 명이 일하고 있었으며 그 외에 남자 사무원 세 명이 있었고 바로 옆방에서는 원무과장으로 보이는 사람이 방 한가운데 놓인 책상 앞에 앉아 있었다.

셈을 치르고 아침 식사를 하러 가는 도중에 한스는 요아힘으로부터 베르크호프 요양원의 운영에 대해 몇 가지 사실을 들을 수 있었다.

베렌스는 겉보기와는 달리 이 시설의 주인이나 소유자가 아니었다. 그의 상부와 배후에는 보이지 않는 세력이 있어 그들이 방금 방문한 사무실이라는 모습으로 존재했다. 바로 감사위원회와 주식회사라는 형태가 그것이었다. 따라서 베렌스는 독립된 경영자가 아니라 대리인이자 간부였고 고위층의 한 명일 뿐이었다. 그렇지만 그는 우두머리 간부였고, 회계 부서를 포함해 전체 조직에 결정적인 영향력을 행사할 수 있었다.

그는 독일 북서쪽 태생이었다. 그런 그가 이곳에 오게 된 것은 벌써 오래전에 이곳 다보스 도르프의 묘지에 묻힌 그의 부인 때문이었다. 그녀는 눈이 크고 매우 사랑스러운 여자였다. 그녀는 베렌스와의 사이에서 1남 1녀를 낳았는데 몸이 허약하

제4장

고 열병에 걸려 이곳에 올라오게 되었고 몇 달 만에 세상을 떠났다. 부인을 몹시 사랑하던 베렌스는 부인이 죽자 우울증에 걸려 머리가 좀 이상해졌다고 했다. 이후 그는 이곳을 떠나지 않고 남았다. 사랑하는 부인 곁을 떠나지 않겠다는 감상적인 이유도 있었겠지만 자신도 가슴의 병을 약간 앓고 있어 의학적 판단에 따라 이곳에 남기로 했다는 것이다. 말하자면 그는 병으로부터 자유로운 의사, 건강한 몸으로 환자의 병을 치료하는 의사로서가 아니라 스스로 병의 징후를 지닌 환자의 입장에서 이곳에 머무르게 된 것이다.

요아힘으로부터 그 이야기를 듣고 한스는 생각했다.

'의사와 환자가 공감하는 부분이 있다는 것은 바람직하다. 고통을 겪어본 자만이 고통을 겪고 있는 자의 안내자가 되고 구원자가 될 수 있다는 밀도 일리가 있다. 하지만 어떤 힘에 예속되어 있는 자가 그 힘에 대해 진정한 지배력을 획득하는 일이 가능할까? 자신이 자유롭지 못한 자가 남들을 자유롭게 해 줄 수 있을까? 병을 앓고 있는 의사란 존재는 상식적인 관점에서 보면 모순일 수밖에 없으며 의심스러운 현상일 수밖에 없다. 그의 과학적 지식은 자신이 병을 앓고 있기에 더욱 풍부해지고 도덕적으로 강화되기보다는 오히려 흐려지고 혼란스러워지지 않을까? 그는 질병에 대해 분명한 적대감을 가질 수 없다. 그는 편견을 가질 수밖에 없으며 그의 입장은 애매모호할 뿐이다. 그렇게 볼 때, 그 자신이 환자에 속하는 사람이 완전히 건강한 사람과 마찬가지로 다른 환자의 치료에 전념할 수 있으며 돌볼 수 있는가 하는 문제는 신중하게 검토해보아야만 한다.'

한스가 요아힘에게 자신의 생각을 말해주자 요아힘은 베렌스 원장이 아직 환자인지 아닌지는 모른다, 오래전에 이미 병이 나았는지도 모른다고 말했다. 이어서 요아힘은 베렌스가 이곳에서 개업을 해서 이름을 날린 이야기, 10년 전에 베르크호프 요양원의 원장이 되기까지의 이야기, 이곳 수간호사가 그의 가사를 돌봐주고 있다는 이야기, 아들은 독일에서 지내고 있으며 딸은 결혼해서 스위스 불어권 지방에 살고 있다는 이야기들을 해주었다.


## 심장 박동과 어울리는 감정


한스 카스토르프는 요즘 당황하고 있었다. 요아힘과 떨어져 홀로 산책을 했을 때 일어난 현상, 즉 할아버지처럼 머리가 떨리는 현상이 식당에서 식사를 할 때도 나타났던 것이다. 그것도 식사 도중 규칙적으로 나타나서 막을 수도 없었고 쉽게 숨길 수도 없었다. 그 현상을 숨기기 위해 온갖 예의에 어긋나는 짓을 하다 보니 그렇게 즐거웠던 식사 시간도 이제는 그저 귀찮기만 했다. 하지만 사실상 그가 보이는 그 현상은 육체적 원인, 즉 이곳의 공기 및 그것에 적응하려는 노력 때문에만 온 것이 아니라 그의 정신적인 흥분 때문에 오는 것이기도 했다. 그리고 그 흥분은 식탁에서 벌어지는 에피소드와 직접적인 연관이 있었다.

쇼샤 부인은 식사 때마다 항상 늦게 왔다. 그런데 그녀가 올 때까지 한스는 비록 자리에 앉아 있기는 했어도 안절부절못했다. 이제나저제나 문이 쾅 하고 닫히는 소리가 들리기를 기다렸으며 그 소리가 나면 움찔하며 얼굴에서 핏기가 가셨다. 그럴 때면 그는 스스로에게 화가 났지만 그렇게 화를 낼 자격이 없다는 생각이 들어 더욱 어쩌지 못했다. 자신에게는 그녀를 비난할 만한 자격이 없으며 그녀의 무례한 행동에 자신도 책임이 있다고 느끼게 된 것이다. 요컨대 그에게 부끄러운 생각이 들었던 것이다. 하지만 보다 정확하게 말한다면 쇼샤 부인의 행동에 대해 부끄러워했다기보다는 그녀의 행동에 대한 자신의 반응에 대해 부끄러워했다고 하는 편이 옳을 것이다.

하지만 그는 굳이 부끄러워해야 할 필요가 없었다. 식당에 앉아 있는 사람 그 누구도 쇼샤 부인의 무례한 행동과 그 행동에 대한 한스의 반응에 대해 신경을 쓰는 사람이 없었던 때문이다. 하지만 한스의 오른편에 앉은 여교사 엥엘하르트 양만은 예외였다.

이 작은 여자는 문이 쾅 닫힐 때마다 한스가 보이는 과민 반응을 눈치채고, 이 젊은이의 마음에 러시아인 부인을 향한 그 어떤 정서적인 움직임이 생겼음을 알아차렸다. 그러자 자신의 외모나 매력에 대해 자신이 없던 엥엘하르트 양은 쇼샤 부인에 대해 끝도 없이 이런저런 이야기를 늘어놓았다. 한스는 그녀가 자신을 망신주려 한다는 것을 알아차렸음에도 불구하고—물론 당장은 아니었고, 그녀의 이야기가 진행됨에 따라서—또한 그녀의 이야기에 혐오감을 느꼈음에도 불구하고 순순히 그녀의 놀림감이 되었다.

"콰~앙! 또 그 여자로군. 누가 들어왔는지 쳐다볼 필요도 없어요. 어휴, 마치 암고양이처럼 걸어가네요. 어때요. 자리를 바꿔줄까요? …… 식탁 사람들에게 인사를 하고 있네요……. 당신도 한번 가보지요. 보고 있으면 기분이 좋아지는 얼굴이잖아요. 웃으며 말할 때는 한쪽 볼에 조그만 보조개가 생겨요. 늘 그런 건 아니고 자기가 만들려고 할 때만 생겨요. 정말 귀여움을 받으며 자란 여자지요. 그러니 저렇게 버릇이 없지요. 저런 여자는 사랑해주지 않고는 배길 수가 없지요."

노처녀는 손으로 입을 가리고 조용조용 속삭였다. 노처녀의 뺨이 홍조를 띠고 있는 것으로 보아 그녀의 체온이 정상을 넘어섰음을 알 수 있었다.

하지만 엥엘하르트 양은 쇼샤 부인에 대해 한스가 정작 궁금해하는 내용은 한 가지도 알려줄 수 없었다. 그녀 자신도 아는 것이 별로 없던 때문이었다. 다만 그녀가 결혼한 여자임에 틀림없다는 것, 남편은 이곳에 한 번도 온 적이 없다는 것, 그녀는 이번으로 벌써 세 번째 이곳에 왔다는 것, 1년에 한 번 정도 아마 남편이 있는 곳에 들르는 것 같다는 내용이있다. 하지만 모두 추측일 뿐 정확한 내용은 하나도 없었다. 그래도 쇼샤 부인의 이름이 클라브디아라는 것은 알아낼 수 있었다.

이제 한스 카스토르프는 식사를 끝내고 자리에서 일어나면 즐거운 마음으로 다음 식사를 기다리게 되었다. 물론 병든 클라브디아 쇼샤 부인과 다시 마주할 수 있다는 기대감에서 생긴 감정을 기쁨이라고 표현하는 것이 너무 안일하고 너무 듣기 좋고 너무 단순하기는 하지만 말이다. 독자 여러분은 한스의 인격이나 감정을 묘사하기에 그런 형용사가 가장 적합하다고 생각할지 모른다. 하지만 훌륭한 양식을 지니고 있으며 합리적이기도 한 한스 같은 젊은이가 쇼샤 부인을 가까이 볼 수 있다는 사실을 마냥 즐거워할 수만은 없었다는 사실 또한 상기해주기 바란다. 분명히 장담하지만 누군가 그에게 그런 말을 했다면 그는 어깨를 으쓱하며 부인했을 것이다. 또한 자신도 모르게 자신의 감정이 밖으로 뛰쳐나오기라도 하면 한스 스스로 그 감정 표현을 경멸했다는 것도 덧붙여야겠다. 예컨대 자신도 모르게 자기의 입에서 "당신의 입술에서 나온 한마디 말에 내 가슴은 두근거리누나"라는 노래를 자신도 모르게 흥얼거리고는 "이런, 바보 같은!"이라고 소리치며 노래를 그쳤다. 그리고 그 노래가 저속하고 감상적이라고 폄하했다.

하지만 한 가지 좋은 점이 있었다. 안정 요양 시간에 접이식 간이침대에 누워 있자면 한스의 심장은 언제나처럼 요란하게 두근거렸다. 하지만 이제 그 소리는 더 이상 그를 괴롭히지 않았다. 이제는 그 심장이 아무런 이유 없이 저절로, 비(非)육신적인 부분과 아무 상관없이 두근거리는 것이라고 느낄 필요가 없어진 때문이었다. 그는 굳이 진실을 왜곡하지 않고도 그런 연

제4장

관이 존재한다고, 쉽게 연결이 될 수 있다고 말할 수 있게 된 것이다. 그는 자신의 심장 박동과 일치되는 감정을 느낄 줄 알게 되었다. 쇼샤 부인의 생각을 하기만 하면 자기 심장의 박동에 걸맞은 감정을 느낄 수 있게 된 것이다.


### 고조되는 불안 : 두 분 할아버지와 해 질 녘 뱃놀이


지독할 정도로 날씨가 나빴다. 그런 점에서 한스 카스토르프는 운이 나빴다고 볼 수도 있다. 눈이 오지는 않았지만 하루 종일 비가 억수같이 퍼부었고 짙은 안개가 골짜기를 감쌌다. 추워서 난방을 가동해야 했으며 요란하게 천둥소리까지 울렸다.

한스가 이곳에 온 지 2주째가 가까워옴에 따라 처음에 느꼈던 신선한 감각은 어느새 사라져버리고 이제는 '날들'이 급속히 지나가 버렸다. '각각의 날'은 늘어질 대로 늘어지는 한편 은밀한 희망과 두려움으로 부풀어 올랐지만 '날들'은 쏜살같이 획획 지나갔다. 오, 시간이란 정말 수수께끼이니, 그 본질을 알기가 얼마나 어려운가!

한스 카스토르프의 날들에 무게를 주면서 동시에 날개를 달아주었던 그 내적인 체험에 분명한 명칭을 부여할 수 있을까? 사실 우리는 그것이 무엇인지 모두 알고 있다. 그리고 그것이 어리석은 감정이라는 점에서 아주 흔한 것이기도 하다.

자신과 떨어진 식탁으로부터 팽팽한 실 같은 눈초리가 전해오는 것을 쇼샤 부인이 눈치채지 못할 리가 없었다. 실은 한스 자신이 그녀가 되도록 많은 것을 눈치채기를 바라고 있기도 했다.

우연이었는지 감응 작용 때문이었는지는 몰라도 쇼샤 부인이 식사 중에 두세 번 뒤를 돌아보았고 그와 눈이 마주쳤다. 네 번째도 역시 그와 눈이 마주쳤다. 다섯 번째는 청년의 시선을 포착할 수 없었다. 그가 다른 곳을 보고 있던 때문이었다. 그는 그녀가 자신을 보고 있음을 알아차리고 그녀 쪽으로 시선을 돌렸다. 그녀는 미소를 지으며 시선을 다른 곳으로 향했다. 그 미소에 그의 마음은 의혹과 황홀감으로 부풀었다.

한스는 자유분방한 성격이긴 했지만, 그가 무엇을 바라고 있었건 간에 그것이 쇼샤 부인과의 이른바 사교적인 관계가 아니었음은 분명하다. 범박하게 말한다면 그는 그런 관계를 방해하는 환경과 동일한 처지에 놓인 사람이었다. 그가 젊은 러시아 여인을 바라보고 어떤 행위를 함으로써 그와 그녀 사이에 조성된 관계는 사회 외적인 것이었다. 거기에는 그 어떤 의무도 없

었고 의무를 질 필요도 없었다. 그는 마음속으로는 그런 사회
적인 접근에 대해 상당한 반감을 품고 있었는지도 모른다. 그
는 한스 로렌츠 카스토르프의 손자인 자신이 남편과 별거 중이
며, 손가락에는 결혼반지도 끼지 않은 채 엉망인 자세로 요양
원 여기저기를 돌아다니는 여자, 문을 함부로 쾅 닫고 손톱을
깨무는 것이 분명한 이 외국 여자와 실제적인 관계를 가질 수
없다는 확신에는 결코 흔들림이 없었다.

간단하게 말하자. 한스 카스토르프는 베르크호프 요양원 사
회의 일원인 이 단정하지 못한 여자와 자신이 갖게 된 관계를
일종의 휴가 중의 로맨스 정도로 여겼다. 이성과 양심과 상식
이라는 법정에서 이런 식의 로맨스는 그 어떤 변호나 변명의
여지도 없는 것이었다. 그렇다. 그는 그녀와 교제해볼 생각을
전혀 품지 않았다. 이런 일은 열흘 정도 지나 _그_ 가 툰너 운드
빌름스 회사에 입사해서 연수를 받기 시작하면 어떤 식으로건
끝날 것이었다.

하지만 한스 카스토르프는 당분간 이 아름다운 환자에 의해
일어난 감정들, 즉 긴장감, 성취감과 실망감 안에서, 그 감정들
에 충실하며 지내기 시작했다. 그는 그 감정들을 이번 체류의
주요 의미이며 내용이라고 간주했던 것이다. 그리하여 그의 기

분은 전적으로 그 감정들에 의해 좌지우지하게 되었다. 또한 이 위에서의 모든 생활 환경도 그 모든 것에 일조했다. 모든 사람이 똑같은 의무로 얽매인 똑같은 일정에 따라 한정된 공간에서 함께 지내야 했기 때문이다.

한스는 하루 다섯 번의 식사 시간이면 그녀와 어김없이 대면했으며 우연히 복도에서 마주칠 기회도 얼마든지 있었다. 심지어 그는 그녀와 단둘이 복도에서 마주치기 위해 꾀를 내기도 했다. 언젠가 식탁에 앉아 있다가 양손으로 호주머니를 뒤적이며 "어라, 손수건을 놓고 왔네"라고 말하고는 밖으로 나간 것이다. 아직 식당에 들어오지 않은 그녀와 복도에서 마주치기 위해서였다.

복도에서 그를 만난 쇼샤 부인은 멀리서 뿐 아니라 지나가는 동안 내내 그를 뚫어져라 바라보았다. 심지어 지나친 뒤에는 고개를 돌리기까지 했다. 마치 우리 불쌍한 젊은이를 칼로 후벼 파는 것 같은 눈길이었다. 하지만 우리가 이 젊은이를 동정할 필요는 없다. 다 스스로 자초한 일이 아니었는가? 어쨌든 그 만남은 그 순간에도, 또 그 이후로도 그에게 충격적이었다.

그는 지금까지 그토록 가까이서 쇼샤 부인의 얼굴을 살펴본 적이 없었다. 금발 아래 잔털까지 분간할 수 있는 거리였고, 그와 그녀의 얼굴 사이에는 손을 뻗으면 닿을 만한 공간밖에 없었다. 비록 특이한 생김새였지만 윤곽이나 이목구비 등 그 얼굴은 그에게 오래전부터 친숙한 얼굴이었으며 이 세상에 이보다 더 마음에 드는 얼굴은 없다고 그의 영혼에게 즉시 호소하는 얼굴이었다. 그 얼굴은 이국적이며 개성이 있었고, 신비스러운 분위기를 풍기는, 뭐라고 규정하기 어려운 얼굴이었다.

그 얼굴에서 가장 두드러진 부분은 앞으로 튀어나온 광대뼈였다. 눈꼬리가 비스듬하게 올라가 있고 사이가 벌어져 있는 두 눈은 튀어나온 광대뼈 때문인지 쑥 들어가 있는 것 같았다. 볼도 그 때문에 약간 들어가 있었고 도톰한 입술은 약간 위로 젖혀진 것 같았다.

그리고 무엇보다 '눈'이 있었다. 작은 키르키스인의 눈, 아직 한스에게 매혹적인, 먼 산처럼 회색이 섞인 푸른빛의, 혹은 푸른빛을 띠고 있는 회색의 눈이었다. 그렇다! 그 눈은 그 위치나 색, 표정에 있어서 프리비슬라프 히페의 눈과 놀랄 정도로 닮아 있었던 것이다! 아니다. 닮은 정도가 아니었다. 그것은 똑같은 눈이었다. 그뿐 아니라 넓은 얼굴 윗부분, 건강해 보이는 볼색깔 등 모든 것이 프리비슬라프와 완전히 똑같았다. 프리비슬라프도 학교 교정에서 그의 곁을 지나갈 때면 똑같은 눈으로 자신을 쳐다보지 않았던가.

정말로 몸이 휘청거릴 정도로 충격적인 일이었다. 한스 카스
토르프는 이 만남에서 짜릿함을 느끼면서도 무언가 불안감이
커지는 것 같은 기분을 느꼈다. 자신과 이 아름다운 러시아 여
인과의 사이가 그 얼마나 가까운지 알고 느끼는 기분 같은 것
이었다. 오래전에 잊어버린 프리비슬라프가 이 위에서 쇼샤 부
인의 모습으로 다시 나타나 키르키스인의 눈으로 자신을 쳐다
보았다는 사실이, 마치 자신이 피할 수도 없고 벗어날 수도 없
는—행복의 의미에서건, 불행의 의미에서건—어떤 운명의 지
배를 받고 있다는 느낌을 갖게 했다. 그는 본능적으로 주변 누
군가의 도움이 필요하다고 느꼈다. 그리고 자신에게 도움이 될
만한 인물들을 하나씩 떠올렸다.

당연히 제일 먼저 떠오른 것은 요아힘이었다. 그는 선량하고
건실하며 바위처럼 굳건한 친구였다. 그는 한시라도 빨리 이곳
에서 빠져나가 '평지', 혹은 '저지'에서 군복무를 하기 위해 요
양 근무를 성실히 수행하고 있었다. 물론 병이 빨리 낫고 싶다
는 일념에서였지만 한스는 요아힘이 요양 근무 자체를 위해 그
일을 성실히 수행하고 있다는 느낌을 받았다. 요아힘에게는 요
양 근무도 일종의 군복무와 같았고, 일종의 의무 수행이었다.

또한 한스가 분명히 눈치채고 있는 일이었지만 요아힘은 언제나 웃는 얼굴을 하고 있는 귀여운 마루사에게 빠져 있었다. 한스는 요아힘이 너무 자신의 문제에 깊이 빠져 있어서 자신에게 도움이 될 것 같지 않다고 생각했다.

그는 베렌스 원장을 떠올렸다. 그는 그가 자신에게 환자와 똑같이 생활하고 심지어 체온까지 재라고 충고했던 사실을 상기했다. 백발의 원장은 한스의 아버지와 비슷한 연배였다. 그리고 한스가 불안한 상태에서 찾고 있는 것은 바로 아버지의 권위 같은 것이었다. 하지만 아무리 애를 써도 베렌스 원장을 향해서는 자식으로서의 신뢰감 같은 것이 생기지 않았다. 또한 그가 아직 병들어 있을지도 모른다는 요아힘의 말이 생각나서 그는 별로 도움이 되지 않으리라 생각했다.

이어서 생각나는 인물이 바로 세템브리니였다. 사사건건 반대만 앞세우고, 허풍이 심하며, 자칭 '휴머니스트'인 그 인물은 어떨까? 게다가 그는 교육자임을 자처하며 남에게 감화를 주고 싶어 하는 인물이 아닌가?

실제로 한스는 그를 주목하고 그의 말에 귀를 기울였다. 그가 가장 말을 많이 하던 때는 역시 식사가 끝났을 때였다. 식사가 끝나면 그는 규정을 무시하고 이 식탁, 저 식탁을 누비며 사람들의 이야기에 끼어들었으며, 한스 일행의 식탁에도 자주 찾아왔다.

그의 말솜씨가 너무 좋아서 사람들은 모두 웃음을 참지 못했다. 그는 이곳 사회에 대해서 경멸적인 태도를 취했지만 이곳에서 벌어지고 있는 일은 모두 알고 있었으며 모든 환자의 이름과 상황을 정확히 꿰뚫고 있었다. 또한 그는 한스와 요아힘에게 자신의 출신에 대해서도 이야기했다. 점심 식사 후 대부분의 사람들이 이미 식당을 떠난 뒤 세 사람만 남게 되었을 때였다. 한스가 이곳에 온 지 3주째가 되어 이제 비로소 제맛을 조금 내기 시작한 마리아 만치니를 피우는 동안에 그가 자신에 관한 이런저런 이야기를 들려주었던 것이다.

세템브리니는 자신의 할아버지에 대해 길게 이야기했다. 세템브리니의 말에 의하면 그의 할아버지는 변호사이면서 동시에 정치적 선동가였고 웅변가였으며 잡지 기고가로 활동하기도 한 애국자였다. 그의 말대로라면 그의 할아버지는 이탈리아의 애국자였을 뿐 아니라 자유를 갈망하는 모든 민족의 동포이며 전우였다. 그는 이탈리아의 개혁에 실패하여 추방당한 후 스페인과 그리스에 머물면서 스페인에서는 헌법을 제정하고 그리스에서는 민족 독립을 위해 싸웠다. 그리고 그리스에서 세템브리니의 아버지가 태어났다. 그의 할아버지는 10년간 망명 생활을 하다가 이탈리아로 돌아간 뒤에도 자유의 쟁취와 통일 공화국 건설을 위한 활동을 멈추지 않았다. 그는 시와 산문으로 국가 전복 강령을 제정 공포하고, 해방된 민족들의 단결을 촉구했다. 특이한 점은 그가 검은 상복을 입고 조국에 나타났다는 사실이다. 조국 이탈리아가 비참과 노예 상태에 놓여 있기에 자신은 상중(喪中)에 있는 것과 마찬가지라며 그는 계속 검은 옷을 입고 다녔다.

한스 카스토르프는 세템브리니의 말을 들으면서 자기 할아버지를 떠올리지 않을 수 없었다. 한스의 할아버지도 늘 검은 옷을 입었다. 하지만 검은 옷의 의미는 완전히 달랐다. 한스의 할아버지는 구식 복장을 한다는 뜻으로 검은 옷을 입었다. 둘다 동시대에 대해 비판적이고 비판직이었지만 세템브리니의 할아버지가 새로운 자유 세상을 만들기 위해 정력적으로 싸웠다면 한스의 할아버지는 철저히 지나간 세대에 머물러 있었다. 정말 확연히 다른 두 할아버지였다.

한스 카스토르프는 두 노인에게 나름대로 장점과 존경할 만한 점이 있다고 생각했다. 북쪽의 할아버지와 남쪽의 할아버지 모두 검은 옷을 입고 다녔다. 그리고 같은 생각을 공유하고 있었다. 자기 자신과 이 타락한 현실 사이에 거리를 둔다는 것이었다. 하지만 내용은 달랐다. 북쪽 할아버지는 자신의 전 존재가 속해 있다고 느끼는 과거와 죽음을 위해 경건한 마음으로 검은 옷을 입었다. 하지만 남쪽의 할아버지는 반역의 표지로서, 진보의 이름으로 과거를 경멸하는 뜻에서 검은 옷을 입었다.

'그렇다. 이 둘은 각기 다른 두 세계이며, 각기 다른 두 방향이다'라고 한스는 생각했다. 그리고 세템브리니의 이야기를 들으면서 마치 자신은 그 두 세계의 가운데 있는 듯 느꼈다. 그리고 몇 년 전 늦여름 홀슈타인에 있는 어느 호수에서 황혼 무렵 혼자 뱃놀이를 하던 때가 생각났다.

저녁 7시 무렵이었다. 해는 이미 서산에 지고 만월에 가까운 달이 동쪽 호숫가 숲 위에 떠올라 있었다. 그는 좌우의 매혹적인 광경들을 마치 꿈속인 양 바라보며 홀로 천천히 고요한 호수에서 노를 젓고 있었다. 서쪽을 바라보면 아직 밝은 낮이었고 유리처럼 확고한 빛이 지배하고 있었다. 하지만 동쪽으로 고개를 돌리면 달빛이 비치는 풍경이 눈에 들어왔다. 달은 막 피어오르는 마술 같은 안개에 휩싸여 있어 마치 그의 당혹스런 느낌을 그대로 보여주고 있는 것 같았다. 이런 기묘한 조화가 15분 정도 지속되다가 이윽고 주위 세계는 달과 어둠의 세계로 바뀌었다. 지금 세템브리니의 말을 들으며 한스에게는 계속 이 곳에서 저곳으로, 다시 저곳에서 이곳으로 눈길을 돌리던 당시 자신의 모습이 떠오른 것이다.

한스는 머리가 멍했음에도 불구하고, 또한 유기적 생명체로서 방금 섭취한 여섯 가지 코스의 베르크호프 음식들을 소화시키는 데 몰두해 있었지만, 세템브리니의 할아버지가 주장한 '자유와 진보의 원천과 토대'라는 것에 대해 생각해보았다. 이제까지 그는 진보란 19세기 기중기 장치의 발전 같은 것이라고 이해하고 있었다. 한스는 세템브리니의 할아버지나 세템브리니 자신도 그 점을 경시하지 않으리라고 생각했다. 세템브리니는 분명 화약을 발명하고 인쇄술을 발전시킨 두 사촌의 조국 독일에 대해 경의를 표했다. 화약은 봉건시대의 갑옷을 폐물로 만들었고 인쇄술은 사상을 민주적으로 보급할 수 있게 해준 때문이었다. 하지만 세템브리니는 그것이 궁극적 찬양의 대상이 될 수 없으며 진보의 참 의미가 아니라고 말했다. 그런 것들은 인류의 도덕적 완성을 위해 필요한 수단이지 목적이 아니라는 것이다. 그는 참 의미의 진보란 암흑과 공포, 증오에서 출발한 인류가 내면의 빛, 선과 행복이라는 최종 목표를 향해 나아가는 데 있으며 지금 인류는 그것을 위해 전진하고 있다고 말했다. 그리고 공학이나 기술은 이러한 도정에서 필요한 수단이라고 말했다. 그러면서 그는 이제까지 한스가 별개의 것으로 간주해 왔던 것들, 즉 '공학과 도덕'을 한 가지 범주로 묶었다.

이어서 그는 종교에 대해 말했다. 그는 그리스도가 평등과 합일의 원칙을 선언했고 인쇄술이 그 원칙을 널리 퍼뜨렸으며 마지막으로 프랑스 대혁명이 이 원칙을 법률로 끌어올리는 데 성공했다고 말했다. 세템브리니의 말은 논리 정연했다. 하지만 젊은 한스는 그 말을 들으면서 뭐라 꼬집어 말할 수는 없지만 뭔가 혼란스럽다는 느낌이 들었다. 세템브리니의 말에 의하면 그의 할아버지는 프랑스에서 1830년 7월 혁명이 일어났을 때 생전 처음으로 진정 행복을 느꼈다고 했다. 그리고 인류 전체가 이 파리의 3일간을 창세기 6일간과 나란히 함께 두는 날이 언젠가는 올 것이라고 공언했다고 했다. 그 말을 듣고 한스는 놀라지 않을 수 없었다. 파리 시민들이 여름철 3일간 국가 체제를 만든 그 날들을 하느님이 육지와 물을 가르고, 하늘의 별, 꽃, 나무, 새, 물고기를 비롯해 모든 생명체를 창조하신 6일과 동급으로 놓는다는 것이 아무리 봐도 지나치다는 생각이 들었던 것이다.

세템브리니의 말에 의하면 두 가지 서로 다른 원칙이 세상을 지배하기 위해 다투고 있다. 폭력/정의, 폭정/자유, 미신/지식의 대립이 그것으로서 불변의 원칙과 변화의 원칙의 대립으로 요약할 수도 있으며 후자가 바로 진보의 원칙이다. 그는 전자를 아시아의 원칙으로 후자를 유럽의 원칙으로 간주했다. 그에 의하면 유럽은 반항, 비판, 개혁의 땅이지만 아시아는 정적과 무위(無爲)의 부동성을 구현한다. 둘 중 어느 쪽이 최후의 승자가 될 것인가는 불문가지의 사실이다. 두말할 필요 없이 계몽의 힘, 이성을 전진시키고 발전시키는 힘이 승리한다. 그리고 인류는 그 빛나는 진보의 발걸음을 이어가면서 항상 새로운 민족들을 규합해 나간다. 그 발걸음은 유럽 내에서 차츰차츰 그 영토를 넓혔고 이미 아시아 쪽으로 나아가기 시작했다. 인간성이 완전한 승리를 거두기까지는 아직 요원하다고 할 수 있지만 언제고 그날은 오고야 말 것이다. 그는 유쾌한 웃음을 지으며 말했다.

'그날은 올 것이다. 비둘기의 발걸음으로 오는 것이 아니라 독수리의 날개를 타고 날아올 것이며 정의와 과학과 인간의 이성의 이름으로 사해동포주의의 아침노을 빛을 밝힐 것이다. 그리고 파렴치한 군주와 내각의 동맹이 아닌 시민적 민주주의 신성 동맹이 결성되어 세계 공화국이 실현될 것이다.'

세템브리니의 말에 열심히 귀를 기울이던 한스는 이 마지막 부분에 와서는 시들해졌다. 어쩐지 그 결론이 마음에 들지 않았던 것이다.

세템브리니는 자기 아버지는 자유의 투사가 아니라 나약한 학자였지만 할아버지에 못지않은 열정을 지닌 휴머니스트라고 했다. 그는 이어서 말했다.

'휴머니스트란 무엇인가? 휴머니즘이란 인간에 대한 사랑이며 그 외의 그 어느 것도 아니다. 그렇기에 휴머니즘은 정치적 활동이기도 하며 인류라는 개념을 훼손하거나 더럽히는 모든 것에 대한 반항이며 싸움이다. 휴머니즘은 형식의 중요성을 너무 강조한다고 비난받았다. 하지만 휴머니즘이 형식의 아름다움을 애호한 것은 형식의 아름다움이 인간의 존엄성을 드높이기 때문이다. 그에 반해 중세는 대조법만을 지나치게 강조함으로써 인간 정신을 미신 같은 적대감에 빠뜨렸을 뿐 아니라 부끄러울 정도의 무형식을 낳았다. 애초부터 휴머니즘은 지상에서의 인간의 권익과 사상의 자유, 삶의 기쁨을 옹호해 왔으며 천국 따위는 그냥 내버려 두라고 주장해 왔다. 프로메테우스야말로 최초의 휴머니스트이며 프로메테우스는 카르두치(19세기 이탈리아 시인-옮긴이 주)가 찬양한 사탄과 동일한 존재이다.'

제4장

**171**

그는 할아버지의 시민주의 경향과 아버지의 휴머니즘적 경향이 손자인 자신에게 이르러 하나로 합치되었다고 말했다. 그에 의하면 문학은 휴머니즘과 정치의 결합이었다. 휴머니즘이 정치이며 정치가 휴머니즘일 때 문학은 한층 더 자유분방한 것으로 완성된다는 것이다. 그는 이어서 말과 웅변을 예찬했다.

'말, 웅변술은 인간 재능의 승리이다. 말은 인간의 영광이며 그것만이 삶에 존엄성을 부여할 수 있기 때문이다. 휴머니즘만 말, 혹은 문학과 엮여 있는 것이 아니라 인류 자체가, 인간의 존엄성과 자존성 자체가 바로 말과 한 몸을 이루고 있다. 그렇기에 정치 역시 말, 문학과 결합되어 있다. 달리 말하면 인류와 문학이 이미 결합되어 있고 통일되어 있기에 정치는 문학과 결합될 수밖에 없다. 아름답게 쓴다는 것은 이미 아름답게 생각하는 것과 다를 바 없다. 그리고 그것은 아름다운 행위로 이어진다.'

그는 이 모든 것을 통합할 수 있는 하나의 명칭이 있다고 했다. 과연 그 명칭이 무엇일까? 두 사촌이 궁금해하자 세템브리니는 그 단어는 그들에게도 친숙한 단어이며, 다만 그들이 그 단어의 의미와 장엄함을 아직 제대로 파악하지 못하고 있을 뿐이라고 말했다. 그의 입에서 나온 단어는 바로 '문명(文明)'이라는 단어였다. 세템브리니는 그 단어를 입 밖에 내면서 그의 작고 누르스름한 손을 마치 건배하듯 들어 올렸다.

그렇다. 젊은 한스 카스토르프는 그 모든 이야기를 경청할 가치가 있다고 생각했다. 비록 압도적이지는 않고 실험적인 가치만 지닌 이야기 같았지만 어쨌든 들을 만한 가치는 있었다. 한스는 자신의 생각을 요아힘 침센에게 말했지만 그는 마침 체온계를 입에 물고 있어서 애매한 대답을 할 수밖에 없었다. 하지만 한스가 세템브리니의 말을 경청하면서도 마치 균형을 취하듯 반감이 들기도 했다는 사실을 우리는 주목해야 한다.

한스는 일종의 의무감에서, 또한 공평을 기하기 위해 세템브리니의 이야기에 귀를 기울였다. 그는 공화국이나 아름다운 문체에 대한 세템브리니의 생각을 호의적으로 받아들였다. 하지만 그러면서도 그는 자신의 생각이나 꿈이 그와는 전혀 반대되는 방향으로 자유롭게 펼쳐져도 될 것처럼 여겨졌다. 그렇다면 애국심, 문학, 인간의 존엄성과 반대되는 방향에는 누가, 또 무엇이 있을 수 있을까? 거기에는 축 늘어진, 내부가 병들어 있는, 키르키스인의 눈을 한 클라브디아 쇼샤가 있었다. 한스가 그녀를 생각하자—그라는 존재를 그녀로 향하게 만드는 열정을 드러내기에 '생각한다'라는 동사는 너무 미지근한 표현이긴 하지만—그것은 마치 다시 홀스타인의 호수에 보트를 타고 앉아 서쪽 호숫가의 유리처럼 밝은 낙조를 바라보다가 동쪽 하늘을 감싸고 있는 안개에 덮인 달빛을 바라보는 것만 같았다.

## 체온계

한스 카스토르프의 일주일은 화요일로부터 화요일까지였다. 그가 이곳에 화요일에 도착한 때문이었다. 그는 3일 전에 두 번째 주말 계산을 끝냈다. 즉 예정되었던 3주 체류 일정의 마지막 주가 시작된 것이다. 다음 일요일이면 그는 2주마다 돌아오는 요양 음악회 연주를 다시 듣게 될 것이고 그 이튿날이면 역시 2주마다 열리는 크로코브스키 박사의 강연이 있게 될 것이다. 그리고 화요일, 혹은 수요일에 그가 떠나고 나면 요아힘은 다시 이곳에 홀로 남게 될 것이다. 불쌍한 요아힘은 앞으로 몇 달이 더 될지 알 수 없는 요양 기간을 이미 지옥의 판관 라다만토스(그리스 신화에 나오는 저승의 심판관. 베렌스 원장을 가리킴 – 옮긴이 주)로부터 처방받은 터였다. 다가온 한스의 출발 일자가 화제가 될 때마다 요아힘의 그 온화하고 검은 두 눈은 금세 애처롭게 흐려졌다.

오, 맙소사! 휴가는 대체 어디로 가버렸단 말인가! 휴가는 어떻게 그렇게 빨리 지나갔는지 알 수 없을 정도로 황급히 도망가버리고, 날아가버렸다. 3주, 즉 21일의 기간이란 적어도 시작할 때의 눈으로 보자면 상당히 늘어진 시간, 너무 긴 시간이었다. 그런데 어느새 갑자기 입에 담기조차 하찮은 사나흘밖에 남지 않게 되었다. 물론 그 사나흘 속에는 강의와 음악회 프로그램이 들어 있어 그 시간에 무게가 더해지고 약간 천천히 흐를 수도 있을 것이다. 하지만 다른 한편으로 그 사나흘은 짐 꾸리기와 작별 인사로만 이루어진 시간이기도 했다.

이 위에서의 3주란 사실 아무것도 아니었다. 세템브리니가 말했듯 이곳의 시간 단위는 한 달이었고, 그 기준에서 3주는 최소 단위에도 미치지 못했다. 그것은 사실 체류라고 할 수도 없었고 베렌스의 말대로 '주말 방문' 정도에 불과했다. 하지만 한스 카스토르프는 마치 요아힘이 매일 체온을 재는 7분간을 아주 긴 시간으로 여겨지게 만든 것처럼, 이 3주 동안 두 사람이 보다 신경 쓰고 좀 더 조심했어야 했다고 생각했다. 또한 한스는 요아힘을 향해 한없는 연민을 느꼈다. 자신은 저 아래 내려가 열심히 활동하게 될 텐데, 요아힘은 홀로 이곳에 남아 있어야 한다니!

제4장

175

그동안 요아힘이 한스에게 여러 번에 걸쳐 말했다.

"최소한 네가 다시 집으로 돌아갔을 때 이곳에 와서 휴양한 것이 도움이 되었다고 느끼면 좋겠어."

"모두에게 네 안부를 전해주겠어. 늦어도 다섯 달 내로는 돌아올 거라고 전해주지. 내게 도움이 되었다고? 이 위에서? 그렇게 생각해야겠지. 비록 짧은 기간이었지만 분명히 나아진 게 있을 테니까. 이곳에서 말 그대로 아주 새로운 인상을 받았고 아주 자극적인 일도 많았어. 하지만 육체적으로나 정신적으로나 긴장이 많이 되었던 것도 사실이야. 하지만 적응이 되었다는 생각은 들지 않아. 뭔가 나아진 게 있으려면 우선 적응이 필요한 법인데……. 다행히 마리아 만치니는 며칠 전부터 예전 같은 맛이 나기 시작했어. 하지만 때때로 손수건에 붉은 피가 여전히 묻어나. 가슴이 공연히 두근거리고 얼굴이 기문 나쁘세 화끈거리는 현상은 끝까지 사라지지 않을 것 같고……. 돌아가면 한 3주 정도 푹 쉬어야 할 것 같아. 녹초가 된 것 같아서. 게다가 이제는 엉뚱하게 감기까지 걸렸으니……."

사실상 한스는 심한 감기에 걸려 평지로 다시 내려가야만 할 형편이기도 했다. 안정 요양을 하다가 걸린 것이 틀림없었다. 그는 습하고 추운 날씨에도 불구하고 일주일 전부터 야간 안정 요양을 했던 것이다. 그는 안정 요양을 위해 발코니에 누워 있는 것을 이곳 생활 중에 그 무엇보다 매력적으로 여겼다. 옆 탁자에 램프 불을 올려놓고, 능숙한 솜씨로 담요 두 장으로 몸을 둘둘 만 다음, 이제 다시 맛을 느낄 수 있게 된 마리아 만치니를 입에 물고 코끝이 얼음처럼 차가워진 채 손에 책을 들고—여전히 『대양 기선』이었다—누워 있자면 책을 들고 있는 두 손은 추위에 발갛게 달아올랐다. 그는 드문드문 불이 밝혀진 골짜기를 바라보며 거의 매일 한 시간 정도 그곳에서 들려오는 음악 멜로디에 귀를 기울이며 행복해했다.

하지만 이곳의 손님이자 신참인 그는 그런 행복을 누리는 와중에 심한 감기에 걸리고 말았다. 머리가 지끈거렸고 목젖이 따끔거렸으며 발작적 기침이 계속되었다. 그리고 밤에 한숨도 잠을 이루지 못했다.

"정말 난처한 일이로군." 요아힘이 말했다. "아주 유감스러운 일이야. 여기서 감기 따위는 아무것도 아니고, 게다가 아예 인정되지도 않아. 감기 같은 게 있을 수 없다는 게 공식적인 입장이니까. 이토록 건조한 곳에서는 감기에 걸릴 수 없다는 거지. 네가 환자였다면 분명 베렌스에게 야단을 맞았을 거야. 하지만 너는 손님이니까 사정이 좀 다르지. 네게는 감기에 걸릴 권리

제4장

**177**

가 있으니까. 물론 우리가 할 수 있는 데까지는 해봐야지. 내일 아침, 마사지사가 오면 말해볼게. 그가 이 사실을 위에 전달해 주면 무슨 조치든 취해주겠지.”

요아힘의 말대로 일이 진행되었다. 그가 아침 산책을 하고 왔을 때 수간호사가 한스의 방문을 두드렸다. 40대로 보이는 그녀는 몸집이 빈약했고 몸매도 볼품이 없었다. 그녀는 도대체 감기에 걸렸다는 게 무슨 소리냐는 듯 그를 힐난의 눈초리로 쳐다보았다.

그녀는 한스에게 하루에 네 번씩 규칙적으로 체온을 재라며 그에게 체온계를 주고 나가면서 말했다.

“젊은 양반, 체온을 꼭 기록해 놓아요. 체온계 값은 5프랑이고 나중에 계산서에 포함될 거예요.”

한스는 그녀가 나가자마자 체온계를 혀 밑에 넣고 시계를 본 후 방 안을 서성였다. 그는 ‘9시 36분이로군. 정확히 7분을 지켜야 해. 1초라도 빠르거나 늦으면 안 돼’라고 생각했다.

시간은 느릿느릿 흘러가 7분이라는 시간이 마치 무한이라도 되는 듯 길게 늘어졌다. 혹시 시간을 지나치지나 않았는지 시계를 보니 겨우 2분 30초가 지났을 뿐이었다. 그는 그사이 수많은 일을 했다. 방 안의 물건들을 집어 들었다가 놓기도 했고 조심조심 발코니로 나가 바깥 풍경을 살펴보기도 했다. 그는 너무도 친근해진 골짜기 모습을 샅샅이 살펴보았으며 정원 길과 화단, 바위 동굴, 전나무 등을 내려다보았고, 안정 요양 홀에서 흘러나오는 속삭임에 귀를 기울이기도 했다. 그런 다음 다시 방으로 들어와 맨손 체조 비슷한 것을 했다. 그렇게 온갖 짓을 다 했는데도 시계를 보니 겨우 6분이 지났을 뿐이었다. 그는 방 한가운데 서서 꿈속에 빠져들 듯 이런저런 생각에 잠겼다. 그러는 사이 시간이 부지불식간에 휙 지나가 버려 그가 시계를 보았을 때는 8분 20초가 지난 뒤였다. 그는 '뭐 별로 중요한 문제는 아니겠지'라고 생각하며 입에서 체온계를 빼냈다. 수은주는 37.6도를 가리키고 있었다.

'오전 10시도 되기 전인데 37.6도라니.'

진짜 열이 있었고, 그것도 너무 높았다. 요아힘도 그보다는 높지 않고 중환자나 위독한 환자를 제외하고는 그 누구도 그보다 높지 않았다. 한스는 당황했다. 그는 다시 체온계 눈금을 바라보았다. 분명 37.6도였다. 그러자 마치 기관지염에라도 걸린 듯 기침이 터져 나왔다.

11시에 아침 식사를 알리는 벨이 울리고 요아힘이 한스의 방에 들어와 보니 한스는 아직 자리에 누워 있었다.

제4장

**179**

"어쩐 일이야?" 요아힘이 놀라서 물었다.

"내가 열이 좀 있어. 체온을 쟀어."

"체온을 쟀다고? 몇 도인데?"

"얼마 안 돼. 37.6도."

"아침인 걸 감안하면 미열이라고 할 수 없어. 어쨌든 식사를 하러 가자."

그날 한스는 맥주를 마시지 않았다. 그가 맥주를 마시지 않자 식탁에 앉은 사람들은 놀라며 모두 이러쿵저러쿵 한마디씩 했다.


다음 날인 토요일 오후, 한스와 요아힘은 베렌스와 마주 앉아 있었다. 요아힘이 한 달에 한 번씩 받는 정기 검진 날이었고, 이 기회에 함께 가서 간단한 진찰을 받아보라는 요아힘의 제안을 한스가 받아들인 것이다. 다음 날 아침이 될 때까지 한스는 여러 번 체온을 쟀고, 체온은 미세한 차이를 보이며 오르락내리락했다. 그날 오전 요아힘은 산책 길에서 만난 베렌스에게 다음 날 한스도 함께 진찰하러 가겠다고 알렸다.

베렌스의 방으로 들어가니 베렌스 외에도 크로코브스키 박사가 창문 앞에 있는 커다란 책상 앞에 앉아 있었다. 늘 입고 있는 검은 알파카 셔츠 때문에 얼굴은 더 창백해 보였다. 그는 팔꿈치를 책상에 기댄 채 한쪽 손에는 펜을 들고 다른 손으로는 수염을 매만지고 있었다. 책상 위에는 진료 카드로 보이는 서류가 놓여 있었다.

베렌스는 요아힘이 건네준 체온 검사 기록표를 검토하더니 다시 요아힘에게 건네주면서 말했다.

"침센 군, 여전히 열이 약간 높군요. 얼마 전보다 좋아졌다고 볼 수 없어요(얼마 전이란 4주 전을 말하는 것이었다). 감염이 완전히 없어지지 않았어요. 하긴 하루아침에 좋아질 수는 없는 노릇이지. 우리가 마술사는 아니니까."

요아힘은 고개를 끄덕이며 어깨를 으쓱했다. 그는 자기가 이곳에 온 게 하루 이틀이 아니라 오래되었다고 항의하고 싶었지만 그러지 않았다. 이어서 요아힘이 상의를 벗자 베렌스는 청진기를 들고 요아힘의 오른쪽 어깨, 등, 겨드랑이 부분, 가슴을 연달아 진찰했다. 그리고 그 내용을 책상 앞에 앉아 있는 조수 크로코브스키 박사에게 기록하게 했다. 그 모습을 바라보며 한스는 마치 재단사가 양복 치수를 재는 것 같다고 생각했다. 베렌스의 입에서는 '호흡 가쁨', '단축음', '기포음', '거침', '잡음' 등의 단어가 나왔고 크로코브스키 박사는 이 모든 것을 빠짐없이 적어 넣었다. 마치 재단사가 불러주는 숫자를 받아 적는 종업원 같았다.

그는 요아힘이 진찰받는 모습을 바라보며 생각했다.

'겉보기에는 건강한 군인이 되기에 나무랄 데 없는 몸인데 속으로는 병들어 있다니. 질병이 속을 병들게 만들고 겉은 열로 뜨겁게 만든다. 병은 사람을 더 육체적으로 만든다. 인간에게 육체만 남게 만든다.'

이윽고 진찰이 끝났고 베렌스가 말했다.

"좋아요, 침센 군. 그런대로 다 정상입니다. 다음번에는 더 좋아지겠지요."

"그렇다면 원장님, 얼마나 더 있어야⋯⋯."

"아니, 나를 또 괴롭게 만들 셈이오? 얼마 전에 내가 반년이라고 말했으니 한번 계산해봐요. 하지만 그것도 최소한 그렇다는 말입니다. 예의를 갖추고 기다릴 줄 알아야지요. 여기서도 그럭저럭 잘 지낼 수 있을 텐데⋯⋯, 여기가 무슨 감옥도 아니고 시베리아 탄광도 아니잖아요. 자, 침센 군, 이제 가봐요."

베렌스는 무언가 깊은 생각에 잠겨 있는 한스를 거들떠보지도 않았다. 요아힘이 상의를 입기 시작하자 그제야 그는 한스에게 눈길을 돌리며 말했다.

"아, 그렇지? 당신 차례였지?"

이어서 한스의 진찰이 시작되었다. 그는 한스의 얼굴을 바라보지도 않은 채, 마치 물건을 돌리듯 그의 몸을 돌리면서 살펴보기 시작했다. 그는 요아힘을 진찰했을 때와 똑같은 순서로 한스의 몸을 진찰했다. 이윽고 그가 말했다.

"그래요, 카스토르프 군. 내가 짐작했던 대로요. 이제 와서 하는 말이지만 미심쩍은 구석이 많았거든. 나는 당신이 이곳에 속하는 사람이고 언젠가 말없이 속으로 그걸 인정하리라고 자신 있게 짐작하고 있었단 말이요."

한스 카스토르프의 얼굴이 붉어졌고 요아힘은 바지 멜빵의 단추를 채우려다 동작을 멈추고 귀를 기울였다.

베렌스가 계속 말을 이었다.

"당신 평소에 빈혈이 꽤 심했지요? 그랬을 겁니다. 육체노동이건 정신노동이건 노동을 하고 나면 쉽게 피곤해지고. 그리고 혹시 심장이 두근거리지는 않던가요? 최근에 들어와서 그렇다고요? 좋습니다. 게다가 코감기에도 잘 걸리고 기관지염으로 고생하는 일도 잦지요? 벌써 전에 감염되었다는 것을 알고 있었나요?"

"제가요?"

"그래요. 당신 말고 내가 지금 누구 이야기를 하겠어요? 자,
이곳에서 나는 소리가 다른 걸 알겠어요?"

그 말과 함께 그는 한스의 가슴 왼쪽 윗부분과 그 약간 아래
부위를 번갈아 두드렸다.

"이곳 소리가 좀 둔탁해 보이네요." 한스가 대답했다.

"좋아요. 전문의가 될 소질이 보이네요. 탁음 맞아요. 옛날 흉
터의 석회질화가 어느 정도 진행되었다는 뜻이지요. 카스토르
프 군, 당신은 이미 전부터 환자입니다. 그걸 발견하지 못했다
고 해서 누굴 탓할 생각은 없어요. 조기 진단은 어려운 법이니
까요. 이곳은 공기가 희박하고 건조해서 우리의 귀가 더 밝아
집니다."

"물론 그러시겠지요." 한스가 말했다.

"좋아요. 카스토르프 군, 내가 몇 가지 시혜로운 밀을 헤줄게
요. 당신 몸에서 나는 그 탁음뿐이라면, 그러니까 체내에 이물
질이 있는 정도에서 그친다면 당신을 집으로 돌려보내겠어요.
하지만 이왕 이곳에 왔으니 집으로 돌아가는 것이 별 도움이
되지 않을 겁니다. 분명 다시 오게 될 테니까요."

한스는 마치 피가 심장으로 거꾸로 치솟는 것 같았고, 가슴
을 마치 망치로 두드리는 듯한 고통을 느꼈다. 요아힘은 여전

히 채우려던 단추에 손을 댄 채 시선을 내리깔고 우두커니 서 있었다.

베렌스가 말을 이었다.

"탁음 외에도 왼쪽 윗부분에서 역시 거친 음이 들리는데, 거의 잡음에 가까워요. 새로운 환부가 나타났다 이거지요. 만일 당신이 저 아래로 내려가 이전과 똑같이 생활한다면, 당신의 폐엽(肺葉) 전체가 망가질 겁니다."

한스 카스토르프는 꼼짝할 수도 없었다. 그는 요아힘을 향해 고개를 돌렸지만 그의 시선을 찾을 수 없어서 다시 베렌스 쪽으로 눈길을 향했다. 베렌스가 다시 입을 열었다.

"오전 10시에 체온이 37.6도라는 사실이 명백한 객관적 증거입니다. 그 체온은 진찰 결과와 정확히 일치해요."

"저는 단지 감기 때문에 열이 오른 줄 알았는데요."

"감기요? 도대체 감기가 어디서 오겠어요? 내가 자세히 말해줄 테니 잘 들어요. 카스토르프 군, 이곳 공기는 병을 낫게 하는 데 좋아요. 당신도 그렇게 생각하지요? 사실이에요. 하지만 이곳 공기는 병에게도 좋아요. 병을 촉진시키고 몸의 활동을 촉진시킨단 말입니다. 그래서 잠재해 있던 병을 폭발시키지요. 그렇게 폭발되어 나타난 것이 바로 당신의 감기입니다. 감기 때문에 열이 생긴 게 아니에요. 당신은 이미 이곳에 오자마자 열이 있었을 겁니다."

"그러고 보니 그렇네요." 한스가 고개를 끄덕이며 대답했다.

"내 생각으로는 이곳에 오자마자 뭔가에 취한 것 같은 느낌이었을 텐데……." 베렌스는 한스의 대답도 기다리지 않고 말을 이었다. "박테리아로부터 발생하는 용해성 독소예요. 그게 중추 신경에 영향을 준 거지요. 그렇게 되면 볼이 상기됩니다. 자, 우선 침대로 가서 누워요. 2~3주 동안 침대에서 편안히 지낸 후에도 그 취한 상태가 지속되는지 살펴봐야 해요. 차후의 일은 그다음에 생각해보기로 하지요. 그런 다음 당신의 몸 안을 엑스레이로 찍어보겠어요. 하지만 여기서 꼭 해둘 말이 있어요. 당신의 병은 하루 이틀 사이에 나을 병이 아닙니다. 광고에 나오는 성공 사례나 기적 같은 치료를 바라지는 말아요. 내가 보기에 당신은 당신 사촌보다는 훌륭한 환자가 될 수 있어요. 저기 저 사령관님께서는 체온계 눈금이 두세 개만 내려가도 당장 이곳을 떠나려 하니 말입니다. 시민의 첫째 의무는 얌전해야 한다는 것입니다. 성급하고 초조한 건 해가 될 뿐이지요. 자, 카스토르프군, 제발 나를 실망시키지 말기를. 이제 당신의 보금자리인 침대로 가시지요."

베렌스는 진찰 및 상담이 그것으로 다 끝났다는 듯 책상 앞에 가서 앉았다. 그러자 크로코브스키 박사가 자리에서 일어나 한스에게 다가왔다. 그는 머리를 비스듬히 옆으로 기울인 채 한쪽 손을 젊은이의 어깨 위에 얹고 누런 이를 드러낼 정도로 환하게 미소를 지으며 반갑다는 듯 열렬하게 젊은이의 오른손을 쥐고 흔들었다.

# 제5장

## 영원히 계속되는 수프

여기서 우리는 아주 중요한 한 가지 현상과 마주하게 되는데, 독자 여러분이 그에 대해 뭐라고 말하기 전에 저자가 미리 언급하는 것이 나을 것 같다. 힌스 카스토르프가 '이 위의 사람들'과 함께 머문 3주에 대한 이야기를 하는 데는 꼭 저자가 예상했던 만큼의 시간과 공간이 필요했다. 하지만 이어지는 3주에 대한 이야기는 앞선 3주에 대한 보고서에서 필요로 했던 것만큼의 페이지와 행간과 말들, 그리고 시간을 필요로 하지 않을 것이다. 우리는 이어지는 3주가 눈 깜짝할 사이에 지나가버리리라는 것을 이미 감지하고 있다.

똑같은 3주가 빨리 가기도 하고 천천히 가기도 한다는 말에 놀랄지도 모른다. 하지만 이치에 맞는 말이고 이야기를 하고 듣는 경우에 적용되는 법칙에도 들어맞는다. 예기치 않은 운명의 장난과 마주하게 된 우리의 주인공 한스 카스토르프의 경우와 마찬가지로, 시간은 우리에게 길어지기도 하고 짧아지기도 하며 그 폭이 넓어지기도 하고 좁아지기도 하기 때문이다. 이쯤에서 시간이라는 신비스러운 요소와 관련해, 우리가 우리의 주인공의 뒤를 계속 따라가다 보면 마주치게 될 또 다른 놀라운 현상을 독자에게 알려주는 것이 좋을 것 같다.

우선, 우리가 환자로서 누워 있노라면 시간이 얼마나 빨리 지나가버리는지—상당히 긴 기간이라 할지라도—상기해보기로 하자. 그 경우 모든 날들은 매일 반복되는 똑같은 날들이 된다. 아니다. 똑같은 날들이 이어지는 것이니까 반복된다고 말하는 것은 부정확하다. 그것은 계속 이어지는 현재이고 동일성이며 영원이다. 어제 당신에게 제공되었던 정오의 수프가 똑같이 오늘 정오에도 제공되며 내일도 마찬가지일 것이다. 그리고 부지불식간에 시간의 경계에 대한 감각을 잃게 되고 시간 단위가 함께 흘러가게 되며 사라져버린다. 그리고 시간의 내용이란 당신에게 영원히 수프가 제공되는 무(無)차원의, 달리 말해 너

비도 길이도 없으면서 역으로 무한(無限)한 현재일 뿐인 것으로 드러난다. 그러니 그런 경우 시간이 천천히 흘러간다고 말하는 것은 모순일 것이다. 그리고 우리의 주인공에 관한 한 그런 모순은 피하고 싶다.

한스 카스토르프는 이 위, 이 작은 세계의 최고 권위자인 베렌스 원장의 결정에 따라 토요일 오후부터 침대에 누워 있게 되었다. 그는 가슴 쪽 주머니에 자기 이름 머리글자가 새겨진 잠옷을 입고 미국 아가씨를 비롯해 다른 많은 사람들이 임종을 맞았을 침대에, 두 손을 머리 뒤로 깍지 낀 채 누워 있었다. 그는 코감기로 흐릿해진 푸른 눈, 하지만 여전히 신뢰에 가득 찬 눈으로 천장을 바라보며 자신의 야릇한 운명에 대해 생각했다. 그는 정말로 혼란스러웠고 갈피를 잡을 수 없으며 미심쩍기까지 했다. 그렇게 침대에 누워 있자니 마음속은 그가 이제까지 알 수 없었던 분노와 터무니없는 예감들로 가득 차 있으면서도 저 깊은 곳으로부터 의기양양한 웃음이 터져 나와 그를 마구 뒤흔들었던 것이다. 이어서 다시 오싹하는 불안에 뺨이 창백해졌으며, 그 뒤를 이어 심장이 갈비뼈를 두드릴 정도로 심하게 뛰었다. '양심'이 그를 두드린 것이다.

토요일 날 요아힘은 조심스럽게 방으로 들어와 한스를 살펴보기만 했을 뿐, 가급적 심각한 이야기를 자제했다. 하지만 다음 날인 일요일 오전 요아힘은 사촌의 침대 곁에 서서 한숨을 내쉬며 당장 급한 일에 대해 이야기를 꺼냈다.

"그래, 안 좋은 일이긴 해. 하지만 할 일은 해야지. 저 아래 집에서 너를 기다리고 있을 텐데."

"그렇지 않아. 내가 돌아오길 기다리며 날짜를 헤아리고 있을 분들이 아니야. 내가 돌아가더라도 고작해야 '응, 너 왔구나'라든지 '잘 다녀왔니?'라고 말하는 정도겠지. 내가 돌아오지 않아도 한참 지나야 그 사실을 알게 될 거야. 그러니 차차 소식을 전해도 돼."

"내가 얼마나 마음이 불편한지 알겠지? 나를 문병하러 왔다가 이렇게 되다니! 내가 너를 이곳으로 불러들였는데 이렇게 옴짝달싹 못 하는 처지가 되다니. 언제부터 직장에 다닐 수 있을지도 모르게 되었잖아."

"잠깐!" 한스가 여전히 두 손을 머리 뒤로 깍지 낀 채 말했다. "그 때문에 골치 아프게 생각할 것 없어. 내가 이곳에 너를 문병하러 온 건가? 물론 그렇기도 하지. 하지만 무엇보다도 하이데킨트 박사의 권유로 이곳에 휴양하러 온 거야. 그런데 그 양반이 생각하던 것 이상의 휴양이 필요하다는 사실이 밝혀졌을 뿐이야. 그리고 사실 뜻밖의 일이면서 동시에 뜻밖의 일이 아닐 수도 있어. 내가 지금까지 내 몸이 건강하다고 느껴본 적은 한 번도 없으니까. 부모님이 그렇게 일찍 돌아가신 걸 생각하면 내 몸이 건강하다고 생각한다는 자체가 무리 아니겠니?

나는 이곳에 누워서 곰곰 생각해봤어. 그동안 삶에 대한 나의 태도가 어떠했는지, 인생 전반에 대해, 또한 인생이 내게 요구하는 것에 대해 어떻게 느껴 왔는지 생각해본 거야. 내게는 뭔가 진지한 것을 향한 취향, 떠들썩한 것을 싫어하는 기질이 있었어. 혹시 애당초부터 병과 친숙해지려는 경향이 있었는지도 몰라. 그게 이번에 드러난 거지. 게다가 여기 와서 진찰을 받게 된 게 오히려 잘된 일인지도 몰라. 네가 자책할 건 하나도 없다니까. 너도 들었지? 내가 평지에서 이런 식으로 계속 살고 있었다면 내 폐엽 전체가 못 쓸 정도로 망가질 수도 있었다고 베렌스 원장이 말했잖아. 어쨌든 어떻게 될지 알 수 없는 노릇이고 지레짐작으로 집에다 요란한 내용의 편지를 할 필요는 없어. 몸만 좀 나아지면 감기에 걸려 침대 신세를 지고 있다고, 당분간은 집에 갈 수 없다고 편지를 쓸게."

"그래, 이곳에 오래 있게 되면 필요한 것들, 예컨대 속옷, 셔츠, 겨울옷, 신발, 돈 등을 보내 달라는 편지도 나중에 하면 되겠군."

　그렇게 한스가 침대에 누워 있는 가운데 일상이 시작되었다. 한스는 침대에 누운 채 식사를 했고 이곳 요양원의 모든 소식은 정기적으로 방에 들르는 요아힘의 입을 통해 들었다. 그리고 3일째 되는 날, 즉 한스가 이곳에 온 지 꼭 3주가 되는 날 집에 편지를 썼다.

　이후 우리의 모험심 많은 젊은이는 한결 홀가분한 마음으로 하루하루를 보냈다. 몇 개의 작은 단락들로 나뉜 하루하루는 언제나 변함없이 단조로웠고, 그 때문에 너무 빠르지도 않았고 너무 지루하지도 않았다. 매일 아침 근육질 몸을 자랑하는 마사지사가 찾아와 알코올로 그의 몸을 닦아주었으며 잠시 뒤에는 몸치장을 마친 요아힘이 찾아왔다. 요아힘은 한스의 아침 체온을 물었고 한스는 알려주었다. 이어서 요아힘이 식당으로 가서 식사를 하는 동안 한스는 여전히 왕성한 식욕으로 침대에 앉은 채 식사를 했다.

　이어서 누워서 이런저런 생각을 하다 보면 어느새 그의 병실에 '점심 수프'가 운반되어 왔다. 하지만 '수프'라는 단어는 오로지 상징적인 표현일 뿐 그에게 배달된 것은 수프가 아니라 베르크호프의 정식 6품 요리였다. 그가 아직 정식 환자가 아닌 데다 식사 대금도 남들과 똑같이 지불하고 있었으니 당연한 일이었다. 평일에도 푸짐했지만 특히 일요일에는 유럽 각국 요리에 정통한 주방장이 특별 조리한 일종의 잔칫상이 배달되었다.

이제 크로코브스키 박사는 오후 회진 때 한스의 방을 건너뛰지 않았다. 한스도 엄연히 환자의 일원으로서 회진 대상에 포함된 것이다. 처음 한스의 방으로 들어온 크로코브스키 박사는 특유의 부드럽고 느릿느릿한 목소리로 한스에게 말했다.

"나를 보고 놀란 모양이군요, 카스토르프 씨. 하지만 나는 이제 당신의 건강을 돌본다는 즐거운 임무를 수행하고 있습니다. 당신과 나의 관계가 새로운 국면에 접어들었군요. 하룻밤 사이에 손님에서 동지가 되었습니다. 누가 이렇게 될 줄 예상이나 했겠습니까?"

그의 입에서 나온 동지라는 말에 한스는 약간 불안해했다. 박사가 계속 말했다.

"사실 존경하는 원장님의 말과는 달리 나는 침식된 당신 폐에 대해서는 별 관심이 없습니다. 그런 건 내겐 2차적인 현상일 뿐입니다. 유기체라는 것은 언제나 2차적이고……."

그 말에 한스가 약간 움찔했다. 그러자 크로코브스키 박사가 덧붙였다.

"감기는 3차적 현상입니다. 그런 것쯤은 침대에 누워 있으면 금세 나을 겁니다."

그는 매일 3시 45분쯤 찾아와 지극히 짧은 질문을 두세 개 던지고 동지로서 농담을 몇 마디 한 후 방에서 나갔다. 그가 발코니 문으로 사라지고 나면 오후 4시가 되었다. 이후 요아힘이 세 번째 산책에서 돌아와 사촌과 이런저런 이야기를 나누고 나면 6시가 되었다. 그리고 요아힘이 저녁 식사를 하러 가면 한스의 방에 식사가 배달되었고 그사이 방 안은 눈에 띄게 어두워졌다.

그렇게 한스가 침대에 누워 있고 나서 10일인가 12일인가 지났을 때였다. 해 질 무렵, 그러니까 요아힘이 저녁 식사와 식사 후의 사교 모임에서 돌아오기 바로 전에 누군가가 한스의 문을 노크했다. 한스가 누굴까 의아해하며 들어오라고 하자 로도비코 세템브리니 씨가 모습을 드러냈다. 요아힘의 말에 의하면 그가 이곳 요양객들 중에서 한스의 안부를 물어본 유일한 사람이었다. 사정을 알게 되자 그의 반응은 단 두 마디였다. 먼저 '에코(ecco)'라는 단어였고 다음은 '포베르토(poverto)'라는 단어였다. '그것참!'과 '가엾게도!'라는 뜻의 이탈리아어 단어였다. 요아힘은 그 정도의 이탈리아어는 알아들을 수 있었다. 요아힘의 말을 듣고 한스는 반문했었다.

"왜 내가 가엾다는 거야? 문학이나 정치에 대해서는 거창한 말을 하지만 일상사에서 자신에게 중요한 일은 하나도 개선시키지 못하면서……. 그런 처지에 나를 높은 곳에 서서 동정하듯 말하면 안 되지. 내가 그 사람보다 먼저 여기서 내려갈지도 모르는데."

바로 그 세템브리니 씨가 방으로 들어서며 전등 스위치를 켜고 문 앞에 서 있었다. 한스는 그의 얼굴을 알아보자 얼굴을 붉혔다. 저녁 식사를 마치고 돌아오는 길이었기에 평소 습관대로 이쑤시개를 물고 있었으며 한스에게 낯설지 않은 세련되고 냉정한 미소를 머금고 있었다.

"기분이 어떠신가요, 엔지니어 양반! 며칠 동안 보이지 않기에 저 아래로 내려갔나 했는데, 소위님이 내 착각을 바로잡아 주었습니다. 자, 기분이 어때요? 너무 기분이 처져 있지는 않겠지요?"

"아, 당신이군요. 찾아주셔서 감사합니다. 기분은 보통 때와 다를 바 없습니다. 이렇게 누워 있으니 감기는 다 나았지만 체온은 여전히 37.5도에서 37.7도를 오락가락합니다."

"네, 당신 사촌에게서 모두 들었습니다. 그러니까 떠나기 직전에 진찰을 받았다고요?"

"열이 좀 있어서요. 저 아래 있었더라도 진찰을 받았겠지요. 하긴 여기 도착하면서부터 열을 좀 느끼긴 했습니다. 이곳 공기는 병을 고치는 데도 좋지만 병을 표면에 떠오르게 하는 데도 좋을 수 있으니까요. 병 치료를 위해서는 필수적인 과정이 아닌가요?"

"거참, 매혹적인 가정이군요. 혹시 베렌스 원장이 독일계 러시아 여자 이야기를 해주던가요? 재작년에 이곳에 5개월 동안 머물던 여자 이야기 말입니다. 안 해줬다고요? 그 이야기를 해줬어야 하는 건데……. 사랑스러운 여인이었는데……. 선병(腺病)질적인 빈혈이 있었고 그 외에도 뭔가 심각한 병이 있던 모양입니다. 그녀가 이곳에서 한 달간 지낸 후 계속 어딘가 아프다고 호소했지요. 그런데도 계속 참으라는 말만 들은 모양입니다. 두 달이 지났는데도 몸은 좋아지지 않고 계속 나빠지고 있다고 주장했어요. 이곳 의사들은 오직 의사만이 그녀의 상태에 대해 판단할 수 있다, 그녀가 아는 건 자신의 느낌에 불과하다고 지적했어요. 그리고 그녀의 느낌 같은 건 하나도 중요하지 않다고 말했지요. 그들은 그녀의 폐의 상태가 좋다는 사실에 만족하고 있었습니다. 그녀는 군말 않고 열심히 요양을 했지만 매주 체중이 줄었습니다. 넉 달째는 진찰을 받으면서 기절까지 할 정도였지요. 그래도 베렌스는 폐가 멀쩡하다며 아무 문제가 없다고 했습니다. 하지만 다섯 달째 이르러 드디어 걸을 수조차 없게 되자 그녀는 남편에게 편지를 썼어요. 그러자 남편이 겉봉투에 '친전', '지급'이라고 적힌 편지를 보냈습니다. 그제야 베렌스는 어깨를 으쓱하며 이곳 기후가 그녀에게 맞지 않는 것 같다고 말했지요. 그녀는 화가 나서 그렇다면 더 빨리 말해줬 어야 하지 않느냐고 소리를 질렀습니다. 자신은 처음부터 그것 을 느끼고 있었다는 겁니다. 남편 곁으로 돌아간 그녀가 건강 을 회복했기를 바랄 뿐입니다."

"정말 재미있어요. 어떻게 이야기를 그렇게 잘하실 수 있는 거지요? 말 한마디 한마디가 다 조형적입니다. 이쨌든 저는 엑 스레이를 찍기로 했습니다. 그 후라야 확실한 결과를 알 수 있 겠지요."

"그렇게 생각해요? 사진 감광판에 나타난 단순한 반점을 폐 의 공동(空洞)으로 오인하는 경우도 있을 수 있고 반대로 어딘가 나쁜 데가 있어도 전혀 나타나지 않는 경우도 있는데. 폐결핵 이 아니었는데도 엑스레이만 믿고 엉뚱한 치료를 하다가 다른 병으로 죽은 사람도 있어요."

"당신은 과학조차 믿지 않으시는군요. 그렇다면 당신에게서는 반점이 보이나요?"

"여럿 보이지요."

"당신은 정말 아프신 건가요?"

"네, 상당히 아픕니다."

한스는 더 이상 할 말이 없었다. 이번에도 먼저 침묵을 깬 것은 세템브리니였다.

"당신 가족들이 어떤 식으로 당신 소식을 받고 있나요?"

한스는 자신의 부모가 일찍 돌아가시고 고향의 가족은 외종조부와 삼촌 둘밖에 없다고 말한 후 외종조부에 대해 대충 이야기해주었다.

"당신 외종조부는 부자겠군요? 당신도 역시 부자고요. 독일 사람은 다 부자 아닌가요?"

한스 카스토르프는 세템브리니 씨가 문필가답게 일반화하자 웃음을 지었다.

"대개 다 부자입니다. 맞아요. 하지만 그렇지 않은 경우도 있지요. 나도 백만장자는 아니지만 의지하지 않고 살아갈 정도는 됩니다. 하지만 내 이야기는 그만하기로 하지요. 그런데 여기 이렇게 누워서 생각해보니 부자와 그렇지 않은 사람을 명백히 차별하는 저 아래 사회는 좀 냉혹하고 무정하다는 생각이 드는 군요. 저 아래 공기는 뭔가 잔혹하고 가혹하다는 생각이……. 이렇게 누워서 생각하니 공연히 몸이 오싹해지네요."

세템브리니가 고개를 끄덕이더니 한숨을 내쉬며 말했다.

"잔혹성이 독일 사회의 특수한 형태라고 말하고 싶지는 않아요. 그런 건 삶에 뒤따르기 마련이니까요. 그리고 그런 잔혹성에 대해 비난하는 것도 꽤나 감상적으로 보입니다. 당신이 고향에 있다면 그런 비난을 하는 자신이 우습게 여겨져 삼가게 될지 모릅니다. 그런 비난은 게으름뱅이들이나 하라고 넘겨버립시다. 그렇게 삶에 대해 비난을 하는 것은 자신을 삶으로부터 소외시키는 것을 뜻하고 나는 그런 소외가 심해지는 것을 보고 싶지 않아요. 그런 비난에 익숙해긴 사람은 삶으로부터, 자신이 태어난 삶의 방식으로부터 행방불명이 될 위험에 처해지는 것과 같으니까요. 엔지니어 양반, 자기 삶에서 행방불명이 된다는 게 무슨 뜻인지 압니까? 나는 그것을 잘 알고 있고 이곳에서 매일 보고 있어요.

이곳의 젊은이들은—이곳에 오는 사람들은 대개 젊은이입니다—기껏해야 6개월만 되면 시시덕거리는 것과 체온 외에,

이전에 갖고 있던 생각들을 다 잊게 됩니다. 그리고 늦어도 1년
만 지나게 되면 다른 생각들을 이해할 능력을 잃어버립니다.
그 어떤 생각이건 잔인하다고, 아니, 보다 정확히 말한다면 무
지와 오류라고 판단하게 됩니다. 실례를 좋아하는 것 같으니
마음에 들 만한 이야기를 해주지요. 이곳에 11개월 머물렀던
사람 이야기로서 나도 아는 사람입니다. 그 누군가의 아들이자
남편이었고 당신보다 약간 나이가 많았지요. 아니, 꽤 많았는
지도 모르겠습니다. 의사는 그의 병이 호전되었다고 생각하고
시험 삼아 집으로 돌려보냈어요. 어머니와 아내의 품이었지요.
그런데 집으로 돌아간 그는 하루 종일 체온계만 입에 물고 있
을 뿐 다른 그 어느 것에도 관심이 없었어요. 그는 '당신들은 몰
라', '저 위에 살아보지 않은 사람은 몰라. 이곳 아래에는 기본
개념이란 게 없어'라는 말만 했어요. 결국 어머니가 상황을 정
리했습니다. '다시 올라가라. 네게는 더 이상 해줄 게 없구나'라
고 그녀는 말했어요. 그래서 그는 다시 이곳으로 왔습니다. 고
향으로 돌아온 거지요. 당신도 알고 있나요? 여기서 한 번 지
내본 사람은 이곳을 고향이라고 부릅니다. 그는 그의 젊은 아
내로부터도 완전히 소외되고 말았습니다. 그녀에게는 '기본 개
념'이 결여되어 있었고 그것을 얻으려는 노력을 포기했으니까

제5장

**201**

요. 그녀는 그가 이 위에서 '기본 개념'을 지닌 짝을 만나 머물 것이라고 생각했습니다."

한스는 그의 말을 건성으로 듣고 있는 것 같았다. 그는 마치 먼 곳을 바라보는 것 같은 시선으로 흰 방의 밝은 전등 불빛을 보고 있었다. 그는 속으로 자신은 휴머니스트가 어떤 건지 잘 모르고 자신이 휴머니스트라고 생각해본 적은 없었지만 저 아래서 당연히 받아들여지고 있는 생각과 질문들에 대해 약간 어색한 느낌을 갖곤 했던 것이 어쩌면 자신이 지금 앓고 있는 병과 연관이 있을지도 모른다고 막연히 생각했다.

둘 사이의 대화가—주로 세템브리니의 말이었지만—이어지다가 이윽고 죽음이, 아니 보다 정확히 말한다면 '죽음과 접촉한 사람'이 화제로 떠올랐다. 세템브리니는 죽음과 접촉한 사람만이 사람들의 냉소적인, 혹은 냉정한 태도에 대해 감정이 상하고 화가 나며 예민해진다고 말했다. 이어서 그는 죽음을 삶의 일부분으로, 성스러운 조건으로 파악하고 느낄 필요가 있다고 말했다. 그는 죽음을 존경한다는 것은 삶을 천시하고 죽음을 중시하는 태도가 아니라 죽음을 삶의 모태로 연결시키는 것을 뜻한다고 말했다. 죽음을 삶과 떼어놓음으로써 죽음이 유령이자 추한 얼굴을 지닌 고약한 것으로 변한다는 것이었다.

거기까지 말한 후 세템브리니는 잠시 입을 다물었다가 의자에서 몸을 일으키며 미소 띤 얼굴로 덧붙였다. 그의 목소리가 약간 떨리고 있었다.

"어때요, 당신이 그 무언가 시도를 하고 실험을 할 때 내가 곁에 있어도 되겠어요? 당신이 해로운 위치에 고정되어버릴 위험에 처할 때 당신을 바로잡아주는 역할을 해도 되겠어요?"

"물론입니다, 세템브리니 씨!" 한스는 당황해서 어쩔 줄 몰라 하며 상냥한 얼굴로 말했다. "정말 친절하십니다. 그런데 나 같은 사람이……, 어떻게 그런 도움을 받을 자격이 있는지……."

"완전 무료입니다!"

세템브리니 씨는 자리에서 일어나며 베렌스의 말을 흉내 냈다. 순간 이중문의 바깥쪽 문이 열리는 소리가 들리더니 곧이어 안쪽 문이 열렸다. 요아힘이 저녁 모임으로부터 돌아온 것이다. 세템브리니는 정중하게 인사하고 물러났다.


어느덧 9월도 꽤 깊어져서 벌써 중순이 다가오고 있었다. 그 사이 날씨는 화창한 여름 날씨로 변했다가 다시 차가운 겨울 날씨로 급변했다. 골짜기에는 눈보라가 흩날렸고 스팀으로 건조해진 공기가 방 안을 채웠다. 그러던 어느 날 의사들이 회진을 돌 때 한스는 베렌스에게 자신이 침대에 누운 지 벌써 3주가 되었다며 이제 그만 일어나게 해달라고 부탁했다.

"아니, 뭐라고요? 설마!" 베렌스가 말했다. "벌써 시간이 되었다고요? 어디 봅시다. 정말이군요. 좋아요. 나도 굳이 당신을 막을 생각은 없으니 인간 사회로 되돌려 보내지요. '자, 일어나가거라!(「누가복음」 17장 19절)' 물론 규정된 한도 내에서입니다. 이제 곧 당신 내부 사진을 찍어봐야겠어요." 이어서 그는 조수인 크로코브스키 박사에게 말했다. "예정표에 적어 놓아요."

이리하여 한스는 3주간의 자신의 보금자리를 떠나게 되었다.

오후에 사촌과 산책을 하면서 한스는 자신이 3주가 지났다는 것을 원장에게 알리지 않았다면 그가 도대체 얼마 동안 자신을 침대에 눕혀 놓았을 것인지 의아한 말투로 요아힘에게 묻지 않을 수 없었다. 그러자 요아힘이 멍한 눈으로 "아!" 하고 헛숨을 짓더니 마치 '알게 뭐야?'라는 뜻의 몸짓을 해보였다.

엑스레이 촬영

그로부터 일주일 후에야 한스는 수간호사(이제 그녀의 이름이 밀렌동크라는 것을 밝혀야겠다)로부터 엑스레이 검사실로 출두하라는 통보를 받았다. 그는 급히 서두르고 싶지 않았다. 어쨌든 그는 이곳에서 증세가 심한 환자가 아니었다. 한스 같은 처지에서는 얌전하게 처신하는 것이 당연한 일이었다. 만일 그러지 않는다면 그는 차별 의식이 전혀 없는 사람 취급을 받게 될 것이다.

차별 의식은 이곳 베르크호프의 특별한 분위기였다. 증세가 가벼운 사람은 이곳에서 멸시받는다는 이야기를 한스는 종종 들었다. 증세가 가벼운 환자는 증세가 심한 중환자뿐 아니라, 가벼운 환자들 사이에서도 경시되고 곁눈질을 받았다. 그럼으로써 증세가 가벼운 환자들은 스스로를 경시하게끔 강요받는 셈이었지만 다른 한편으로는 자신을 정상적인 보통 사람 쪽에 속하게 함으로써 자존심을 지키는 방법이기도 했다. 인간이란 당연히 그런 존재인 것이다.

그들은 가벼운 환자에 대해 이런 식으로 쑥덕거렸는지도 모른다.

"아, 그 사람? 그 사람은 별로 이상한 데도 없어. 여기 머물 필요도 없는 사람일 거야. 공동(空洞) 하나 없다니까."

그것이 바로 이곳의 정신이었고 독특한 의미에서의 이곳의 귀족주의였다. 법이나 질서에 대해서는 생래적으로 존경심을 품고 있던 한스 카스토르프는 그 정신에 대해서도 경의를 표했다. 그는 '로마에 가면 로마인처럼 행동하라'는 격언에 충실했다. 심지어 한스는 요아힘에 대해서도 일종의 경의를 보였다. 그가 이곳에 자신보다 오래 있었기에 자신의 안내자나 지도자 역할을 할 수 있기 때문에서만이 아니라, 무엇보다 그가 자신보다 '중환자'인 때문이었다. 그러니 이곳에서는 누구나 자신의 병을 과장하여 귀족층에 들어가거나 가까이하려는 경향을 보이는 것도 당연한 일이었다. 만일 한스 카스토르프가 식탁에서 체온이 얼마냐고 누군가 물으면 실제보다 작은 눈금을 두세 개 올려 말했을지도 모른다. 그리고 누군가가 그에게 손가락을 흔들며 사기꾼이라고 말하면 우쭐하는 기분을 느꼈을지도 모른다. 하지만 눈금 한두 개 올려 말한다고 그가 당장 중환자가 되는 것은 아니었으니 인내하고 자제하는 것이 그에게 걸맞은 태도일 것이다.

한스는 3주 만에 이제 익숙해진 처음 3주간의 규칙적인 생활로 다시 돌아왔다. 마치 그 생활이 조금도 중단된 적이 없었던 것과 마찬가지였다. 그가 식탁에 다시 모습을 드러냈을 때 한스는 그 사실을 분명히 느꼈다. 사람들은 3주 만에 얼굴을 맞댄 그를 마치 3시간 만에 만난 것처럼 대했다. 사람들이 그에 대해 무관심했거나 자기 생각에만 바빠서 그런 것이 아니었다. 아무도 그 3주간의 시간을 의식하지 못하고 있던 때문이었다. 한스 자신도 여교사와 미스 로빈슨 양 사이의 자기 자리에 앉으면서 마치 어제 마지막으로 그 자리에 앉았던 것처럼 느껴졌기에 그런 분위기에 자연스럽게 어울릴 수 있었다.

물론 한스는 마음속으로 예외가 있을 수 있다고 생각했을 수도 있겠지만 실제로 그랬는지 아닌지는 정확히 판단하기 힘들다. 그는 쇼샤 부인이 자기가 돌아온 것을 주목하리라고 생각했다. 그녀가 곧 언제나처럼 뒤늦게 나타나서 문을 쾅 닫자마자 가느다란 눈으로 자신을 바라보리라고, 자신도 눈으로 그 눈을 맞으리라 생각했다. 그리고 그녀가 식탁에 앉자마자 3주 전에 그랬듯 미소 지으며 어깨너머로 자신을 바라보리라고 생각했다. 너무 과감하고 무분별한 행동이어서 그에 대해 황홀해해야 할지 아니면 자신을 안중에도 두지 않는 태도라고 화를 내야 할지 알 수 없던 행동이었다.

이윽고 유리문이 쾅 하고 닫혔다. 그는 그 순간을 가슴 조이며 기다렸기 때문에 그의 심장은 고통스럽게 오그라들었다. 이어서 자리에 앉은 쇼샤 부인이 뒤를 돌아보며 예의 대담하고 무심한 미소를 그에게 보냈다. 순간 한스는 둘 사이에는 아무런 사회적 관계도 존재하지 않는다는 것, 심지어 둘은 서로 아는 사이도 아니라는 것을 확인할 수 있었다. 그것은 마치 둘 사이는 말을 나눌 필요도 없는 사이라는 것을 확인해주는 것과 같았다. 한스는 그 사실에 놀랐다.

이 자리에서 우리는 한스가 누워 있던 3주 동안에 그녀를 향한 사랑―물론 저 아래에서 벌어지는 일에나 어울리는 단어이고 '내 마음 이상하게 두근거리누나'와 같은 노래 가사를 연상시키는 단어이지만 그 단어를 그대로 사용하기로 하자―이 더욱 깊어졌다는 사실을 말해주어야만 할 것이다. 그는 작게 구분된 하루하루 동안 그녀의 입술, 광대뼈, 눈 빛깔과 위치, 축 늘어진 등, 머리 자세, 목덜미 파인 부분에 드러나 보이는 목등뼈, 얇은 망사로 덮여 훤히 드러나 보이는 팔들을 생각했다. 그리고 바로 그 덕분에 시간이 쉽게 소리 없이 흘러갈 수 있었다. 그리고 그러한 행복감 속에는 양심의 가책도 섞여 있었다는 사실을 반드시 지적해야 할 것이다. 즉 일탈하고자 하는 그 기쁨 속에는 이루 말로 표현하기 힘든 불안이 함께 하고 있었던 것이다.

이제 호의에 가득 찬 베르크호프의 규칙적인 생활이 좁은 무대에서 다시 펼쳐졌다. 한스는 엑스레이 촬영을 기다리며 24시간 내내 요아힘과 똑같이 행동하며 생활했다. 그 일주일 동안 한스는 여교사 엥엘하르트 양을 통해 쇼샤 부인에 대한 새로운 정보들을 들을 수 있었다. 이미 쇼샤 부인을 향한 그의 마음을 눈치챈 엥엘하르트가 그를 놀려주기 위해 들려준 이야기들이었다.

엥엘하르트는 플라츠에 살고 있는 러시아 남자가 가끔 쇼샤 부인을 방문하며, 오후에 자기 방으로 그 남자를 받아들인다고 말했다. 그 말을 듣는 순간 한스 카스토르프는 애써 태연한 척했지만 이미 얼굴은 일그러져 있었다. 그는 그가 젊은 사람인지, 환자인지 아닌지 물은 뒤, 이 러시아 사람이 누구인지 알아봐달라고 엥엘하르트 양에게 진지하게 부탁했다. 그런데 며칠 후 엥엘하르트 양은 그 남자에 대한 정보를 들려주는 대신 놀라운 새 소식을 갖고 왔다.

그녀는 클라브디아 쇼샤 부인이 초상화 모델 노릇을 하고 있다는 것을 알았다며 한스도 그 사실을 아느냐고 물었다. 누구의 모델 노릇을 하고 있다는 것인가? 바로 베렌스 원장이라는 것이었다.

한스는 이전 소식보다 더 큰 충격을 받았다. 아니, 홀아비인 원장이 사는 집에서 모델을 선단 말인가? 적어도 수간호사인 밀렌동크 정도는 자리를 함께 하지 않을까? 그러자 엥엘하르트 양은 수간호사는 너무 바빠서 그럴 시간이 없다고 대답했다. 한스는 체면 불구하고 질문을 퍼부었다. 초상화 크기는 어느 정도인지, 얼굴 초상화인가, 전신 초상화인가, 어느 정도 시간을 모델로서 앉아 있는가 등이었다. 엥엘하르트 양은 나중에 자세히 알아봐주겠다고 대답했다. 그 소식을 듣고 한스 카스토르프의 체온이 37.7도까지 올라갔으며, 고통과 불안과 의심이 더해져 갔다는 사실도 밝혀야겠다.

엥엘하르트 양으로부터 들은 이야기 외에도 한스에게 충격을 준 사실이 또 한 가지 있었다. 한스가 직접 목격한 장면이었다. 한스 일행이 앉은 식탁 좌측에 만하임 출신의 환자가 한 명 앉아 있었다. 서른 살가량의 머리숱이 적고 소심한 말투의 사나이였다. 그는 저녁 모임에서 이따금 피아노를 연주했다. 사람들 말로는 신앙심이 무척 깊어 주일마다 저 아래 플라츠로 내려가 예배를 보고 안정 요양 중에도 표지에 성배와 종려나무 가지가 그려진 경건한 책들만 본다는 사나이였다. 그런데 어느 날 한스는 그 사나이의 눈초리가 자신과 똑같은 곳을 향하고 있음을 눈치챘다. 바로 쇼샤 부인의 우아한 모습을 향하고 있었던 것이다. 야비할 정도로 집요하게 그녀를 바라보는 시선이었다. 또한 그의 눈길에는 애절함이 담겨져 있었다.

다행히 쇼샤 부인은 그의 눈길을 거들떠보지도 않았다. 만일 그랬다면 민감해질 대로 민감해진 한스의 감각이 놓칠 리 없었다. 하지만 이때 그가 마음속으로 느낀 것은 질투가 아니었다. 다만 열정에 취한 사람이 느낄 수 있는 온갖 감정, 혐오감과 동류의식이 기묘하게 뒤섞인 그런 감정을 그는 맛보았다. 하지만 그 감정에 천착하다 보면 한이 없을 것이다. 다만 만하임 출신의 이 젊은이를 관찰하면서 우리의 불쌍한 친구가 오만 가지 생각과 고통에 사로잡혔다고 말하는 것으로 충분하리라.

한스가 다시 무대에 등장한 이래 엑스레이 검사를 받기까지 이런 식으로 일주일이 지나갔다. 한스는 일주일이 지난 것도 모르고 있었는데 어느 날 아침 첫 번째 아침 식사 때 수간호사로부터 오후에 엑스레이 촬영실로 오라는 지시를 받았다. 말하자면 일주일이 막 지나갔다는 뜻이었다. 한스는 오후 차를 마시기 30분 전에 요아힘과 함께 촬영실로 가야 했다. 이 기회에 요아힘도 새롭게 엑스레이 촬영을 할 참이었다.

그들이 3시 30분에 촬영실로 가자 이미 많은 사람들이 기다리고 있었다. 이윽고 그들보다 앞서 기다리고 있던 사람들의

촬영이 끝나고 약속 시간보다 꽤 늦게 둘은 촬영실로 들어갔
다. 촬영실로 들어가자마자 요아힘은 상의를 벗었다. 그러자 베
렌스는 벽에 걸어놓은 엑스레이 사진들을 보여주며 한스에게
말했다.

"이거야말로 젊은이들에게 유익한 시청각 교육입니다. 빛에
의한 해부라! 이거야말로 시대의 승리, 현대 과학의 승리이지
요. 이게 여성의 팔입니다. 섬세한 걸 보면 알 수 있겠지요? 사
랑을 하게 되면 누군가를 이 팔로 껴안을 겁니다."

요아힘이 먼저 촬영을 했고 이어서 그가 촬영기 앞에서 내
려오자 한스가 올라갔다. 한스는 광선이 자신의 몸을 뚫고 지
나가는 것을 조금도 느끼지 못했지만 약간 정신이 없었고 멍한
기분이었다.

촬영이 끝나자 베렌스는 엑스레이는 새로운 환부뿐 아니라
옛 환부까지도 보여줄 수 있으며 폐 깊은 곳에 나타난 증상도
보여줄 수 있다고 말했다. 그리고 한스의 엑스레이 사진에 끈
같은 것이 보인다며 얼마 안 있어 감광판을 보여줄 테니 그때
한스도 직접 살펴볼 수 있을 것이라고 말한 뒤, 그사이 안정을
취하고 인내하며 규율을 지키면서 지내라고 말했다. 요아힘과
한스는 곧바로 검사실을 나왔다.

## 자유

우리의 젊은 한스에게 이 모든 것들이 어떻게 보였을까? 그가 이 위의 사람들과 보낸 그 분명한 7주가 단지 일주일에 불과한 것처럼 느껴졌을까? 아니면 그가 실제로 살았던 것보다 훨씬 길게 느껴졌을까? 그는 머릿속으로 곰곰 생각해보기도 하고 요아힘에게 물어보기도 했지만 어느 쪽으로도 확답을 내릴 수 없었다. 어쩌면 두 경우 다 해당되는지도 몰랐다. 이곳에서 지낸 기간이 부자연스러울 정도로 길게도, 짧게도 느껴졌지만 실제와는 다르게 느껴진 때문이었다. 물론 이런 말을 하는 것은 시간이 자연 현상이며 실제라는 개념과 연관이 있다는 가정하에서이다.

10월이 눈앞으로 다가와 당장에라도 그 문턱을 넘을 수 있을 것 같았다. 그사이에도 세템브리니는 계속해서 한스의 행동에 대해 이런저런 지적을 하고 깨우쳐주고 경고를 하면서 한스에게 영향을 미치려 했고 한스는 그 점에 대해 내심 기쁘게 생각하고 있었다. 그러면서 이제 세템브리니의 말에 대해 비판을 하거나 동의를 유보할 정도로 이해력이 증가되었다.

한번은 이런 일이 있었다. 기흉을 앓고 있는 헤리미네 클레펠트라고 하는 젊은 여자가 새로 이곳에 온 러시아인 대학생 환자 두 명과 점심 식사를 끝낸 후 식당에 서서 잡담을 나누고 있었다. 그녀가 말했다.

"앞으로 닷새가 지나면 다시 초하루가 된다는 걸 알아요? 10월 초 말이에요. 사무실 달력에서 봤어요. 이 즐거운 리조트에서 두 번째로 만나는 거예요. 그래요, 여름이 끝났군요. 그것도 여름이라고 부를 수 있다면 말이에요. 보통 우리의 삶이 그러하듯 여름은 우리를 속인 거예요."

그 말을 하면서 그녀는 반쪽 폐로 한숨을 내쉬었다. 그러자 두 명의 젊은이 중 한 명이 대답했다.

"개라도 더 이상 살고 싶지 않을 겁니다. 이런 식으로 살아야 한다면……"

그들은 어깨를 들썩이며 웃었다.

근처에 있던 세템브리니가 이쑤시개를 물고 식당에서 나오며 한스에게 말했다.

"엔지니어 양반, 저들의 말을 믿지 않겠지요? 저들을 믿지 말아요. 여기서 더없이 편하게 지내고 있으면서 저런 식의 불평이나 늘어놓는 겁니다. 지독하게 게으르게 지내면서 주위에 동정을 구하고 독설, 아이러니를 늘어놓고 냉소할 권리까지 있다고 생각하는 겁니다. 뭐? 즐거운 리조트? 잘도 비꼬는군. 그리고 뭐? 이 즐거운 리조트에서 속아 살았다고? 저 아가씨를 시험 삼아 저 아래 평지로 내려보냅시다. 잠시도 견디지 못하고 이곳으로 다시 오려고 할 것이 틀림없어요. 아이러니라! 참 기막혀서! 엔지니어 양반, 이곳에서 유행하고 있는 아이러니에 주의해야 합니다. 그런 정신 자세에 대해 이야기하는 것도 경계해야 해요. 고전적인 수사법도 아니고, 건강한 정신에 모호한 그 무엇을 보여주기 위해서가 아니라면 아이러니는 문명에 반하는 것이며 반동과 악덕과 물질주의와 불결한 거래를 하는 것과 같아요. 우리가 살고 있는 이곳 분위기는 그런 늪지대 식물이 번성하기 알맞아요."

한스가 7주 전에 그 말을 저 아래 평지에서 들었다면 그저 횡설수설로 여겼을 것이다. 하지만 이제는 그 말을 이해할 수 있게 되었다. 그러면서도 그는 속으로 생각했다.

'아이러니에 대해 꼭 음악에 대해 말하듯 말하는군. 고전적인 수사법에 그치고, 건강한 정신에 모호한 그 무엇을 보여주는 아이러니가 어떤 거지? 금세 이렇게 말해주고 싶어지는군. 그런 건 그저 무미건조한 현학자의 아이러니일 뿐이라고.'

하지만 그는 그런 생각을 입 밖에 내지 않고 다만 이렇게 말했다.

"하지만 저 아가씨는 병을 앓고 있습니다. 중병을 앓고 있으니 어찌 의심이 없을 수 있나요? 비관에 빠질 만하지요. 그런 사람에게 대체 무엇을 기대하시는 건가요?"

"병과 절망, 이것도 역시 악행의 한 형태에 지나지 않을 때가 많습니다."

"언제 죽을지 모르는 사람에게 악행을 범하고 있다고 하는 건 심하지 않나요? 병이 악행의 결과라고 한다는 건." 한스는 '그리고 당신은?'이라는 말이 나오는 것을 겨우 참았다.

"오, 엔지니어 양반, 당신은 또 병을 옹호하고 있군요."

"아니, 그게 아니라 당신 말에 흥미가 있어서요. 당신 말을 들으니 크로코브스키 박사가 강연 중 해준 말이 생각납니다. 그 사람도 유기체의 병을 부차적인 현상이라고 말하긴 했습니다. 당신은 정신 분석에 대해 어떻게 생각하시나요?"

"글쎄요. 절대적으로 찬성하기도 하고 절대적으로 부정하기도 합니다. 계몽과 문명의 도구로서는 아주 훌륭합니다. 터무니없는 확신을 흔들고 자연스러운 편견을 해소하고 권위를 전복시킨다는 점에서는 좋습니다. 달리 말하자면 자유를 주고, 순화

하고, 인간화하고, 노예를 해방시킬 수 있다는 점에서는 좋은 것입니다. 하지만 행동을 저지하고 생명력을 낳지 못하고 생명을 뿌리째 불구로 만들어 놓는다는 점에서는 나쁩니다. 정신분석은 죽음에 속하고 있어 죽음처럼 역겨운 것입니다. 무덤, 그리고 '고약한 해부'와 연관이 있습니다."

"요아힘과 저는 최근에 지하실에서 '빛에 의한 해부'를 해보았습니다. 베렌스는 우리에게 엑스레이 촬영을 하면서 그렇게 불렀습니다."

"그래요?"

"나는 내 해골을 본 셈입니다. 당신도 당신의 해골을 본 적이 있나요?"

"나는 내 해골에는 조금도 관심이 없습니다. 그래서 진단 결과는 어땠나요?"

"매듭이 있는 끈이 보인다고 한 것 같습니다."

"악당 같으니라고! 그런데 형량은 얼마를 받았지요?"

"특별한 기한은 정하지 않았습니다."


세템브리니와 헤어진 한스는 방으로 돌아와 집에 편지를 썼다. 머물 기간이 얼마나 될지는 알 수 없었지만 겨울옷 없이 지낼 수는 없었고, 겨울 내내 이곳에서 지낼 가능성은 충분했다.

그는 종조부와 숙부들 가운데 가장 가까운 제임스 티나펠 숙부에게 편지를 쓰고 모든 내용을 종조부에게 전해달라고 썼다. 그는, 의사의 소견에 따라 겨울 한 철 내내 이 위에서 지내게 될지도 모른다, 우연히 이곳에 올라와 진찰을 받게 된 것이 다행이다, 혹시 요아힘보다 더 늦게 돌아가게 되더라도 놀라지 말아 달라, 이곳에서는 모든 것이 월(月) 단위로 계산되며 월(月) 하나하나는 별로 중요하지 않다, 라고 썼다.

편지를 쓰고 나자 한스 카스토르프는 자신이 자유로워진 것을 느꼈다. 물론 그는 자유라는 단어를 떠올리면서 그 단어에 정확한 의미를 부여한 것은 아니다. 그는 이 위에서 흔히 그러하듯 그 단어를 가장 광범위한 의미에서 느꼈을 뿐이다.

편지를 쓰다 보니 볼이 화끈거렸다. 그는 딕자에서 체온계를 꺼내어 체온을 재보았다. 37.8도였다.


수은주의 변덕


모든 달들이 시작되듯 10월이 시작되었다. 새 달들은 신호도 없이 표지도 없이, 화려하지 않게 조용히 입장한다. 말하자면 소리 없이 몰래 들어오는 것 같아 가까이서 주목하지 않으면 눈치를 챌 수 없다.

한스가 맞은 10월은 9월의 마지막 날과 똑같이 춥고 음산했으며 그런 날이 며칠 계속되었다. 안정 요양을 하기 위해서는 밤이고 낮이고 겨울 외투와 낙타털 담요 두 장이 필요했다. 하지만 며칠 후 모든 것이 달라졌다. 뒤늦게 다시 여름이 찾아와 놀라울 정도로 화창한 날씨가 이어진 것이다. 이후 2주 반 이상이나 맑고 푸른 하늘이 산과 골짜기에 퍼지더니 날이 갈수록 더욱 청명해졌다. 구름 한 점 없이 햇볕이 어찌나 따갑게 내리쬐이는지 가장 얇은 여름옷을 입어야만 했다.

그런 가운데 한스는 시간의 흐름에도 주의를 기울이지 않았고 모든 것이 그저 몽롱한 가운데 지내고 있었으며, 그런 도취 상태에서 깨어날 수 있는 힘이 없었고 그 상태에서 깨어나고 싶은 생각조차 없었다.

누구든 일단 도취 상태에 빠지게 되면 경건함이나 절제 같은 것이 귀찮고 혐오스럽게 여겨지는 법이다. 도취는 그 도취의 힘을 약화시키는 인상들에 대해 자기주장을 펼치며 그 인상들을 인정하지 않고 몰아내버린다. 한스는 그 도취 상태에서 그 무엇이 정상인지 아닌지, 무엇이 옳고 그른지 판단하려는 노력을 그만두기에 이르렀으며 자신의 마음을 사로잡는 생활 방식을 스스로 실험해보는 정도에까지 이르렀다.

우리가 한스의 도취 상태에 대해 이야기한 것은 클라브디아 쇼샤 부인에 대한 한스 카스토르프의 내적인 경험과 변화에 대한 이야기를 들려주기 위해서이다. 한마디로 말하자. 우리의 여행객은 클라브디아 쇼샤 부인에게 홀딱 빠져버리고 말았다. 물론 그 감정이 유행가 가사에서 보이는 부드러운 애수가 아니라는 것은 이미 수차례 말한 바 있으니 '홀딱 빠져버렸다'라는 표현에 대해 오해는 하지 말기 바란다. 그것은 상사병 연가 중에서도 가장 거칠고 종잡을 수 없는 변종이었으며 열병 환자의 상태였고, 혹은 이 높은 곳에서의 10월 공기처럼 추위와 열기가 범벅이 되어 있는 것이었다. 그리고 그것에는 사실상 두 극단을 연결해줄 만한 다리조차 없었다.

그의 연정은 한편으로는 청년의 얼굴을 창백하게 만들고 일그러지게 만드는 직접적인 것들, 즉 그녀의 무릎, 다리 선, 등, 목덜미, 소녀처럼 작은 가슴을 압박하고 있는 팔, 한마디로 말해 병 때문에 더욱 두드러진 그녀의 몸에 쏠려 있었다. 또한 다른 한편으로는 더없이 덧없고 희미한 그 무엇, 생각이라기보다는 꿈이라고 해야 마땅한 것이 있었다. 그것은 무의식적인 꿈이면서 그것이 무엇이냐고 물으면 공허한 침묵 외에 답할 것이 없는 젊은이의 꿈이었다.

게다가 그의 상사병은 이 세상 어디에서나 이런 상태에서 사람들이 맛볼 수 있는 온갖 고통과 기쁨을 그에게 안겨주었다. 고통은 고통대로 그의 신경계통에 충격을 줄 정도로 심했으며 기쁨도 고통 못지않게 강렬했다. 그리고 베르크호프에서의 하루는 거의 매 순간 그런 기쁨을 맛볼 수 있게 해주었다. 예컨대 식당에 들어가려는 순간 그녀가 곧 뒤따라 들어오리라는 생각에 기쁨의 눈물이 흐를 정도로 황홀감을 느꼈으며, 그녀의 잿빛을 띤 녹색 눈과 그의 눈이 가까이 하는 순간 그는 뼛속까지 황홀하게 도취해버렸다. 그는 거의 의식을 잃은 몽롱한 상태에서도 몸을 비켜 그녀가 지나갈 수 있게 해준다. 그녀가 들릴락 말락 한 목소리로 "메르시(고마워요)"라고 말하면 그는 자기 옆을 스쳐 지나간 그녀의 향기에 취해서, 자기에게 직접 "메르시"라고 해준 그녀의 말에 취해서 바보처럼 서 있다가 비틀비틀 제자리로 돌아간다.

오, 이 승리, 이 환희, 이 터질 듯한 기쁨이여! 이 환상적인 만족감과 황홀감은 그가 저 아래 평지에서 건강한 아가씨에게 공

제5장

221

개적으로 자신의 마음을 바치는 노래를 바쳤다 하더라도 맛볼 수 없는 것이었다.

또 한번은 이런 일이 있었다. 저녁 식사 때였다. 그녀는 식탁 오른쪽에 앉아 있는 러시아 사람과 이야기를 나누고 있었다. 그런데 햇볕이 그녀의 얼굴에 내리쪼이고 있어 그녀는 손으로 얼굴을 가리지 않으면 안 되었다. 한스 카스토르프는 그 장면을 지켜보다가 빛이 어디서 들어오는지 알아냈다. 빛은 아치형의 창문을 통해 들어오고 있었다. 쇼샤 부인의 자리로부터도, 한스의 자리로부터도 멀리 떨어진 곳이었다. 한스는 결단을 내렸다. 그는 홀을 통과해 창문으로 간 다음 베이지색 커튼을 단단히 여미고 쇼샤 부인이 빛으로부터 해방된 것을 확인했다. 이어서 그는 아무 일도 없었다는 듯 태연히 자기 자리로 돌아왔다.

쇼샤 부인은 뭔가 느끼고 뒤를 돌아다보았으며 그녀의 시선은 계속 한스를 향하고 있었다. 그녀는 기분 좋은 미소를 띠며 그를 향해 고맙다는 표시로 고개를 숙였다. 아니, 고개를 숙였다기보다는 그냥 앞으로 내밀었다. 그도 머리를 숙여 답례를 보냈다. 심장이 멎어버린 것 같았다. 그리고 그제야 한스는 요아힘이 조용히 접시 위로 고개를 떨어뜨리고 있는 것을 볼 수 있었다.

이 모든 것은 평범하기 그지없는 일상사에 불과하다. 하지만 아무리 일상적인 일이라도 특별한 분위기에서 벌어지면 주목할 만한 것이 된다. 그렇게 우리의 주목을 요하는 일들이 많이 벌어졌지만, 그리고 한스의 마음속에서 끊임없이 고통과 기쁨, 긴장과 이완 작용이 이어졌지만 우리는 그중 한 가지만 더 소개하기로 하자.

어느 날 이른 아침이었다. 화창한 가을 아침이었다. 햇빛이 기분 좋게 내리쬐고 있었고 이제 기울기 시작하는 달이 해와 거의 비슷한 높이에 떠 있었다. 사촌들은 평소보다 조금 일찍 일어나서 아침 산책을 평소보다 조금 길게 하기로 했다. 숲속 길을 벤치가 있는 곳보다 조금 더 멀리 가보기로 한 것이다.

두 사람이 오르막 부분을 미처 다 오르기 전에 앞에서 쇼샤 부인이 천천히 걸어가고 있는 모습이 보였다. 한스는 자기도 모르게 발걸음을 빨리하면서 요아힘을 재촉했다. 한스가 너무 재촉하는 바람에 요아힘은 화를 냈고 숨이 가빠 기침까지 했다. 하지만 그는 눈썹을 찡그린 채 말없이 사촌과 보조를 맞추었다. 한스는 무아지경에서 마치 요아힘을 잡아끌 듯 성큼성큼 걸었다. 그리고 언덕길이 오른쪽으로 꺾이기 전에 쇼샤 부인을 따라잡았다.

한스는 그녀의 오른쪽 곁을 스쳐 지나가며 머리를 숙여 공손하게 "안녕하세요?"라고 인사했고 그녀가 놀라는 기색도 없이 답례했다. 그녀는 독일어로 "안녕하세요?"라고 답례하며 미소를 지었다. 이것은 이전의 눈초리와는 무언가 다른, 철저히 다른 그 무엇이었다. 이것은 행운의 선물이었고 예기치 못했던 사태의 급변이었으며 이해를 뛰어넘은 기쁨이었고 축복받은 구원이었다.

그의 행위는 모험이었다. 그것도 대담한 모험이었다. 하지만 그것은 그가 프리비슬라프 히페에게 연필을 빌려달라고 했던 것과 같은 행동이었다. 그는 전혀 일면식도 없는 사람에게 연필을 빌려달라고 한 것이 아니었다. 몇 달이나 같은 지붕 아래 살고 있는 여성을 모른 척하며 지나친다면 그것이야 말로 무례한 짓일 것이다. 요아힘은 굳은 표정으로 침묵을 지킨 채 고개를 돌리고 걸어가고 있었지만 한스는 자신의 모험이 성공을 거둔 것에 대해 한없이 기뻤다. 저 아래 평지에서 순진한 아가씨에게 '자신의 마음을 다 바쳐' 모험을 하고 성공을 거두었다 할지라도 이 작은 성공으로 그가 기뻐한 만큼 기뻐할 수는 없었을 것이다.

그는 요아힘의 어깨를 툭 치며 말했다.

"이봐, 왜 그래? 정말 날씨가 좋잖아. 조금 있다가 요양 호텔로 내려가볼까? 아마 음악을 연주할 거야.「카르멘」에 나오는 음악을 연주할지도 몰라. 너, 무슨 걱정거리라도 있어?"

"아니 없어." 요아힘이 대답했다. "그런데 너 열이 심해 보인다. 너무 높이 올라간 것은 아니겠지?"

요아힘의 예언은 적중했다. 한스 카스토르프가 산책을 한 후 돌아와 체온을 재니 수은주는 38도까지 올라가 있었다.


## 백과사전


이제 한스 카스토르프가 어떤 상태에 처해 있는지 눈먼 장님이라도 알아차릴 수 있게 되었으며 한스 자신도 굳이 그것을 숨기려 하지 않았다. 천성적으로 무척이나 순진한 성품 탓에 그는 속마음을 공공연히 드러냈고 그 점에서 만하임 출신 젊은이의 몰래 엿보는 태도와는 확연히 달랐다. 하지만 만하임 출신 젊은이의 태도보다는 한스의 태도가 훨씬 일반적이라는 사실을 우리는 강조해야 할 것이다. 한스와 비슷한 처지에 처하게 되면 사람들은 대개 자신을 드러내고 싶은 욕구, 고백하고 싶은 욕구와 함께 자신에 대한 맹목적 편견, 자신의 욕망대로 이 세상을 채우고 싶은 욕구에 사로잡히기 마련이다. 그리고 냉정한 방관자들에게 그 욕구를 지나칠 정도로 강하게 드러내면 드러낼수록 실은 그 모든 것에 의미도, 이치에 맞는 것도, 희망도 거의 없는 경우가 대부분이다.

그런 상황에 처한 사람이 어째서 자신을 드러내지 않고 못 배기는가에 대해서는 설명이 쉽지 않다. 어쨌든 그런 짓을 하지 않고는 견딜 수 없다는 것만이 확실할 뿐이다. 게다가 그런 경향은 이곳 베르크호프 같은 사회, 세템브리니처럼 비판적인 정신을 가진 사람의 말에 따르면 대체로 머릿속에 딱 두 가지 관심사밖에 들어 있지 않은 이곳 같은 사회에서는 그런 경향이 배가된다. 그가 말하는 두 가지 관심사 중 첫째는 체온이다. 그리고 나머지 하나도 역시 체온이다. 그가 말하는 두 번째 체온이란 예를 들어 한 남자의 바람기가 결국 어떤 식으로 결말이 날 것인가 하는 문제에 사람들이 골몰하는 행위를 말하는 것이다. 그리고 그런 문제는 언제나 저 아래 평지에서보다 훨씬 심각하게 받아들여졌다. 좀 더 적극적으로 말하자면 인생의 근본 문제가 이곳에서는 한층 더 강조되고 드높은 가치와 의의를 띠게 되며 훨씬 중대해 보이고 또한 새롭게 보인다고 말해도 된다. 이런 환경에서 한스 카스토르프는 자신을 드러내 보이지 않는 것이 어려운 일이라는 것을 알았을 뿐 아니라 그래봤자 소용이 없으리라는 것을 알았다. 달리 말한다면, 한스 카스토르프가 자신의 감정을 억제할 필요도, 자신의 상황을 비밀에 부칠 필요도 없다고 생각하게 된 것은 그의 성격이 솔직했기 때문만이 아니라, 이곳의 분위기 때문이기도 했다.

그런 가운데 한스는 이제 일요일을 기다리게 되었다. 일요일은 수위실 앞에서 사람들이 우편물을 수령하는 날이었다. 우편물 수령 시간은 사람들이 서로 뒤엉키는 시간이었고 쇼샤 부인과 거의 몸이 맞닿을 정도로 가까이할 수 있는 때인 때문이었다. 물론 별로 대단한 일이 벌어진 것은 아니었다. 한번인가는 그녀가 어쩌다 그를 밀치게 되었다. 그러자 그녀가 고개를 돌려 그를 보고 "파르동(죄송해요)"이라고 불어로 사과했다. 그러자 그는 재치를 발휘해 "파 드 쿠아, 마담(천만에요, 부인)"이라고 역시 불어로 대답했다. 이후 그는 매주 일요일 오후, 현관 밖에서 우편물을 수령할 수 있다는 것은 얼마나 고마운 삶의 은총인가라고 생각했으며 매주 일요일이 돌아오기를 기다리며 한 주일을 보냈다.

기다린다는 것은 미리 급히 서두르며 시간을 앞당기는 것을 의미한다. 그것은 시간 및 현재 순간을 혜택으로 여기는 것이 아니라 장애물로 여기는 것을 의미한다. 현재의 내용을 아무것도 아닌 것으로 부정하고, 마음으로 그것을 뛰어넘는 것을 의미한다. 우리는 기다림이 지루하다고 말한다. 하지만 우리는 그것이 짧다고도 말할 수 있으며 그것이 더 정확한 말일 수 있다. 기다림 속에서 우리는 '시간이라는 공간' 전부를, 그 시간을 살거나 사용하지 않고 소비해버리기 때문이다. 그렇게 기다림 속에서 사는 사람을 우리는 입에 넣은 음식을 소화 기관들이 영양소로 흡수할 겨를도 없이 대량으로 그냥 흘러가게 만드는 대식가와 비교할 수 있을 것이다. 그렇다면 소화되지 않은 음식이 사람에게 힘을 주지 않듯이 기다리면서 소비한 시간은 그 사람을 늙게 하지 않는다고 말할 수 있을지도 모른다. 시간을 제대로 쓴다는 것은 늙는다는 것을 의미하니까 말이다. 하지만 그렇게 순수하기 짝이 없는 기다림이란 것이 실제로 존재할 수 없음은 물론이다.

이제 일요일 우편물 수령 시간은 한스에게 언제라도 쇼샤 부인과 사회적 관계를 맺을 수 있는 가능성의 시간이었고 또 그런 기회를 제공해주었다. 그러한 가능성과 기회에 한스의 가슴은 고통스럽게 옥죄어 들었지만 그는 그 가능성을 실행에 옮기지는 않았다. 두 가지 장애가 있었으니 그중 하나는 군인적인 성격을 지닌 것이었고 다른 하나는 민간인적인 성격을 지닌 것이었다. 정확히 말한다면 한편에는 근엄한 요아힘이라는 존재가 있었고 다른 한편으로는 한스 카스토르프 자신의 양심의 가책이 있었다.

또한 그의 양심의 가책에 덧붙여서 쇼샤 부인과의 전통적인 의미에서의 사회적인 관계, 즉 고개 숙여 인사하고 그녀를 '부인'이라고 부르고 불어 몇 마디를 나누는 관계가 있을 수도 없는 일이며 바람직하지 않다고 그 자신이 생각하고 있다는 것, 그것 역시 장애였다. 그래서 한스는 마치 옛날 프리비슬라프가 교정에서 말하고 웃는 모습을 바라보듯이 쇼샤 부인이 말하면서 웃는 모습을 바라만 보고 있을 뿐이었다. 그녀는 입을 꽤나 크게 벌리고 웃었으며 광대뼈 위의 약간 비뚤어진 회녹색 눈은 실처럼 가늘어졌다. 분명히 '아름답다'고는 할 수 없었다. 하지만 누구든 사랑에 빠지면 도덕적 판단력과 마찬가지로 미적 판단력도 별로 중요하지 않게 되는 법이다.

"무슨 서류라도 기다리고 있습니까, 엔지니어 양반?"

한스에게 그런 식으로 말을 걸어올 사람은 한 명밖에 없었다. 그는 한스의 평화를 깨뜨리는 훼방꾼이었다. 젊은이가 놀라서 뒤를 돌아보니 세템브리니가 웃으며 서 있었다. 우아하고 휴머니즘적인 미소였다. 언젠가 개울가 벤치 옆에서 이곳 신참으로서 그와 처음 인사를 나누었을 때의 그 미소였다. 한스는 그때와 마찬가지로 뭔가 억눌린 듯한 기분에 얼굴을 붉혔다. 우리는 그가 꿈속에서 얼마나 자주 이 '손풍금장이'를 자신의 평화를 깨뜨리는 사람으로 여기고 밀어내려 했는지 잘 알고 있다. 하지만 깨어 있을 때는 꿈을 꾸고 있을 때와는 달리 도덕적, 혹은 정신적이 되기 마련이다. 그래서 그의 미소를 보자 한스는 흥이 깨지는 기분과 동시에 마침 그가 필요로 할 때 와준 것처럼 고맙다는 생각까지 들었다.

"서류라니요? 세템브리니 씨, 나는 대사가 아닙니다. 나나 사촌에게 엽서 정도가 와 있겠지요. 사촌이 지금 찾아보고 있을 겁니다."

"아, 그렇습니까? 나는 벌써 저 절름발이 녀석에게서 우편물을 몇 개 받았습니다. 한데 어떻습니까? 당신의 적응 과정이 잘 진행되고 있느냐 이 말입니다. 그런 질문이 필요 없을 만큼 이곳에 오래 있지 않았으니까요."

"감사합니다, 세템브리니 씨. 아직 쉽지 않은 것 같습니다. 마지막 날까지 그러지 않을까 생각됩니다. 사촌 말에 의하면 적응 못 하는 사람들도 많다던데요. 하지만 언젠가 '적응되지 않는 것에 적응'이 되겠지요."

"거 참 복잡한 과정이로군요." 이탈리아인이 웃었다. "아주 특별한 적응 방식이군요. 하긴 젊은이에게는 뭐든 가능하니까. 젊은이는 적응은 되지 않더라도 뿌리를 내릴 수는 있으니까."

이어서 몇 마디 농담을 나눈 뒤에 세템브리니가 물었다.

"그래, 슬라이드 필름은 받았습니까?"

"받았습니다." 한스는 진지한 어투로 대답했다. "얼마 전에 받았지요. 여기 있습니다." 그는 안주머니에 손을 집어넣어 확인했다.

"아, 당신은 그걸 지갑에 넣고 다니는군요. 증명서랄까, 아니면 회원증처럼 말입니다. 어디 좀 보여주시겠습니까?"

한스가 슬라이드를 건네주자 그는 그것을 두 손가락 사이에 집고서 햇빛에 비춰보았다. 그는 약간 얼굴을 찌푸렸는데 사진을 자세히 보기 위해서였는지 아니면 혹은 다른 이유 때문이었는지는 분명하지 않았다. 한스가 엑스레이 촬영실에서 받은 느낌, 마치 해골들을 보면서 무덤을 본 것 같은 느낌에 그가 사로잡혀 있는지도 몰랐다.

이윽고 세템브리니가 말했다.

"이제 당신도 이곳에서 겨울을 지낼 준비를 해야겠군요."

"네, 아마 그렇게 될 것 같습니다. 저는 이제 사촌이 내려가기 전까지는 내려갈 수 없겠다는 생각에 적응하기 시작했습니다."

"적응할 수 없는 것에 적응하기 시작했다는 말이로군요. 아주 재치 있는 비유입니다. 겨울을 지내는 데 필요한 물건들은 다 준비가 되었지요? 따뜻한 옷과 튼튼한 신발들 말입니다."

"네, 준비가 다 되었습니다. 친척들이 가정부를 시켜서 급행화물 편으로 보내왔습니다."

그런데 세템브리니의 표정이 갑자기 진지해졌다. 한스는 또일장 교육이 시작되겠다고 생각했다. 세템브리니가 한스에게 좀 더 가까이 다가오며 나지믹힌 목소리로 말했다

"그런데 엔지니어 양반, 당신이 이곳에서 얼마나 끔찍한 방법으로 시간을 낭비하고 있는지 알고 있습니까? 자연스럽지도 않고 당신 성격에도 어긋나기 때문에 끔찍합니다. 그건 오로지 당신 또래의 사람이 지닌 유연성에서 오는 것입니다. 오, 청춘의 유연함이여! 바로 그 때문에 교육자는 절망하는 것입니다. 젊은 이는 언제나 나쁜 방향으로 쉽게 물들 수 있기 때문입니다.

나의 젊은 친구여, 제발 부탁하노니 이 위에 만연하고 있는 공기에 적응하지 말아요. 당신이 타고난 유럽 문화의 언어를 말하도록 해요. 이곳에는 아시아적인 것이 너무 널리 퍼져 있어요. 저 모스크바 사람들과 몽골계 사람들을 봐요. 저들에게 맞추지 말고 저들의 사고방식에 물들지 말아요. 그들에 맞서서 당신의 본성, 당신의 고결한 본성을 내세워요. 신성한 서구의 아들, 본성적으로 문명의 아들인 당신에게 성스러운 것, 바로 그것을 신성시해야 합니다. 이를테면 시간을 예로 들어봅시다. 시간을 야만적으로 낭비하는 것, 그것은 아시아 스타일입니다. 동양에서 온 젊은 친구들이 여기서 더 편안하게 지낼 수 있는 건 그 때문일 겁니다. 러시아인이 네 시간이라고 말하는 것은 우리가 한 시간이라고 말하는 것과 거의 같다는 것을 눈치채지 못했나요? 아마 시간에 대해 그토록 무감각한 것은 땅덩어리가 끝없이 광활한 곳에 살고 있는 것과 연관이 있을 것입니다. 공간이 넓으니 시간도 많은 법이고 그러니 얼마든지 기다릴 수 있다고 말하는 것이지요.

하지만 우리는 시간이 부족합니다. 우리는 시간과 공간을 정확히 이용해야 합니다. 공간이 소중해지면서 시간도 마찬가지로 소중해진다는 것을 잊지 말아요. '현재를 즐겨라!(Carpe

제5장

**233**

Diem)'라고 로마의 시인 호라티우스가 노래했습니다. 시간이란 신의 선물입니다. 인간이 이용할 수 있도록 신이 준 선물입니다. 엔지니어 양반, 시간을 이용하세요. 인류의 진보에 도움이 될 수 있도록!"

한스 카스토르프는 꾸중을 듣고 있는 학생처럼 고개를 숙인 채 아무 말도 하지 않았다. 그의 훈계가 결코 대화적이 아니었기에 대답하기조차 쉽지 않았다. 게다가 선생님의 훈계에 대해서 "정말 좋은 말씀입니다"라고 대답할 학생은 없을 것이다.

한스가 아무 말이 없자 세템브리니는 청년의 얼굴을 뚫어져라 바라보더니 말을 이었다.

"당신, 괴로워하고 있군요. 엔지니어 양반, 마치 길을 잃은 사람 같아요. 훤히 보입니다. 하지만 고통을 대하는 방식, 그것도 유럽식이어야 합니다. 동양석이어서는 안 됩니다. 동양에서는 고통에 대해 연민과 무한한 인내를 보냅니다. 하지만 그건 우리, 특히 당신의 방식일 수 없으며 그래서도 안 됩니다. 여기선 안 되겠어요. 당신에게 해줄 이야기가 더 있어요. 자, 저쪽으로 갑시다."

세템브리니는 한스를 현관 바로 옆에 있는 작은 방으로 데리고 갔다. 주로 편지를 쓰거나 독서를 하는 방으로서 독서실이라고 할 수 있는 방이었는데 지금은 텅 비어 있었다. 세템브리니가 창가로 가자 한스도 그 뒤를 따랐다.

이탈리아인은 볼록한 옆 주머니에서 봉투를 꺼내더니 그 안에 들어 있던 인쇄물과 편지 한 통을 꺼내어 하나씩 한스에게 보여주며 말했다.

"이 서류에는 프랑스어로 '진보촉진 국제연맹'이라는 스탬프가 찍혀 있어요. 이 연맹 지부가 있는 루가노에서 내게 보낸 것입니다. 이 연맹의 원칙과 목적에 대해 간단히 말해줄게요. 첫째는 인류의 가장 심오하고 자연적인 소명은 자기실현을 이룩하는 데 있다는 철학적 개념을 다윈의 진화론을 통해 이끌어내는 데 있습니다. 그리고 두 번째로는 그 소명을 완수하려는 모든 사람의 의무는 인류의 진보를 위해 힘을 다하는 데 있다는 결론을 도출해 내는 것입니다. 이 연맹의 기치 아래 많은 사람들이 모였고 프랑스, 이탈리아, 스페인, 터키, 독일에도 상당수의 회원이 있습니다. 물론 나도 영광스럽게 회원의 명부에 이름을 올렸습니다. 인류의 발전을 위하여 우리가 지금 생각할 수 있는 모든 시도들을 망라하는 포괄적이고도 과학적인 프로그램들이 실행되고 있습니다. 인종(人種)으로서의 인간의 건강을 촉진하고, 산업화에 따른 인류의 퇴화와 싸우는 문제들이 그것입니다. 연맹은 민중을 위한 대학 설립을 추진 중이며 사회 개혁을 통해 모든 종류의 계급투쟁을 종식시키려 하고 있습니다. 그리고 최종적으로는 국제법의 발전을 통해 국가 간 갈등을 종식시키고 전쟁의 종식을 위해 노력하는 것이 그 목적입니다. 그 구체적인 사업에 대해 일일이 설명하지는 않겠습니다. 내 말 듣고 있는 겁니까, 엔지니어 양반?"

"네? 아, 네, 물론이지요." 한스가 깜짝 놀라 대답했다.

"이런 이야기는 아마 처음 듣는 거라서 깜짝 놀랐을 겁니다."

"네, 솔직히 말해서 처음 듣고, 그런 움직임이 있다는 소리도……."

세템브리니는 계속 말을 이었다.

"이런 이야기는 좀 더 일찍 들었어야 하는 건데. 하지만 지금도 그다지 늦은 건 아닙니다. 지난봄에 바르셀로나에서 연맹 총회가 성대하게 거행되었어요. 제길, 그 망할 원장이 막지만 않았어도 참석할 수 있었는데……. 어쨌든 한마디로 우리 연맹의 목적은 인류의 공통 행복을 가져오는 데 있어요. 그래서 바르셀로나에서는 「고통의 사회학」 총서를 발간하기로 했어요. 인간의 고통을 그 종류와 항목에 따라 체계적으로 분류하고 분석하는 겁니다. 정리와 분석이야말로 고통 극복의 첫걸음이기 때문입니다. 정말로 무서운 적은 정체가 분명하지 않은 적이라는 사실에는 동의하겠지요? 「사회학적 병리학」이라는 백과사전 발간 계획도 마찬가지입니다. 이 병리학책은 백과사전식으로 편찬된 스무 권의 총서로서 인간의 모든 고통을 종류별로 소개하고 논할 것입니다. 지극히 개인적이고 은밀한 고통으로부터 계급 간의 갈등, 국가 간의 충돌에서 오는 모든 고통들을 분류하는 겁니다. 간단히 말해서 이 병리학은 어떤 화학적 성분이 다양하고 복잡하게 결합되어 인간의 고통이 나타나는지, 그 성분과 과정을 밝혀낼 것입니다. 유럽의 각 분야 전문가들, 즉 의사, 경제학자, 심리학자들이 이 백과사전 편찬에 동참할 것이고 루가노의 편찬 본부에 원고들이 모이게 될 것입니다. 당신의 눈을 보니 내가 그 위대한 작업에서 무슨 일을 하고 있는지 궁금해하고 있는 것 같군요. 이 방대한 작업에는 문학도 포함되어 있습니다. 고통에 시달리는 사람들을 위안하고 교화하기 위해, 세계문학 걸작 중에서 개별적 고통들을 다루고 있는 작품들을 선정해서 집대성하고 간단하게 분석할 것입니다. 사실상 문학이란 걸작이건 태작이건 인간의 고통을 다루고 있는 것이긴 합니다만. 여기 이 편지에는 내게 바로 그 의무를 부과한다는 내용이 적혀 있습니다.

내게 다행인 것은 이 빌어먹을 곳에서도 그 성스러운 작업을 할 수 있다는 점입니다. 하지만 엔지니어인 당신은 그렇지 않지요. 당신의 작업은 실질적 작업이지 정신적 작업이 아닙니다. 나는 당신의 작업을 찬미합니다. 하지만 당신은 나와 달리 저 아래에서만 그 작업을 할 수 있어요. 당신은 이곳 높은 곳이 아니라 평지에서만 유럽인이 될 수 있어요. 당신은 거기에서라야 당신의 무기로, 또한 당신의 방법에 따라 고통과 능동적으로 싸울 수 있고, 시간을 향상시킬 수 있어요. 내가 이런 이야기를 하는 것은 이곳 분위기의 영향으로 분명 흐려지기 시작한 당신의 개념을 상기시키고 바로잡기 위해서입니다. 당신에게 촉구합니다. 자신을 바로 세우세요! 자존심을 버리지 마세요! 미지의 것에 빠져들지 말아요. 이 진흙탕 구덩이, 이 키르케의 섬에서 빠져나가요. 당신은 이곳에서 편히 지낼 수 있는 오디세우스가 아니에요. 머지않아 당신은 네발로 기어 다니게 될 겁니다. 벌써 당신의 두 손이 땅에 닿으려 하고 있어요. 이제 당신은 곧 꿀꿀거리게 될 겁니다. 조심해요!"

이 휴머니스트는 머리를 심하게 흔들며 한스에게 훈계조로 주의를 주었다. 한스는 늘 그렇듯이 가볍게 농담하듯 대답하고 이 대화에서 빠져나올 수 없었다. 그래서 그도 어깨를 으쓱하며 역시 세템브리니처럼 낮은 목소리로 말했다.

"그럼, 어떻게 하면 좋겠습니까?"

"이미 말했는데요."

"그러니까 이곳을 떠나라는 말입니까?"

세템브리니는 아무 말이 없었다.

"이곳을 떠나 고향으로 가란 말입니까?"

"당신을 처음 봤을 때부터 해주었던 충고로 아는데요, 엔지니어 양반."

"하지만 베렌스 원장 말로는 이곳을 떠나봤자 얼마 안 있어 다시 돌아올 거라고 하던데요. 폐엽이 완전히 망가질 거라고요. 게다가 주머니에 엑스레이 사진까지 들어 있는데 바로 고향으로 돌아가라는 말인가요?"

세템브리니는 한순간 주저하는 것 같았다. 하지만 곧 자세를 바로 하더니 한스를 똑바로 쳐다보며 말했다.

"그래요, 엔지니어 양반! 내가 책임지겠소."

그러자 한스의 자세도 굳어졌다. 그는 발뒤꿈치를 모으고 서더니 이번에는 그가 세템브리니를 똑바로 쳐다보았다. 이제 대결을 하고 있는 셈이었다. 한스 카스토르프는 물러서지 않았다. 이곳에 가까이 있는 사람들의 영향으로 그는 강해진 것이다.

바로 코앞에 교사가 있었고, 한편으로는 가느다란 눈의 여자가 있었다. 그는 자신의 말투에 대해 사과도 하지 않았고 세템브리니 씨에게 언짢게 생각하지 말아달라고 빌지도 않았다. 그는 대답했다.

"그렇다면 당신은 다른 사람들보다는 자기 생각만 더 하는 사람이로군요. 당신은 의사의 지시를 무시하고 바르셀로나 회의에 가지 않았습니다. 죽음이 두려워서 이곳에 머문 것이지요."

그의 반박에 세템브리니의 자세는 분명 흔들렸다. 대답을 하면서 그는 약간 억지 미소를 지었다.

"궤변 냄새가 나긴 하지만 재치 있는 대답이로군요. 자기가 중병인 것처럼 보이려고 경쟁하는 이곳 분위기에 함께 뛰어든다는 건 정말 역겨운데……. 그렇지만 않다면 내가 당신보다 훨씬 중병이라고 쉽게 대답했을 텐데……. 사실상 나는 그보다 훨씬 더 중병입니다. 내가 이곳을 떠나서, 죽기 전에 저 아래 세상을 한 번이라도 볼 수 있으리라는 나의 희망이 순전히 인위적이며 거의 자기기만에 불과하다고 할 수 있을 정도입니다. 더 이상 그런 희망을 품는 것이 아무 의미가 없음이 확인되는 순간 나는 이 요양원에 등을 돌리고 저 골짜기 어딘가 민박집으로 옮겨 여생을 마칠 것입니다. 슬픈 일이지요. 하지만 나의 작업 영역은 가장 자유롭고 가장 비물질적이기에 그 어떤 변화가 있더라도 숨이 붙어 있는 마지막 날까지 질병의 힘에 저항하고 휴머니즘의 목적에 공헌할 수 있을 것입니다. 이 점에서 당신과 내가 차이가 있다는 점은 이미 지적한 바 있지요. 엔지니어 양반, 당신은 이런 환경에서 당신의 자아를 충분히 드러낼 수 있는 사람이 아닙니다. 당신을 처음 보았을 때부터 나는 그것을 알아보았습니다.

당신, 내가 바르셀로나에 가지 않았다고 나를 비난하고 있지요. 나는 때 이르게 스스로를 파멸시키지 않으려고 의사의 금지 명령에 굴복했습니다. 하지만 거기에는 아주 강력한 유보 조건이 붙어 있습니다. 나의 정신은 나의 비참한 육체의 지시에 당당하게, 그리고 고통스럽게 저항했습니다. 이곳 권력의 명령을 따르고 있는 당신에게 그런 저항이 살아 있는지 궁금하군요. 육체의 사악한 성격에 귀를 기울이고 있는 당신이."

"육체가 왜 그렇게 좋지 않다는 겁니까?"

그 질문을 하면서 한스는 '내가 지금 무슨 말을 지껄이고 있는 거야?'라고 생각하며 자신이 무모하다고 생각했다. 하지만 이미 선전포고를 한 셈이니 승패가 너무 분명한 싸움이지만 끝까지 가보겠다고 작심하고 항변을 계속했다.

"당신은 휴머니스트 아닌가요? 그런데 어떻게 육체에 대해 나쁘게 말하는 거지요?"

세템브리니는 이번에는 자연스럽고 자신 있는 미소를 지으며 말했다.

"아주 훌륭해요. 재능이 엿보이는 질문이에요. 그렇게 좋은 질문에는 언제나 답변할 준비가 되어 있지요. 그래요, 분명히 나는 휴머니스트입니다. 당신은 내게서 금욕적 성향을 결코 찾아낼 수 없을 겁니다. 나는 육체를 긍정하고 존중하며 사랑합니다. 내가 형태와 미, 자유, 명랑, 향락을 긍정하고 존중하고 사랑하는 것과 마찬가지입니다. 나는 감상적인 현실도피와 부정(否定)에 반대하면서 '이 세상'과 '이 삶의 이해관계'를 옹호하고 낭만주의에 반대해 고전주의를 옹호합니다. 그렇게 내 입장은 명료합니다. 하지만 거기에는 한 가지 힘, 한 가지 원칙이 있습니다. 나는 바로 그 원칙에 최고의 긍정, 최고이자 최후의 존경과 사랑을 바치고 있습니다. 그 힘, 그 원칙은 바로 '지성(知性)'입니다.

나는 사람들이 영혼이라고 부르는 허깨비를 내세우며 육체를 경시하는 태도는 경멸합니다. 하지만 육체와 정신을 대립시켜 볼 때 육체는 악이며 악마적 원칙입니다. 왜냐하면 육체는 자연이기 때문이며 자연은—되풀이 하지만 정신이나 이성과 대비되는 자연을 말하는 겁니다—사악하기 때문입니다. 신비스럽고 사악하기 때문입니다. 나는 휴머니스트입니다. 나는 프로메테우스처럼 인간의 친구이며 인류를, 인류의 고귀함을 사랑합니다. 하지만 이 고귀함은 기독교에서 말하는 '영혼'에 있는 것이 아니라 정신과 이성에 있습니다. 따라서 나의 이런 태도를 기독교적 몽매주의라고 비난하는 것은 헛일입니다."

세템브리니는 잠시 숨을 고르더니 한스에게 갑자기 물었다.

"당신 리스본의 지진 이야기를 들어본 적이 있나요?"

한스는 주춤하면서 대답했다.

"아뇨. 이곳에서는 신문을 보지 않아서……."

"아니, 최근 현상을 말하는 게 아니라 지금으로부터 대략 150년 전의 일을 말하는 겁니다. 1755년에 리스본을 덮친 대지진 말입니다."

"……."

"그때 프랑스의 계몽주의 철학자 볼테르가 격분했습니다."

"격분했다고요? 무슨 말씀이신지?"

"그는 반항한 것입니다. 그렇습니다. 그는 그 잔인한 운명과 사실을 그대로 받아들이길 거부했습니다. 그의 정신은 그 앞에 굴복하기를 거부했습니다. 그는 이성과 지성의 이름으로 수천 명의 인명을 앗아가고, 번창하고 있던 도시의 4분의 3을 황폐화시킨 자연의 포악한 짓에 대해 항의했습니다. 놀라고 있나요? 아니면 웃고 있나요? 놀라는 건 좋지만 웃지는 말기 바랍니다. 볼테르의 태도는 하늘을 향해 화살을 쏘았다는 저 옛날 갈리아인의 진정한 후예다운 태도입니다. 엔지니어 양반, 바로거기에 지성이 자연에 대해 느끼는 적개심, 자연을 불신하는 자신감이 들어 있으며 그것은 사악하고 불합리한 자연의 힘에 대한 고매한 비판 정신으로서의 지성의 권리 선언입니다. 자연은 힘이고 권력입니다. 그 힘을 그대로 감수하는 것, 그 앞에서 굴복하고 포기하는 것, 그것도 마음속으로 그렇게 하는 것, 그것은 노예가 되는 것 바로 그것입니다.

당신 정신 분석에 대해 내게 물었지요? 육체에 대해서도 똑같이 대답해주지요. 육체가 해방, 미, 사상의 자유, 환희, 욕망을 의미할 때 우리는 육체를 존중하고 옹호합니다. 하지만 그것이 무거움과 나태의 원칙으로 굳어지는 한, 그것이 빛으로 가는 움직임을 방해하는 한 우리는 육체를 멸시해야 합니다. 그것이 질병과 죽음의 원칙을 대변하는 한, 그 본질이 부패와 관능과 수치의 본질인 한, 우리는 육체를 경멸해야 합니다."

세템브리니는 이 마지막 말을 한스의 코앞에서 거의 목소리를 죽인 채 급히 말해버렸다. 이 젊은이에게 구원의 손길이 다가온 때문이었다. 요아힘이 엽서 두 장을 들고 독서실로 들어온 것이다.

## 휴머니즘

점심 식사 후 한스 카스토르프와 요아힘 침센은 흰 바지에 푸른 윗도리 차림으로 정원 의자에 앉아 있었다. 이곳에서 찬미되는 10월의 여느 하루처럼 쾌적하게 맑았으며 더우면서도 톡 쏘는 맛이 있는 날씨였다.

사촌들은 정원 끝 원형 화단 앞 벤치에 앉아 있었다. 저 아래 골짜기보다 50미터 높은 곳이었고 울타리가 쳐져 있었다. 식사 후 요아힘이 베란다에서 벌어지는 모임에 참석하기 싫다며 한스를 이 정원으로 약간은 강제적으로 끌고 온 것이었다. 한스는 좀 부운 얼굴로 시가를 피우고 있었다. 그는 내심 생각했다.

'나는 요아힘과 쌍둥이가 아니지 않은가? 내가 요아힘의 상대가 돼주기 위해 이곳에 머물고 있는 것이 아니지 않은가? 이

제 나도 어엿한 환자가 아닌가?'

하지만 그의 약간 우울한 마음을 마리아 만치니가 달래주고 있었다. 이제 시가의 맛이 완전히 되살아나 있었다. 이곳에서 적응을 한다는 것은 분명 적응할 수 없는 것에 적응하는 것임은 분명했지만, 어쨌든 소화 기관의 화학 작용, 바싹 마르고 약해져서 출혈을 자주 하는 코의 점막 신경 등으로 볼 때 적응 과정이 완료된 것으로 보였다. 9주나 10주가 지나면서 그가 알아차리지도 못하는 사이에 유기체로서의 그의 몸은 이 뛰어난 식물성 자극제 겸 마취제에 취(醉)하는 능력을 완벽하게 회복한 것이다. 그는 이 능력을 되찾은 것이 기뻤고 정신적 만족감이 육체적 쾌감을 한층 강하게 해주었다. 그는 시가를 아껴 피웠기에 집에서 가져온 200개비의 담배 중 넉넉한 양이 아직 남아 있었다. 하지만 그는 속옷과 겨울옷을 보내달라고 하면서 시가 500개비도 함께 주문했고 그 담배들은 래커 칠을 한 예쁜 상자에 담겨 배달되었다.

그들이 벤치에 앉아 있을 때였다. 베렌스 원장이 정원을 걸어오는 것이 보였다. 의사 가운이 아닌 연미복을 입고 있었으며 중산모를 목덜미까지 덮어쓰고 있었다. 그 역시 검은색의 시가를 입에 물고 있었다. 신경이 예민한 그는 사촌 둘이 앉아 있는 것을 보고 눈에 띄게 깜짝 놀랐다. 하지만 곧 평소의 모습을 되찾고 기분 좋은 어조로 인사했다.

"아, 여기들 있었군요."

두 사람이 예의상 일어나서 인사하려 하자 그가 손사래를 치며 말했다.

"아, 그냥 앉아 있어요. 나한테 그런 격식 필요 없어요. 게다가 두 사람 다 환자인데."

이어서 그는 두 사람 앞에 멈춰서더니 한스에게 말했다.

"아, 시가를 피우고 있군요. 그 시가 맛은 어떤가요? 내가 시가에 대해서는 좀 잘 알거든요. 이 갈색 미인의 이름이 뭔가요?"

"마리아 만치니라고 브레멘산(産) 시가입니다. 최고급은 아니지만, 값에 비해 특유의 좋은 향이 있습니다. 보시다시피 수마트라-하바나 잎으로 만든 거지요. 어디 한 개비 맛보시지 않으시겠습니까?"

"고맙습니다. 어디 한 개비씩 서로 나누어 피워볼까요?"

그 말과 함께 베렌스 원장은 시가를 하나 꺼내어 한스에게 권했다.

"일급품입니다. 향과 맛이 좋으며 독특한 힘이 있습니다. '성 펠릭스 브라질'이라고 하는데 내가 애용하는 시가입니다. 정말

제5장

이지 근심 걱정을 없애주는 데는 최고의 담배입니다."

그들은 담배를 나누어 피우며 한동안 담배에 대해 이런저런 이야기를 나누었다. 그런데 베렌스가 담배 보관 방법, 독한 담배를 피웠다가 혼이 났던 이야기를 하는 중에 갑자기 한스가 물었다.

"원장님, 가끔 그림을 그리신다면서요?"

원장이 놀란 듯 약간 움찔했다.

"아니, 갑자기 무슨 소리를! 젊은이, 무슨 생각을 하고 있는 거요?"

"죄송합니다. 누군가에게 들은 말이 갑자기 생각나서……."

"뭐, 그렇다면 거짓말 하지 않겠어요. 우리는 모두 불쌍한 피조물이니까. 그런 적이 있다고 인정하지요."

"풍경화를 그리시나요?" 한스가 마치 감식가라노 된나는 두로 짧게 물었다. 분위기가 그런 말투를 만들어낸 셈이었다.

"뭐든 다 그리지. 풍경화, 정물, 동물 등……. 나 같은 놈이 뭐 이것저것 가리거나 겁낼 것 있나요?"

"그럼 초상화는?"

"한두 번 그린 적이 있어요. 당신의 초상화를 한번 그려달라는 거요?"

"하하, 아닙니다. 하지만 언젠가 그림들을 한번 보여주실 수는 있는지요?"

요아힘은 도대체 무슨 소리냐는 듯 멍한 표정으로 사촌을 바라보았다. 하지만 곧바로 원장에게 자기도 그림을 구경하고 싶다고 급히 말했다. 그러자 원장이 감격한 표정을 지었으며 심지어 얼굴이 빨개진 것이 금세라도 눈물이 흘러내릴 것만 같았다.

"기꺼이 보여드리지! 괜찮다면 지금 당장 보여줄게요. 자, 같이 갑시다. 커피도 대접해드리지."

원장이 그들을 잡아끌었고, 잠시 후 그들은 원장의 숙소에 도착했다. 원장이 열쇠로 현관문을 열었고 그들은 함께 안으로 들어갔다.

두 개의 방에 놓인 가구들은 평범하고 소시민적인 취향이었으며 고대 독일풍의 식당, 책상이 놓인 거실 겸 서재가 있었고 터키식 흡연실도 있었다. 그리고 도처에 그림들이 걸려 있었는데 모두 원장이 직접 그린 그림들이었다. 그중에 가장 많은 것은 세상을 떠난 원장의 부인 그림이었는데 모두 정면이 아닌 옆모습 그림들이었으며 그 밖의 그림들은 거의 모두 산과 마을 풍경을 그린 풍경화였다. 모두 아마추어 화가다운 터치로 그려진 그림들이었다. 사촌들은 마치 전시회를 관람하듯 원장의 안

내에 따라 천천히 걸으며 그림들을 감상했다. 주인은 가끔 그림의 모티브에 대해 이야기를 하긴 했지만 대체로 침묵을 지켰다.

크라브디아 쇼샤의 초상화는 거실 창 옆 벽에 걸려 있었다. 비록 실물과는 상당히 달랐지만 거실에 들어서는 순간 한스는 한눈에 그림을 알아보았다. 그는 적당히 놀란 표정을 하며 그림을 바라보고 말했다.

"이 얼굴이 낯이 익은데요."

"누군지 알아보겠어요?" 베렌스가 궁금한 듯 물었다.

"못 알아볼 리가 있습니까? 프랑스식 이름을 가진 러시아 식탁의 여인 얼굴 아닌가요?"

"맞습니다. 쇼샤 부인입니다. 실물과 닮았다고 하니 기쁩니다."

"정말 꼭 같습니다." 한스는 거짓말을 했다. 원장이 쇼샤 부인의 초상화를 그렸다는 사실을 알고 있지 않았다면 모델이 누구인지 못 알아볼 뻔했다고 그는 생각했다. 요아힘도 쇼샤 부인의 이름이 나오기 전까지는 모델이 누구인지 짐작조차 못했을 것이다. 순진한 요아힘은 그제야 한스의 의도를 파악했다.

초상화는 실물보다 약간 작은 크기의 옆모습 흉상이었다. 목덜미가 드러나 있었으며 어깨와 가슴에는 망사 옷을 걸치고 있었다. 아마추어 화가의 솜씨로 모델의 개성을 강조하려다 보니 그림 속 쇼샤 부인은 실물보다 10년은 늙어 보였다. 한마디로 전체적으로 실패작이라고 할 수 있었다.

한스는 마치 감동이라도 받은 듯 다시 말했다.

"정말 그녀의 이미지 그대로입니다."

"아니, 그런 말 말아요. 정말 형편없는 작품입니다. 스무 번도 더 모델로 앉아달라고 했지만 제대로 표현해낸 것 같지 않아요. 나는 그녀의 피부밑에 대해서는 정확하게 잘 알고 있습니다. 그녀의 동맥 혈압, 조직의 활력, 림프 운동 등에 대해서 말입니다. 하지만 겉모습은 알기가 어려워요. 게다가 정말 표현하기 어려운 얼굴입니다. 가령 눈을 보기로 하지요. 색깔이 아니라 찢어진 그 눈매를 말하는 겁니다. 얼핏 보면 눈꺼풀 틈새가 비스듬하게 올라간 것 같은데 겉으로만 그렇게 보일 뿐입니다. 실은 눈 안쪽 주름살 때문에 그렇게 보이는 거지요. 특정한 종족에게서 나타나는 유전자적 특징입니다. 일종의 속임수라고 할 수 있지요. 하지만 나는 그 속임수에 넘어가지 않아요. 내게 지식이 있고 과학이 있기 때문입니다. 화가이면서 동시에 의사, 생리학자, 해부학자가 되어 여성의 속옷 아래 감추어진 부분에 대해 남모르는 지식을 갖고 있다면 그 지식이 그대로 손에 전달되는 것입니다. 이 그림의 피부에는 과학이 있습니다. 자세히 조사해보도록 해요. 여성다운 매력을 가능하게 해주는 많은 하부 조직들이 섬세하게 표현되어 있는 것을 발견할 수 있을 겁니다."

한스는 베렌스의 말에 매료되어, 말하자면, 불이 붙었다. 이마가 빨개지고 두 눈이 빛을 발한 것이다. 그는 하고 싶은 말이 너무 많아 어느 말부터 꺼내야 할지 모를 지경이었다. 우선은 이 그림을 어두운 창가 벽에서 떼어내어 좀 더 밝은 곳으로 옮기고 싶었다. 다음으로는 피부의 성질에 대한 베렌스의 말을 실마리로 해서 이야기를 더 진행시키고 싶었다. 마지막으로는 베렌스의 말을 바탕으로 해서 자신의 일반론적이고 철학적인 견해를 피력하고 싶었다. 한스가 입을 열었다.

"그렇습니다. 아주 중요한 말씀을 하셨습니다. 제가 이해한 바가 맞는다면 서정적인 것, 즉 예술적인 것에도 다른 관계가 들어 있을 수 있다는 말씀이시지요. 달리 말한다면 다른 관점, 예컨대 의사의 관점으로 바라보면 도움이 될 수 있다는 말씀이시지요. 정말 엄청나게 핵심적인 말씀입니다. 원장님, 정말 죄송하지만, 그러니까……, 제 말은 원장님 말씀이 지당한 건…… 결국 기본적으로 다른 관계나 관점들이 들어간다는 말이 아니라, 그러니까…… 같은 관점의 변종들, 말하자면 같은 관점의 미묘한 농담(濃淡)의 차이가 있을 수 있다는 이야기라서…… 그러니까 예술가의 관점이라는 것도 그러한 변형의 하나일 뿐이지요. 아, 죄송합니다. 이 그림을 떼어내 보겠습니다. 여긴 빛이 너무 없어서……, 저 소파 위에 걸어보겠습니다. 과연 완전히 다르게 보일지 어떨지…….

제가 드리고 싶은 말씀은, 의학이건 법학이건 언어학이건 신학이건 모두 인간을 대상으로 하고 있다는 말씀입니다. 그러니까 모두 인간에 대한 관심의 변형들이 아니냐 하는 것입니다. 한마디로 말해 이 모두 휴머니즘적인 직업들입니다. 저는 기술자에 불과하지만 최근에 안정 요양을 하면서 깊이 생각해보았습니다. 이 세상에 존재하는 모든 직업들이 아름다운 행태에 대한 생각을 기본으로 하고 있다는 것이 너무 멋진 일이라는 생각 말입니다. 형태는 그 직업에 고결함을, 일종의 유유자적하는 성격을, 감성과 품격을 부여하며 일종의 기사도적인 모험을 이끌어내기도 합니다. 말하자면, 좀 부적절한 표현인지 모르지만 정신적인 것과, 아름다움을 사랑하는 것, 달리 말해 과학과 예술이 결국 하나이며 하나였다는 말씀입니다. 그런 의미에서 예술도 결국 휴머니즘 작업의 한 변형이며 휴머니즘에 입각한 직업과 전혀 다를 바 없습니다. 나도 소년 시절에 바다를 그렸지만 그림 중에 가장 매력적인 것은 역시 초상화입니다. 인간

을 직접적인 대상으로 하니까요. 어떻습니까? 이곳에 걸어놓
는 게 더 낫지요?"

베렌스와 요아힘은 놀란 눈으로 한스를 바라보았다. 그런 식
으로 횡설수설하는 짓이 좀 부끄럽지 않느냐고 묻는 듯했다.
때마침 가정부가 쟁반 위에 뜨거운 물과 알코올램프, 커피잔을
가지고 들어와서 한스의 횡설수설이 그칠 수 있었다. 베렌스는
커피를 옆방으로 가져가라고 가정부에게 말한 후 옆방으로 함
께 건너가자고 한스와 요아힘에게 말했다. 한스는 그림을 원래
자리에 걸어놓는 것도 잊어버리고 그림을 든 채 뒤를 따랐다.
그러자 베렌스가 말했다.

"아니, 그 하찮은 그림을 왜 그렇게 들고 다니는 겁니까?"

"아이고, 죄송합니다. 잠시 의자 곁에 세워 놓겠습니다."

옆방으로 간 세 사람은 조그만 대나무 탁자 주변에 둘러앉았
다. 한스는 그림을 의자 옆에 놓았다. 탁자 위에는 담배 도구와
함께 커피 끓이는 기구가 놓여 있었다. 베렌스는 커피 주전자
에 커피와 설탕을 넣고 알코올램프에 불을 붙여 끓였다. 커피
를 끓이면서 베렌스는 커피세트를 환자였던 이집트의 어느 공
주로부터 선물로 받았다며 그 공주와 커피에 대해 이야기했다.
그러자 한스가 그림을 다시 들어 무릎 위에 놓더니 말했다.

"원장님, 아까 피부 말씀을 해주셨지요? 그에 대해 좀 더 말씀해주실 수 있겠습니까?"

"피부에 대해서 말입니까? 생리학에 관심이 많습니까?"

"네, 예전부터 관심이 많았습니다. 종종 내게 의사가 어울리지 않는가 하는 생각도 했었으니까요. 몸에 관심이 있는 사람은 병에도 관심이 있는 법이니까요."

그러자 베렌스는 피부의 감각엽(感覺葉)에 대한 이야기를 시작으로 고등 동물에게서의 피부의 성격과 기능에 대해 설명했고, 피부가 빨개지거나 창백해지는 이유에 대해서도 설명했다. 이어서 피부에 소름이 돋는 이유에 대해, 또한 혈액과 림프액에 대해 길게 전문적인 지식을 나열했다. 한스 카스토르프는 묵묵히 원장의 긴 설명에 귀를 기울였다.

"네, 그렇군요. 정말 흥미로운 이야기들입니다. 나도 좋은 의사가 될 수 있었을 텐데……. 그렇다면 몸이란 무엇일까요? 살이란 무엇일까요? 인간의 신체란 무엇일까요? 우리의 몸은 무엇으로 이루어져 있을까요? 원장님, 오늘 이 이야기를 해주세요. 원장님, 정확하고 명료하게 우리가 알아들을 수 있도록 말씀해주세요."

"물로 이루어져 있습니다. 당신, 유기 화학에도 관심이 있는 모양이로군요. 인간의 몸은 대부분 물로 이루어져 있습니다. 고체 성분은 전체의 25퍼센트에 지나지 않으며 그중에서 20퍼센트는 계란 흰자위 같은 것입니다. 조금 고상하게 표현한다면 단백질이지요. 여기에 지방과 염분이 조금 덧붙여질 뿐이며 그게 전부입니다."

"그런데 계란 흰자위 말입니다. 그게 어떤 거지요?"

"여러 가지 원소로 되어 있지요. 탄소, 수소, 질소, 산소, 유황으로 되어 있습니다. 가끔 인(燐)도 들어 있습니다. 정말 지식욕이 대단하군요. 몇몇 단백질은 탄수화물과 결합되어 있습니다. 포도당이나 전분 같은 것 말이지요. 나이가 들면 살이 굳어지는 건 결합 조직에 콜라겐이 증가하기 때문입니다. 우리의 근육 세포에는 미오지노겐이라는 일종의 단백질이 들어 있는데 죽으면 이것이 굳어서 근육 섬유소가 되고 사후 경직 현상이 벌어집니다. 뭐, 더 알고 싶은 게 있습니까?"

"아, 사후 경직이라……. 그런 다음에 전반적 분해 현상이 뒤따르는 것이로군요. 무덤의 해부랄까."

"당신 멋지게 말했군요. 전반적인 분해 현상! 그렇지요. 말하자면 녹아 흘러버리는 겁니다. 물을 잊지 말아요! 생명이 사라지면 원소들이 결합해 있을 수 없어서 비유기적 화합물로 분해

되는 겁니다."

"부패와 분해라……." 한스가 말했다. "그건 연소, 혹은 산화와 같은 말로 알고 있습니다. 말하자면 산소와의 결합……. 제가 제대로 알고 있는 건가요?"

"맞아요. 산화 작용입니다."

"그렇다면 생명은?"

"그것도 산화 작용입니다. 이봐요, 젊은이, 생명도 결국 세포 속 단백질의 산화 작용에 불과할 뿐입니다. 그래서 아름다운 유기체에 열이 발생하는 겁니다. 때로는 필요 이상으로 열이 발생하기도 하고……. 쯧, 쯧, 그러니 생명이란 바로 죽음입니다. 뭐, 다른 말로 점잖게 얼버무릴 수 없는 명백한 사실입니다. 프랑스 철학자(베르그송 – 옮긴이 주)가 프랑스인답게 경박하게 말했듯 생명이란 '유기적 파괴'입니다. 확실히 생명에서는 그런 냄새가 납니다."

"그렇다면 생명에 관심이 있는 사람은 필연적으로 죽음에도 특별한 관심이 있어야 한다는 말씀이로군요. 그렇지 않습니까?"

"어떤 점에서는 그렇지요. 하지만 차이는 분명히 있습니다. 생명이란 물질이 변화하면서도 형태가 유지되는 것을 말합니다."

"왜 형태가 유지되는 거지요?" 한스가 물었다.

"왜 형태가 유지되느냐고요? 그 질문은 휴머니즘과는 너무 동떨어진 것처럼 보이는군요."

"형태는 겉만 번지르르하고 실속이 없는 것 아닌가요?"

"당신 오늘 정말 저돌적이로군. 하지만 이만하겠어요. 왠지 좀 우울해져서……. 여러분과 커피도 맛있게 마시고 이야기도 잘 나누었는데 왠지 우울증이 오는 것 같아요. 자, 이만 실례합니다. 즐거운 시간이었습니다."

사촌들도 원장과 함께 자리에서 일어날 수밖에 없었다. 둘은 너무 오랜 시간 폐를 끼친 데 대해 사과했고 원장은 천만의 말씀이라며 손사래를 쳤다. 한스는 쇼샤 부인의 초상화를 옆방으로 가져가서 걸어놓았다. 두 사람은 원장이 가르쳐준 지름길을 통해, 정원을 가로지르지 않고 숙소로 돌아왔다.


탐구


이제 반드시 오게 되어 있던 것, 하지만 한스 카스토르프가 이곳에서 겪게 되리라고는 전혀 생각지도 않던 것이 오고야 말았다. 바로 이곳의 겨울, 이 높은 곳의 겨울이 온 것이다. 요아힘이 이곳에 온 것이 작년 한겨울이었으니 그로서는 두 번째 겨울을 이곳에서 맞이하는 셈이었다.

이곳의 겨울은 강습하듯 온 것이 아니라 아주 평온하게 찾아왔으며 처음에는 이미 한여름에도 맛본 바 있는 날씨와 별로 차이가 없었다. 하지만 곧이어 폭우가 쏟아지더니 어느새 비가 눈으로 바뀌었고 골짜기는 눈보라에 뒤덮였다. 눈보라가 꽤 오래 지속되더니 기온도 눈에 띄게 내려갔다. 11월 초 만령절 무렵이었다. 하늘은 창백한 잿빛인 채 눈은 일주일 이상 쉼 없이 내렸고 저 아래 요양지 마을에서는 제설 작업이 한창이었다.

요양원 식당에서의 화제도 자연 눈에 관한 것이었다. 많은 관광객들과 스포츠맨들이 몰려와 호텔들이 북적대고 있다는 소문도 화제가 되었다. 강설량이 60센티미터 이상이 되었고 눈의 질도 스키에 알맞다는 것이었다. 하지만 눈에 대한 화제는 곧 사라지고 크리스마스가 화제에 올랐다.

크리스마스라니! 한스 카스토르프는 크리스마스를 머리에 떠올린 적이 없었다. 아직 강림절이 시작되지도 않았는데 크리스마스 이야기를 한다는 것은 아무리 봐도 지나치게 이른 셈이었다. 크리스마스가 되기까지는 6주나 남아 있었던 것이다! 하지만 이곳 식당이라는 공간의 손님들에게 6주는 훌쩍 뛰어넘

다시피 지나갔으며 한스도 이미 그런 정신적 과정에, 비록 이 위에 훨씬 오래 있던 사람들처럼 대담한 방식은 아니었다 할지라도, 어느 정도 익숙해 있었다. 이들 모두 몸에 열이 있고 신진대사가 왕성하고 육체 생활이 가속화되어 있어서 시간을 그처럼 큰 단위로 흘려보낼 수 있었을 것이다. 따라서 이들이 벌써 사육제나 신년 이야기를 하더라도 한스는 별로 놀라지 않았을 것이다.

하지만 이곳 베르크호프 식당 안 사람들은 크리스마스 이야기를 그렇게 훌쩍 뛰어넘어버릴 정도로 경솔하거나 무분별하지는 않았다. 그들은 크리스마스에 멈추었다. 걱정거리와 머리를 쓸 일이 있었던 것이다. 이곳에서는 크리스마스이브에 베렌스 원장에게 공동 선물을 하는 것이 관례였고 그들은 그 공동 선물에 대해 상의를 해야 했다. 이곳에 1년 이상 머문 사람들 말에 의하면 작년에는 여행용 트렁크를 선물했다. 이번에는 새로운 수술대, 이젤, 겨울 외투, 흔들의자, 청진기 등이 거론되었다. 세템브리니는 『고통의 사회학』이라는 책을 추천했지만 얼마 전부터 식탁에 합류한 어떤 출판업자 외에는 아무도 찬성하지 않았다. 선물에 대한 합의가 쉽게 이루어지지 않아, 크리스마스는 식당 공간에서 쉽게 흘러가버리지 못했다.

눈이 멈추었고 파란 하늘이 보이기 시작하더니 날이 활짝 개었다. 11월 중순의 청명한 혹한 날씨가 자리를 잡은 것이다. 발코니 아치 뒤편으로 눈으로 화장을 한 숲, 눈으로 부드럽게 채워진 협곡, 푸르게 빛나는 하늘 아래 펼쳐져 있는 희고 맑게 빛나는 골짜기가 장관을 이루고 있었다. 특히 만월이라도 뜨면 세상은 마법에라도 걸린 듯 아름다웠다. 크리스털과 다이아몬드 같은 별들이 온 하늘에 반짝였고 숲은 흑백의 대조를 또렷이 드러내고 있었다. 아직 달이 뜨지 않아 어두운 하늘은 온통 별들이 채우고 있었다. 해가 지고 두세 시간이 되면 영하 10도의 강추위가 시작되었다. 세상은 얼음처럼 차가운 순수함의 마법에 걸린 것 같았으며 지상의 더러움은 죽음과도 같은 마법의 잠에 취한 채, 베일 속에 감추어져 누워 있는 것 같았다.

한스 카스토르프는 마법에 걸린 겨울 무대를 바라보며 밤이 깊도록 발코니에 머물러 있었다. 요아힘은 10시경이면 자신의 방으로 들어갔기에 그는 홀로 생각에 잠길 수 있었다. 그는 요양지 상점에서 구입한 침낭에 목만 내놓고 들어가 있었다. 관례대로 침낭 주변에는 담요 두 장이 둘둘 말려 있었다. 게다가 겨울옷 위에 가죽으로 된 재킷을 입었으며 머리에는 털모자를 쓰고 발에는 장화를 신고 손에는 장갑을 끼는 등 완전 중무장이었다.

그는 겨울밤이 주는 매력 때문에 그곳에 그렇게 늦게까지 머물기도 했지만 그보다는 무기력과 흥분 때문이라고 하는 것이 옳았다. 그리고 묘하게도 그 둘이 동시에 그를 사로잡았다. 피곤해서 꼼짝도 하기 싫어진 그의 몸은 무기력증에 빠져 있었던 반면에 새로운 매력적인 생각에 몰두해 있느라 그의 머리가 좀처럼 쉴 틈이 없었기에 정신적으로는 무척 흥분해 있었던 것이다.

한스는 요즘 독서에 몰두해 있었다. 이곳에 올 때 가지고 온 『대양 기선』을 이미 독파했기에 그는 자신의 직업과 관련된 전공 서적 몇 권을 부쳐달라고 집에 부탁했다. 하지만 그는 그 책들을 방치했다. 다른 책들에 몰입해 있던 때문이었다. 독일어, 불어, 영어 등 다양한 언어로 쓰인 그 책들은 그의 전공과는 전혀 관계가 없는 책들이었다. 그것들은 해부학, 생리학, 생물학에 관한 책들로 그가 요양지 서점에 주문한 것들이었다.

한스는 발코니에 누운 채 그 책들을 읽었다. 모두 무거운 책들이었기에 책의 아랫부분을 가슴이나 배에 올려놓고 읽었다. 작은 램프 불빛을 밝혀 놓았지만 달빛이 너무 밝아 램프가 필요 없을 정도였다. 그는 유기 물질과 원형질의 특징에 관한 책을 읽으면서, 또한 하나의 물질이 자신의 형상을 만들어가는 과정에 대한 책을 읽으면서 생명과 그 신성한 비밀에 대해 지대한 관심을 가졌다.

생명이란 무엇인가? 아무도 알 수 없었다. 생명은 그것이 시작된 순간부터 자신이 생명임을 자각한다. 하지만 생명이 무엇인지는 알지 못한다. 자극에 반응한다는 의미에서의 의식은 가장 하등 동물에게도 어느 정도 존재한다. 하지만 하등 동물은 신경계통이 없다. 따라서 신경계통이 생긴 다음에야 의식이 발생한다는 가설은 설득력이 없다. 게다가 우리는 생명 자체를 일시적으로 중단시킬 수도 있다. 즉 마비시킬 수 있는 것이다. 하지만 그래도 그 생명체에는 생명이 있다. 그렇다면 의식이란 생명을 구성하고 있는 물리적 기능의 하나일 뿐이다. 그런데 이 기능이 생명 자체로부터 등을 돌리고 생명이 전개해 보여주는 현상을 탐구하고 설명하려는 노력이 되었다. 생명이 생명 자신을 인식하겠다는 희망적이면서 절망적인 그 노력, 자연이 자신을 알겠다는 그 노력 말이다. 하지만 결과적으로 헛된 일이었다. 자연은 지식으로 해결할 수 있는 것이 아니며 생명 역시 결국 그 자체로 되돌려지는 것이기 때문이다.

생명이란 무엇인가? 아무도 알 수 없다. 생명이 언제 발생하고 불타오르는지 그 시점을 아무도 알 수 없다. 생명 그 자체는

제5장

우발적으로 생겨난다. 생명에 대해서 우리가 말할 수 있는 것은 무생물과 비교해서 고도로 발달된 구조를 갖고 있다는 사실 뿐이다. 죽음에 대해 말하는 것이 무의미한 무생물과 생물 간의 거리에 비하면, 아메바와 척추동물 사이의 거리는 아주 하찮으며 본질적이지도 않다. 죽음이란 생명에 대한 논리적인 부정일 뿐이기 때문이다. 그에 비해 생명과 생명이 없는 자연 사이에는 그 어떤 연구로도 뛰어넘을 수 없는 심연이 존재한다. 과학자들은 그 간극을 메우기 위해 무기물에서 유기물이 자연 발생한다고 믿으려 했지만, 이 역시 기적을 믿는 것과 마찬가지였다. 과학자들이 무기물이라고 믿었던 것은 현미경으로 아무리 확대해도 보이지 않는 원형 물질로 이루어진 것이었다. 즉 그것은 생명을 지닌 유기물이었다.

그렇다면 대체 생명이란 무엇인가? 그것은 열이다. 일정한 형태를 유지하면서도 끊임없이 그 형태를 변화시키는 불안정한 상태가 만들어내는 열의 산물이다. 동일한 상태를 유지할 수 없을 정도로 복잡하고 정교하게 구성된 단백질 분자가 쉬지 않고 분해, 재생하는 과정에서 발생하는 물질열(物質熱)이다. 생명은 실제로 존재가 불가능한 것의 존재이다. 그것은 소멸하고 재생할 수밖에 없는 열 과정 내에서, 반은 감미롭고 반은 고통스럽게 존재의 점 위에서 가까스로 균형을 취하는 것, 바로 그 것이다. 생명은 물질도 아니고 정신도 아니며 그 둘 사이에 있 는 그 무엇이다.

그것은 마치 폭포수 위에 걸린 무지개, 혹은 불꽃처럼 물질 에 의해 전해진 현상이다. 그것이 물질이 아닌 이유는 무엇을 갈망하고 혐오할 정도의 지각력이 있기 때문이다. 생명은 스스 로 감각을 갖게 된 물질의 뻔뻔함이며 존재의 음란한 형태이 다. 생명이란 우주의 얼어붙은 순결함 내에서 은밀하게, 그리고 열렬하게 꼼지락거리며 그 모든 것을 휘젓는 그 무엇이다. 그 것은 음탕하게 남몰래 행하는 불결한 영양 섭취와 배설이며 나 쁜 물질을 뿜어내며 호흡하는 행위이다. 생명은 오염이고, 물과 단백질과 소금과 지방으로 이루어진 형태, 우리가 살(肉)이라고 부르는 것, 형식, 미, 고귀한 이미지를 지니지만 동시에 관능과 욕망의 화신이기도 한 그 살을 만들어내는 것이다.

침낭과 담요에 포근하게 감싸인 채 반짝이는 골짜기를 바라 보는 한스의 눈앞에, 마치 생명체가 존재하지 않는 듯한 천체 의 빛으로 밝게 빛나는 추운 겨울밤 속에 생명의 모습이 선명 하게 떠오르는 것 같았다. 그의 눈앞에 떠오른 이 생명체, 이 육 체는 단순한 개체가 아니라 개체들의 어마어마한 복합체였다.

우리의 이 젊은 탐구자는 세포군의 현상에 대해 깊이 생각했고 단세포와 다세포에 대해 생각했으며 생식 세포의 생성에 대해 생각했다.

우리의 젊은 모험가는 이제 태생학(胎生學)에 관한 책 한 권을 배 위에 얹어놓고 수많은 정자 중 가장 뛰어난 하나가 난자 막을 뚫고 들어가 생식이 시작되는 순간부터 유기체가 발전, 형성되는 과정을 탐구했다. 그는 그 책에서 난자론과 정자론의 논쟁을 읽었다. 난자론자는 난자 안에 생명체가 이미 완성되어 있으며 정자는 그 성장을 자극할 뿐이라고 주장한다. 반면에 정자론자는 정자를 미래 생물의 원형이라고 주장하고 난자는 단지 배양기일 뿐이라고 주장한다. 하지만 결국 두 학파는 난자 세포와 정자 세포가 서로 구별할 수 없는 생식 세포에서 발생한 것이라고 타협하면서 둘의 공적을 똑같이 인정하기로 한다.

한스는 수정한 난자가 수축과 분열을 계속하며 다세포 유기체로 변하는 과정을 읽었다. 그리고 태아의 성장 과정을 보았으며 원시 인간과 현대인의 차이에 대해 알아보았다.

이어서 그는 해부학책을 읽었다. 해부학은 우리의 젊은 연구자에게 인체 사지의 껍질을 벗겨 박제로 만들게 했다. 그리고 근육 내부와 힘줄과 인대를 보여주었다. 이어서 그는 골격에 관한 부분을 읽으며 자신의 전공인 공학을 떠올렸다. 그는 그 부분을 읽으면서 약간 흥분했다. 유기체에 대해 서정적 관점과 의학적 관점 외에 공학적 관점을 갖게 된 것 같았던 것이다. 이러한 세 가지 관계는 인간적이라는 단어 속에서 하나이기에, 공학도 인문학의 한 분야라고 그는 생각하게 된 것이다.

그럼에도 불구하고 원형질의 활동은 여전히 수수께끼였으며 생명에게는 스스로 정체를 드러내는 것이 금해져 있는 것 같았다. 거의 대부분의 생화학 과정은 아직 미지로 남아 있었으며 아예 인식 자체를 거부하는 것 같았다. 또한, 세포라고 불리는 생명 단위가 어떤 구조로 되어 있는지, 그것이 어떻게 합성되는지에 대해서도 알려진 것이 거의 없었다. 그는 그에 관한 책들을 읽었지만 오히려 생명 현상에 대한 의문만 커졌을 뿐이었다.

하지만 생명 현상에 대한 이 온갖 무지(無知)들도, 기억이라는 현상, 혹은 우리가 획득 형질의 유전이라고 부르는 보다 광범위하고 놀랄 만한 기억 현상에 대해 아무것도 설명할 수 없다는 사실에 비한다면 전혀 문제 삼을 필요조차 없는지도 모른다. 제아무리 태생학이 발전하더라도, 또한 해부학이 완벽해지더라도 세포가 갖는 이러한 기능을 기계적으로 설명할 가능성은 전혀 없었다. 한스 카스토르프는 책을 열심히 읽으며 원생

제5장

**267**

자(原生子)라는 단어를 알게 되었다. 원형질로서 원소(elementary) 단위의 생명체를 이르는 단어였다. 그는 그런 지식을 얻게 된 것이 기뻤다. 그러나 곧 의문이 들었다. 이것들도 생명을 지니고 있다면 유기체임이 분명하다. 그러나 그것들이 이미 유기체라면 원소 단위일 수 없다. 유기체는 원소로 되어 있는 것이 아니라 복합체이기 때문이다. 그는 원소 단위의 생명, 달리 말하면 원시적 생명이란 것은 존재할 수 없다는 결론을 맺었다. 달리 말한다면 이미 생명이면서 원시적이라고 말할 만한 것은 아무것도 없었다.

이어서 한스는 병리 해부학에 대한 책을 읽었다. 그 책은 그림이 많이 들어 있었기에 요양 침대에 누워서 볼 수는 없었고, 책상에 스탠드 불을 밝히고 읽었다. 그는 전염성 종양이란 자신에게 유리한 조건을 제시해준 유기체 속으로 나든 종류의 세포가 들어가 생기는 것임을 알게 되었다. 이 기생물은 주위 조직에서 영양분을 빼앗는 데 그치지 않고 자신의 신진대사 과정에서 발생한 유기 화합물로 숙주의 파멸을 낳는다. 이어서 그는 병을 야기하는 원인, 그 현상들에 대해 많은 지식을 습득했다.

병리학, 질병 이론은 육체가 당하는 고통을 강조하는 학문이다. 하지만 육체를 강조한다는 의미에서 병리학은 고통뿐 아니라 욕망도 강조하는 학문이 아닐까? 질병이란 생명의 비꼬인, 음탕한 형태였다. 그리고 생명이란? 생명 그 자체는? 그것은 물질이 오염된 상태, 병든 상태가 아닐까? 우리가 물질의 원초적 탄생이라고 부르는 것, 그것이 바로 질병이 아닐까? 질병과 마찬가지로 비물질적인 것의 병적인 자극에 의해 만들어져 자라나는 것, 그것이 바로 원초적 탄생이 아닐까? 바로 그때 악을 향한, 욕망과 죽음을 향한 첫걸음이 있게 되는 것이다. 그때, 영적인 것으로 충만해 있던 곳에 그 무언가 미지의 것이 침투해 자극을 가하면서 최초의 증식이 행해지는 것이며, 병적인 풍요로움 속에서 성장이 이루어지는 것이다. 반은 쾌감, 반은 거부감이 동시에 발생하는 이러한 증식의 순간은 물질의 원초적 단계이며 비실체적인 것이 실체로 넘어가는 단계이고 그것이 바로 원초적 추락, 즉 원죄이다.

　무기체에서 유기체가 탄생하는 제2의 창조 역시 육체적인 것이 의식적인 것을 향하는 숙명적 단계일 뿐이다. 그리고 그것은 유기체의 병이 육체적 상태에 취해 그것을 무한정 강화해서 생기는 것과 마찬가지로 하나의 병이다. 따라서 생명이란 순결성을 잃은 정신이 그다음 필연적으로 걷게 되어 있는 한 발자국에 다름 아니다. 그것은 감각에 눈을 뜬 물질이 그 감각이 깨운 것을 흔쾌히 받아들이면서 자동적으로 흥분한 것에 다름 아니다.

한스는 책의 마지막 페이지를 읽어 내려갔다. 그의 턱이 가슴에 닿았고 그의 순진한 푸른 눈 위로 눈꺼풀이 떨어져 내렸다. 그는 활짝 핀 생명의 이미지를 보았고 그 구조, 그 살이 만들어낸 아름다움을 보았다. 그녀는 목덜미 근처에 두고 있던 두 손을 내렸고 두 팔을 벌렸다. 그 팔의 안쪽, 팔꿈치 관절의 부드러운 피부 아래 두 줄기 대정맥이 푸르스름하게 튀어나와 있었다. 두 팔은 이루 말할 수 없이 감미로웠다. 그녀가 그에게 몸을 기대며 몸을 기울이고 몸을 굽혔다. 그는 그녀의 유기체의 향기를 의식했고 그녀의 심장 고동 소리를 느꼈다. 무언가 따뜻하고 부드러운 것이 그의 목을 감쌌다. 그는 쾌감과 진율에 사로잡혀 두 손을 그녀 위쪽 팔에 갖다 대었다. 그러자 삼두근 위의 서늘하고 부드러운 피부 감촉이 느껴졌다. 이어서 그는 그녀의 촉촉한 입술이 자신의 입술에 밀착되는 것을 느낄 수 있었다.

## 죽음의 춤

크리스마스가 얼마 지나지 않아 오스트리아인 아마추어 기수가 죽었다. 물론 그 전에 3일간의 크리스마스 축제가 있었다. 한스는 이곳 사람들은 크리스마스 축제를 어떻게 보낼 것인지 궁금했었다. 하지만 외관상으로 약간의 장식이 있었을 뿐 다른 날과 별반 다르지 않게 지나갔으며 이내 가까운 과거, 혹은 먼 과거가 되고 말았다.

한스와 요아힘은 미처 새해가 되기도 전에 아마추어 기수가 죽었다는 우울한 소식을 복도에서 만난 한 간호사에게서 들었다. 한스는 특히 그 소식에 깊은 관심을 보였다. 부분적으로는 그 아마추어 기수로부터 들은 생명의 표시, 즉 기침 소리가 이곳에 그가 머물면서 받은 최초의 인상인 때문이었다. 그것은 마치 그 기침이 그의 얼굴을 붉게 상기시켰고 내내 사라지지 않게 만든 것만 같았다. 하지만 그 외에 정신적인 이유도 있었다.

한스는 요아힘을 세워둔 채 간호사와 길게 이야기를 나누었다. 간호사의 말로는 그가 크리스마스까지 살아남은 것도 기적이라고 했다. 며칠 전부터는 엄청나게 많은 양의 산소를 공급받아 겨우 버텼으며 죽기 전날만 해도 한 통에 6프랑이나 하는

제5장

**271**

산소통을 40개나 비웠다고 했다.

"계산해보면 아시겠지만 정말 엄청난 돈이 들었어요"라고 간호사는 말했다. 그 결과 그 기수가 그 품 안에서 숨을 거둔 그의 아내는 무일푼이 되었다고 간호사는 덧붙였다.

요아힘은 가망 없는 환자를 괴롭히고 막대한 돈을 낭비하면서까지 목숨을 인위적으로 연장할 필요가 있느냐며 비난했다. 본인이야 강제로 산소를 마셨으니 도리가 없었겠지만, 치료를 담당한 사람들은 좀 더 사려 깊게 판단해서 그를 하느님의 이름으로 고이 보내주었어야 했다, 게다가 뒤에 남은 유족들 생각도 해줬어야 하지 않느냐, 산 사람에게도 권리가 있다고 그는 말했다.

하지만 한스는 그의 말에 단호하게 맞섰다. 한스는 요아힘에게 꼭 세템브리니 씨처럼 말하는구나, 그 말에는 고통에 대한 배려나 존중심이 전혀 들어 있지 않다고 말했다. 그 사람은 결국 죽었으니 그것으로 그만이다, 더 이상 그에 대해 왈가왈부할 필요가 없다, 라는 것이 이어지는 그의 말이었다. 그가 관심을 가진 것은 차라리 그 기수가 죽어갈 때 베렌스 원장이 평소처럼 호통을 치지나 않았는가 하는 것이었다. 그의 질문에 간호사는 그럴 필요가 없었다고 말했다. 임종을 맞이한 환자가 약간 발버둥을 쳐서 침대 밖으로 나오려 했을 뿐, 그래봤자 소용없다는 가벼운 주의를 듣고는 이내 얌전해졌다는 것이었다.

한스는 고인이 된 사람의 주검을 한번 보고 싶어 했다. 그에게 그 생각이 든 것은 그가 이곳에 팽배해 있는 비밀주의를 경멸한다는 것을 보여주고 싶어서였다. 그는 그런 사건들에 대해 아무것도 보고 듣지 않으려는 이곳의 이기적인 방침에 항의하고 싶었고 그 항의를 행동으로 보여주고 싶었다. 그는 식사중 그 기수의 죽음을 화제에 올리려 했지만 모두 그 화제를 완강히 거부하는 바람에 무안해지면서 동시에 화가 났다. 심지어 슈퇴어 부인 같은 사람은 아무것도 모르는 신참이 오늘내일 어떻게 될지 모르는 사람들 앞에서 그런 이야기를 할 수 있느냐고 버럭 화를 내기까지 했다. 한스 카스토르프는 함께 지내던 사람의 주검 앞에 경의를 표하고 싶었을 뿐이라고 조용히 사과하고 사태를 수습했다.

한스는 요아힘을 거의 강제하다시피 설득해서 자신과 동행하게 했다. 그는 간호사의 주선으로 자신들의 방 바로 아래 2층에 있는 기수의 방으로 들어갔다. 미망인이 그들을 맞았다. 작은 키에 금발이었는데 밤새 간호한 탓에 머리카락이 흩뜨려지고 몹시 야윈 모습이었다. 스팀이 꺼져 있고 발코니가 열려 있어 무척이나 추웠다.

두 사람은 침대 곁으로 공손히 다가가서 주검에게 예를 표한 후 미망인에게 "마치 잠을 자고 있는 것 같습니다"라고 말했다. 사실과는 달랐지만 미망인을 위로하기 위해 인도적으로 해준 말이었다. 그런 후 그는 목소리를 낮추어 그녀의 남편이 겪은 고통, 마지막 모습, 남편의 유해를 옮기는 일 등에 대해 자상하게 물었다. 미망인은 오스트리아인답게 느린 말투로 울먹이며 젊은 사람들이 남의 슬픔에 이런 식의 관심을 보이는 것은 드문 일이라고 감사해했다. 그리고 한스와 요아힘의 신상에 대해 가볍게 몇 가지 질문을 던졌고, 한스가 간단히 대답했다. 미망인은 거듭 두 사람에게 고맙다며 상냥하게 작별 인사를 했다. 두 사람은 그렇게 어려운 처지에 빠져 있으면서 이토록 의연한 모습을 보이는 미망인에게 존경심을 품지 않을 수 없었다.

두 사람은 자신들의 방으로 돌아가면서 이야기를 나누었다. 한스는 이 방문에 만족한 것 같았고, 특히 방문에서 받은 인상에 대해 종교적 흥분마저 느끼는 것 같았다.

"편히 잠드소서. 주여, 영원한 안식을 주소서." 그는 라틴어로 기도하듯 말한 뒤 말을 이었다. "나는 죽음 앞에서는 경건한 분위기가 어울린다고 생각해. 세템브리니 씨 방식의 자유로운 분위기는 마치 인간의 존엄성을 자신이 독점한 것처럼 보여서 마음에 들지 않아. 경건한 분위기가 자유로운 분위기를 능가할 때도 있는 법이야. 인간적이라는 게 뭘까? 내 생각에는 스페인식의 엄숙한 경건함, 신을 향한 경외감을 간직한 장중함도 아주 품위 있는 휴머니티 같아. 인간적이라는 말을 느슨하고 단정하지 못한 것들을 감싸고 옹호하려고 사용하는 경우가 많잖아. 네 생각은 어때?"

"나도 해이한 것, 제멋대로인 건 참을 수 없어. 규율이 있어야 해."

"그래, 너는 군인으로서 그런 말을 하는 거지? 군대 사회에서는 이런 식의 경건함이 필요해. 언제나 죽음을 앞에 두고 있는 것과 같으니까. 하지만 군대뿐 아니라 민간인들의 관습과 매너에서도 그런 정신을 북돋을 필요가 있다고 생각해. 그리고 그게 우리 인생에 더 맞는 것 같아. 빳빳한 칼라에 검은 옷을 입고 살아가는 게 나은 것 같다는 말이야. 사람들끼리도 늘 죽음을 염두에 두고 진지하고 차분하고 경건하게 지내는 게 어울릴 것 같아. 그게 올바른 것 같고 또 도덕적인 것 같아. 바로 그점에서도 세템브리니 씨의 생각은 오만해 보여. 언젠가 그에게 말할 거야. '당신은 인간의 존엄성뿐 아니라, 도덕도 독점하고 있군요'라고. 모든 것을, 심지어 종교까지도 진보라는 이름으로 묶어버리고—마치 주일에도 진보 외에는 생각할 게 없다는 듯 말이야—체계적으로, 정말 체계적으로 고통을 없애버려야 한다는 생각을 하고 있단 말이야. 물론 그에게 이런 식의 내 생각을 말한 적은 없어. 만일 그런다면 '경고합니다, 엔지니어 양반!'이라고 말하겠지. 하지만 누구에게든 생각의 자유가 있는 법 아니겠어? 그건 그렇고 네게 할 말이 있어."

두 사람은 요아힘의 방에 도착했고 요아힘은 요양 준비를 했다. 그사이 한스가 계속 말했다.

"우리는 이 위, 죽어가는 사람 옆에서, 비참하고 고통받고 있는 사람들 곁에서 살아가고 있어. 그런데 우리 모두는 그들과 아무 관계도 없는 것처럼 행동하고 있을 뿐 아니라 우리가 그들과 접촉하지 못하도록, 그들을 볼 수 없도록 치밀한 조치가 취해진 곳에서 지내고 있어. 아마추어 기수도 우리가 아침을 들거나 차를 마시는 동안에 치워버리겠지. 슈퇴어 부인은 내가 그의 죽음에 대해 언급한 것만으로도 화를 냈어. 정말 터무니없는 일이야. 다른 사람들도 전부 마찬가지야. 그래서 하는 말인데, 앞으로 중증 환자나 죽어가는 사람에게 관심을 갖기로 마음먹었어. 이곳에 그런 환자는 너무 많아. 수간호사나 우리가 친하게 지내는 두어 명의 간호사들이 우리를 도와줄 거야. 가령, 위독한 환자가 생일을 맞게 되면 그 방으로 화분을 보내는 거야. '진심으로 쾌유를 빌면서. 이곳의 같은 환자로부터'라고 써 보내는 거지. 물론 우리 이름이 알려질 테지. 그러면 우리를 자기 방으로 초대할 수도 있을 거고 우리는 인간적인 말을 몇 마디 나눌 수도 있을 거야. 어때, 찬성하겠어? 나는 이미 결심했어."

요아힘은 한스의 계획에 대해 별로 반대할 말을 찾을 수 없었다. 그는 다만 이렇게 말했을 뿐이었다.

"이곳의 규정에 어긋나는 일이야. 하지만 네가 원한다면 베렌스 원장이 예외적으로 허락해줄지도 모르지. 의학적인 면에 흥미가 있어서 그러는 거라고 말하면 될 거야."

"그래, 그렇게 말하면 되겠다." 한스가 말했다. 실제로 그의 마음속에는 몇 가지 동기가 숨어 있었다. 이곳에 만연해 있는 이기주의에 저항하고 싶다는 것은 그 동기들 중 하나일 뿐이었다. 동기 중에는 특히, 고통과 죽음에 대해 진지하게 성찰해보고 그에 합당한 존중심을 보내고 싶은 정신적 욕구가 있었다. 그는 고통받는 사람들이나 죽어가는 사람들과 접촉함으로써 매일, 그리고 매시간 그가 목격할 수 있는 역겨운 일들, 그 자신이 진지하게 되려는 것을 방해하는 그런 일들에 맞서면서—세템브리니가 그런 것들을 비판한 이래 한스는 더욱 날카롭게 그런 역겨움을 느꼈다—자신의 정신적 욕구를 충족하고 싶었던 것이다.

누군가 한스에게 구체적으로 그런 일들의 예를 들어달라고 하면 한스는 수도 없이 말해줄 수 있었다. 이곳에는 그저 약간 지쳤고 피로하다는 것을 구실로 실은 그저 즐기기 위해, 혹은 환자 생활이 적성에 맞아서 입원해 있는 환자들도 많았다. 그런 환자 중에는 남들과 온갖 일에 내기를 걸며 즐기는 사람도 있었고 밤마다 슬며시 빠져나가 포커나 술을 마시는 젊은 친구들도 있었으며 매일 만취해 들어와 여자들에게 부끄러운 짓을 해서 남들의 입방아에 오르내리는 사람들도 있었다.

그러나 뭐니 뭐니 해도 가장 불쾌한 사람은 역시 슈퇴어 부인이었다. 한스 카스토르프가 아무리 진지하고 경건해지려고 애를 써도 그 노력 자체를 무력화시키는 장본인은 바로 슈퇴어 부인이었던 것이다. 그녀의 교양 없는 말실수만 해도 참아내기 어려웠지만—예를 들어 그녀는 '철면피'라고 말해야 할 때 '칠민피'라고 했으며 일식 등의 천문 현상에 대해서 말도 안 되는 단어들을 입 밖에 냈다—그녀의 행동 자체가 너무 저속하고 몰취미여서 눈살을 저절로 찌푸리게 만들었으며 무엇보다 도저히 절제가 안 되는 수다쟁이였고 남들에 대해 말도 안 될 정도로 터무니없는 험담을 해댔다.

그 모든 것들은 진지함과는 거리가 멀었다. 그런 것들은 결코 한스의 정신적 욕구를 채워줄 수 없는 것들이었다. 그는 위독한 환자들과 가까이 함으로써만 자신의 정신적 욕구가 채워질 수 있으리라 생각한 것이다. 따라서 그가 위독한 환자들, 죽어가는 환자들과 가까이 하려 한 것은 삼중의 반항인 셈이었다. 하나는 이곳의 규율에 대한 반항이었고, 다음으로는 고통 및 죽음을 멀리 하는 이곳의 이기적인 분위기에 대한 반항이었으며, 마지막으로는 자신이 진지하게 되는 것을 막는 모든 것들에 대한 내적인 반항이었다.

한스와 요아힘이 묵고 있는 방과 그다지 멀지 않은 곳에 라일라 게른그로스라는 소녀가 누워 있었다. 간호사의 말로는 그녀의 목숨은 경각에 달려 있었다. 그녀는 열흘 동안에 네 번이나 심한 객혈을 했으며 부모는 딸이 살아 있는 동안 집으로 데려가기 위해 얼마 전 이곳으로 왔다. 하지만 그럴 수 없었다. 원장이 그 불쌍한 어린 소녀가 여행을 감당할 수 없을 것이라고 말한 것이다.

한스는 정오에 요아힘과 함께 요양 호텔 근처로 산책 갔다가 꽃집에 들어가서 흙냄새와 꽃향기가 물씬 배어 있는 기분 좋은 공기를 들이마시며 아름다운 수국 화분을 하나 골랐다. 그는 카드에 이름을 밝히지 않은 채 '진심으로 쾌유를 빌며. 두 명의 같은 환자로부터'라고 쓴 뒤 위독한 어린 환자의 방으로 배달 해달라고 부탁했다.

두 젊은이는 곧 그 방을 출입하는 간호사로부터 그들 행동의 효과를 전해 들을 수 있었다. 절망적인 상태에 빠져 있던 소녀 는 미지의 사람이 보낸 꽃을 받고 무척이나 기뻐했다. 그녀는 눈과 손으로 꽃을 어루만지며 꽃에 물을 주라고 말했고, 심한 기침을 하는 중에도 꽃에서 눈길을 떼지 않았다. 퇴역 소령 출 신의 그녀의 아버지와 그녀의 어머니도 무척이나 기뻐했다. 간 호사는 그들이 너무 기뻐하는 모습을 보고 보낸 사람의 이름을 알려주지 않을 수 없었다며 덧붙였다.

"세 명 모두, 제발 그 방을 방문해달라고 했어요. 감사의 말 씀을 꼭 전하고 싶대요."

결국 사촌들은 이틀 후 간호사의 안내로 그 방으로 조심스럽 게 걸어 들어갔다.

죽음을 앞둔 그녀는 물망초처럼 정말로 푸른 눈을 가진, 더 없이 매력적인 금발의 소녀였다. 그녀는 심한 객혈이 멈추지 않아, 기능이 겨우 남아 있는 폐 일부분으로 가쁘게 숨을 쉬고 있었다. 무척 쇠약한 모습이었지만 결코 비참하다는 느낌은 들지 않았다. 그녀는 약간 허스키하지만 쾌활한 목소리로 고맙다고 인사했다. 그 말을 하면서 그녀의 뺨에 장밋빛 홍조가 돌더니 한동안 사라지지 않았다. 한스는 그녀와 그녀의 부모에게 자신이 왜 이런 행동을 했는지 낮은 목소리로, 약간은 감동에 젖어 말했다. 그는 환자의 머리맡에 무릎이라도 꿇고 싶은 심정이었다. 하지만 그는 무릎을 꿇는 대신 축축하게 젖어 있는 소녀의 손을 꼭 잡았다.

그녀의 부모는 너무 감사하다고 말하며 사촌들의 건강에 관해 묻는 등 이런저런 대화를 이어가려 했다. 소령은 게르만 전설에 나오는 거인처럼 떡 벌어진 체격이었지만 어머니는 아주 자그마한 몸집이었다. 어머니는 딸이 결핵에 걸린 것이 자신의 허약한 체질을 물려받은 탓이라며 자책하고 있었다.

10분 정도 지나자 간호사가 이제 그만 나가자고 눈짓을 했고 둘은 소녀와 가족들에게 작별 인사를 한 후 그 방에서 나왔다. 소령의 부인이 방문 밖까지 배웅하며 자책의 한숨을 내쉬었고, 한스는 애처로운 느낌에서 벗어날 수 없었다. 이어서 부인은 사촌들에게 자신이 본래 허약한 체질이며 처녀 시절에 아주 짧게 폐병을 앓았다고, 저 애가 저렇게 절망적인 상태에 빠진 것은 순전히 자기 탓이라고 말했다. 두 청년은 빈말이나마 딸의 병세가 좋아질 수도 있을 것이라고 위로한 후 방으로 돌아왔다.

방으로 돌아온 한스는 그 무언가 해야 할 일을 했다는 생각에 기분이 좋았다. 이 일에서 특히 두 가지 깊은 인상이 그에게 남았다. 하나는 꽃집에서의 흙냄새 섞인 꽃향기였고 다른 하나는 라일라의 땀에 젖은 작은 손이었다. 그 둘은 그의 마음과 영혼에 새겨졌다.

이어서 한스는 간호사와 상의하여 프리츠 로트바인이라는 환자를 다음 방문자로 정했다. 선량한 요아힘은 사촌과 행동을 같이 할 수밖에 없었다. 요아힘의 거부감보다는 자비심을 베풀겠다는 한스의 충동이 더 강한 때문이었다. 그런 거부감을 말로 설명하다가는 자기에게 기독교 감정이 부족하다는 것을 드러내는 꼴이 될 수 있었기에 그는 묵묵히 눈을 내리까는 정도로 자신의 속마음을 표시할 수밖에 없었다.

이어서 소녀 라일라에게서 벌어졌던 일이 똑같이 진행되었
다. 둘은 프리츠 로트바인에게 꽃을 보냈고, 초대를 받았으며
그의 방을 방문했다.

프리츠는 스무 살밖에 되지 않았는데도 벌써 이마가 벗겨지
고 흰 머리칼이 섞여 있었다. 코부르크에서 인형 제조 공장을
하고 있는 그의 아버지는 베렌스로부터 아들의 상태를 통고받
고 이곳으로 오고 있는 중이었다. 프리츠는 영국 유학 중에 장
(腸)이 손상되었고, 베렌스는 갈비뼈 절제 수술을 처방했다. 목
숨이 걸린 위험한 수술이었다. 성공률이 희박하지만 어쨌든 시
도해보자는 것이 베렌스의 말이었다. 프리츠는 이 일에 아주
차분하게, 객관적으로 접근했다. 말하자면 이 문제를 사업적
인 관점에서 바라본 것이다. 그는 1,000프랑을 들여 결과가 확
실치도 않은 수술을 하는 것이 이득인지 지금 그대로 갈비뼈를
놔두고 조용히 죽는 것이 현명한지 결정을 내릴 수 없었다.

두 사촌은 프리츠에게 쉽게 위로의 말을 건넬 수 없었다. 다
만 모든 결정은 아버지가 오신 후 그분의 결정에 따르는 게 상
책이라고 말해줄 수밖에 없었다. 사촌들이 작별 인사를 하자
청년은 눈물을 흘리며 다음에 꼭 한번 다시 찾아와 달라고 부
탁했다. 사촌들도 기꺼이 그러겠다고 말했지만 빈 약속으로 끝

제5장

**283**

나고 말았다. 그날 밤 인형 공장 사장이 도착했고 다음 날 수술이 있었지만, 그 뒤로 면회가 금지된 때문이었다. 이틀 뒤 한스와 요아힘은 그 방 앞을 지나가다가 프리츠의 방을 누군가 대청소하는 모습을 보았다. 그리고 일주일 뒤에는 어린 라일라 게른그로스의 방을 지나가면서 역시 대청소를 하는 모습을 보게 되었다.

이후에도 한스는 요아힘과 함께, 기흉으로 숨진 침머만 부인, '둘 다'의 아직 살아 있는 둘째 아들(그녀의 첫째 아들의 방은 이미 깨끗하게 청소가 되어 있었다), 교육 기관에서 일하다 병세가 심해져 이곳에 올라온 테디 소년, 독일계 러시아인 보험 회사 직원인 마음씨 좋은 안톤 페르게, 불행한 처지에서도 멋을 부리는 폰 말린크로트 부인의 방 등을 방문했다. 마침내 사촌들은 '착한 사마리아인'이요 자비심이 넘치는 형제라는 평판을 얻게 되었다.

그러던 어느 날이었다. 이 모든 사실을 알게 된 세템브리니가 한스에게 말했다.

"오, 엔지니어 양반! 요즘 당신이 이상한 활동을 한다는 소리가 들리는군. 그래, 자선 활동가로 나서신 건가? 착한 행동으로 자신을 정당화할 길을 찾으려는 거요?"

"세템브리니 씨, 정말 별거 아닙니다. 이야깃거리도 안 됩니다. 제 사촌과 저는……."

"당신 사촌 이야기는 하지 맙시다. 주인공은 당신이니까. 당신 사촌은 선량하고 단순한 인물이어서 존경받을 만하지요. 지적(知的)인 위험에 노출되어 있지 않아서 학교 선생에게 아무런 걱정도 끼치지 않는다, 이겁니다. 위험한 건 당신이지요. 당신은, 내 방식으로 표현하자면, '인생의 걱정거리 자식'입니다. 누군가 돌보아주어야 하지요. 당신, 내가 돌보아주는 걸 허락한 적이 있는 걸로 아는데."

"물론입니다, 세템브리니 씨. 정말입니다. 정말 고마운 일입니다. '인생의 걱정거리 자식'이라! 정말 멋진 표현입니다. 그래요, 나는 얼마 전부터 '죽음의 자식들'에게 얼마간 전념하고 있습니다. 기분 전환을 위해 이곳에서 무절제한 생활을 하는 사람들이 아니라 죽어가는 사람들을 위해서 하는 일입니다."

"하지만 성서에도 쓰여 있지요. '죽은 자는 죽은 자로 하여금 묻게 하라.'"

한스는 성서의 말씀은 이렇게도 해석할 수 있고 저렇게도 해석할 수 있지 않느냐는 뜻의 표정을 지었지만 내심으로는 그에게서 뭔가 배울 것이 있다는 생각을 했으며 그로부터 교육적

영향을 받으려는 마음은 전과 다름이 없었다. 하지만 선생의 관점이 자신과 다르다고 해서 현재의 계획을 그만둘 생각은 추호도 없었다. 그에게는 가볍기만 한 이곳 분위기에서 그 일이 뭔가 중요한 일처럼 여전히 생각되었던 것이다.

한스와 요아힘은 카렌 카르슈테트라는 원외(院外) 환자도 방문했으며 특별한 관심을 쏟았다. 열아홉 살의 그녀는 이곳에 4년 전부터 머물고 있었다. 그녀는 무일푼이어서 오로지 무정한 친척들에게 전적으로 의존하고 있었다. 그녀의 친척들은 그녀가 아무래도 죽을 것이라고 생각하고 그녀를 저 아래로 데려간 적이 있었는데 원장이 개입해서 그녀를 다시 이곳으로 보내게 했다. 베르크호프 요양원에 머물 재력이 없는 그녀는 도르프의 값싼 하숙집에 기거하고 있었으며 베렌스 원장이 개인적으로 그녀를 돌보고 있었다.

가냘픈 몸매의 그녀는 열 때문에 뺨에 늘 홍조를 띠고 있었으며 그 홍조와 지나칠 정도로 잘 어울리는 두 눈의 광채를 수줍은 듯 감추려 했다. 그녀는 끊임없이 기침을 했으며 손가락 끝이 다 갈라져서 반창고를 붙이고 있었다.

원장의 간곡한 부탁도 있고 해서 둘은 그녀에게 특별한 정성을 기울였다. 원장은 그녀에게 그들이 무척 친절한 사람이라고 이미 말해 둔 터였다. 두 사람은 그녀에게 꽃을 보낸 것을 시작으로 문병을 갔고 그녀를 스케이트장으로 데려가고 봅슬레이 경기를 구경시켜주는 등 다소 이례적인 계획을 꾸미고 실행에 옮겼다. 심지어 어느 날 오후에는 플라츠의 활동사진 영화관에도 데리고 갔으며(그녀가 활동사진을 너무 좋아한 때문이었다) 영화 구경을 마친 뒤에는 요양 호텔의 카페에도 들어갔다. 그런데 세 명은 카페 입구에서 슈퇴어 부인을 우연히 만나 동석하게 되었다.

　카페에 들어가자 사촌 두 명과 카렌은 차가운 오렌지에이드를 주문했고 슈퇴어 부인은 브랜디를 시켰다. 자리에 앉자마자 슈퇴어 부인은 교양 없는 말투로 수다를 떨기 시작했다. 그러면서 세 사람의 관계를 알아내려는 듯 눈을 가늘게 뜨고 넌지시 암시도 하고 빈정거리기도 했다. 그녀는 이토록 멋진 기사들이 수행하며 시중을 들고 있으니 카렌은 정말 기분이 좋을 것이라고 분명히 말했다. 그녀는 무식하긴 했지만, 여자 특유의 직감으로 어느 정도 진상을 파악하고 있었다. 즉, 두 명의 사내 중 요아힘은 그저 들러리일 뿐이고 진짜 주인공은 한스라는 사실을 파악하고는 빈정거린 것이다. 한스가 쇼샤 부인에게 마음을 두고 있는 것을 알고 있는 그녀는 노골적으로 그녀에게 접

제5장

근하기가 어려우니까 불쌍한 카렌을 대타(代打)로 이용하고 있다고까지 말했다. 너무나 비윤리적이고 천박한 직관이었다. 하지만 한스는 그냥 피곤하다는 듯 가벼운 웃음과 경멸의 눈길을 보냈을 뿐이었다.

어쨌든 어떤 의미에서는 불쌍한 카렌도 그가 만났던 다른 모든 자선 행위의 대상들과 마찬가지로 일종의 대역이었고 보조 수단이었다. 하지만 동시에 그들 자체가 목적이기도 했다. 그의 자선 행위에 상대방이 기쁜 반응을 보였을 때 그가 마음속으로 느낀 만족감은 아마 대리적이고 상대적인 것인지도 모른다. 하지만 그것은 동시에 그만큼 순수하고 즉각적이기도 했다. 그리고 그 만족감은 세템브리니가 교육자로서 보여주는 것과는 정면으로 배치되는 전통에 뿌리를 두고 있는 것이었다. 하지만 아직 젊은 한스에게는 그것이 '실험 채택'해볼 만한 것처럼 보였다.

카렌 카르슈테트가 살고 있는 조그만 집은 도르프로 내려가는 길가에 있어서 사촌들이 아침 식사 후 규정된 산책을 할 때 마음만 먹으면 언제고 그녀를 데려갈 수 있었다. 주 산책로로 나가기 위해 도르프 쪽으로 걸어가다 보면 눈앞에 소(小)시아호른산이 보이고 멀리 오른쪽으로는 '녹색 탑'이라는 이름의 뾰족한 봉우리 세 개가 눈에 들어온다. 세 봉우리는 햇살을 받아 반짝이는 눈에 덮여 있었고 훨씬 더 오른쪽으로는 도르프베르크의 둥근 봉우리가 보였다. 그리고 그 비탈 4분의 1 정도 높이에 도르프의 공동묘지가 있었다. 호수가 내려다보이고 전망이 좋아서 산책의 주 목적지로 삼을 만한 곳이었다.

세 사람은 어느 화창한 날 아침에 그곳에 올라가보았다. 해가 바뀐 새해의 2월 초와 중순 사이였다. 그렇다. 한스가 이곳에 온 지 해가 바뀌어 새해가 되어 있었던 것이다. 먼저 그곳으로 산책을 가자고 한 것은 한스 카스토르프였다. 요아힘은 분명히 처음에는 주저했을 것이다. 불쌍한 카렌을 생각해서였다. 하지만 이곳 요양원 사람들처럼, 무엇보다 비겁한 슈퇴어 부인처럼, 죽음을 연상케 하는 것은 아예 눈에 띄지 않게 하려고 전전긍긍하는 것은 아무 소용이 없다는 한스의 말에 동의하고 카렌과 함께 그곳으로 가기로 했다. 게다가 카렌은 말기 환자가 흔히 보이는 자기기만에 빠져 있지 않았다. 그녀는 자신의 상태가 어떠한지, 손가락 끝이 썩어가는 것이 무엇을 의미하는지 잘 알고 있었다. 더구나 냉정한 고향의 친척들이 자기의 유해를 고향으로 옮겨 가는 사치를 그녀에게 베풀어주지 않으리라는 것, 따라서 자신은 저 공동묘지 한구석의 조촐한 한 자리를 차지하게 되리라는 것을 잘 알고 있었다. 한마디로 그곳으로 산책을 가는 것이 스케이트장이나 봅슬레이 경기장, 혹은 영화관에 가보는 것보다 도덕적으로 더 적합하다고 할 수 있었다. 또한 그곳에 누워 있는 사람들을 동료로서 한번 찾아가보는 것은 당연한 예의이기도 했다.

눈 사이로 난 오솔길은 겨우 한 사람만 다닐 수 있을 정도로 폭이 좁았기에 그들은 일렬로 서서 천천히 산 위로 올라갔다. 묘지에 도착한 세 사람은 잠깐 경치를 바라본 후 쇠창살 문을 열고 묘지 안으로 들어갔다.

묘지 안에도 무덤들 사이로 길이 나 있었다. 사람들 그림자는 전혀 없었고 아무 소리도 들리지 않았다. 너무 한적한 곳이었고 결코 깨질 것 같지 않은 깊은 정적이 흐르고 있었다. 손가락을 입술에 대고 있는 작은 천사, 혹은 큐피드로 보이는 석상이 눈을 모자처럼 뒤집어쓴 채 관목들 사이 한구석에 서 있었다. 마치 그 장소의 수호신, 단호한 침묵의 수호신으로서 침묵을 부정하는 정도가 아니라 아예 거부하는 것만 같았다. 한스와 요아힘이 모자를 쓰고 있었더라면 아마 부지불식간에 모자를 벗었을 것이다. 하지만 그들은 모자를 쓰고 있지 않았기에 경건한 자세로 마치 좌우로 목례를 하는 것 같은 동작을 하며 천천히 카렌의 뒤를 따랐다.

묘지는 만원이었다. 세 사람은 묘지 사이를 걸어가며 가끔 걸음을 멈추고 비석에 새겨진 이름, 출생 일자와 사망 일자를 들여다보았다. 묘비에는 세계 각국의 사람들 이름이 적혀 있었다. 영국인, 러시아인이 있었고 독일인이 있었으며 포르투갈인을 비롯해 세계 각지의 이름들이 있었다. 매장된 날짜들은 얼마 되지 않은 게 대부분이었으며 생존 기간은 대체로 짧아서 대개 20세 미만이었다. 아직 삶에 정착하지 않은 사람들, 지구 곳곳에서 온 젊은 사람들이 이곳에 함께 모여 영원한 수평 생활에 들어가 있는 것이었다.

공동묘지 안쪽 깊숙한 곳에, 한 사람 키 정도 길이의 평평하게 고른 땅이 하나 남아 있었다. 그 주변에는 화환이 걸린 묘 두 개가 있었다. 세 명의 방문객은 무의식적으로 그 앞에 멈춰 섰다. 카렌이 비석에 새겨진 숫자를 읽기 위해 한 발 앞으로 내디뎠다. 한스는 두 손을 앞으로 맞잡은 채 눈을 감고 입을 벌린 모습으로 편하게 서 있었으며 요아힘은 마치 정신을 똑바로 차리듯, 뒤로 젖혀질 정도로 꼿꼿하게 허리를 세우고 서 있었다.

둘 다 카렌의 얼굴을 슬쩍 훔쳐보았다. 그녀는 그들의 눈길을 의식한 채, 고개를 어깨 위로 굽히고 겸손하고 부끄러운 모습으로 그곳에 서 있었다. 그녀의 두 눈이 깜빡거렸으며 부자연스런 미소가 얼굴에 떠올라 있었다.


## 발푸르기스의 밤

이제 며칠만 있으면 한스가 이곳 위에 온 지도 7개월이 된다. 요아힘은 그전에 이미 이곳에서 5개월을 지냈으니 12개월, 말하자면 1년 한 바퀴 전체를 되돌아보게 된 것이다. 작지만 힘센 기차가 그를 이곳으로 데려온 이래 지구가 태양 한 바퀴를 돌아 제자리로 돌아갔으니 우주적인 의미에서의 한 바퀴인 셈이다.

카니발, 즉 사육제(謝肉祭) 기간이 코앞으로 다가와 있었다. 한스는 이곳 요양원 사람들이 사육제를 어떻게 지내는지 궁금했다.

"굉장하지요." 아침 산책길에 사촌들과 마주친 세템브리니가 대답해주었다. 특유의 빈정거리는 말투였다. "화려해요. 빈의 프라터 유원지처럼 활기가 넘치지. 엔지니어 양반, 아주 즐거운 '밤의 난봉꾼'들을 볼 수 있게 될 겁니다. 정신 병원에서도 무도회를 연다고 하던데, 여기선들 열지 못할 이유가 없지요. 게다가 각양각색의 죽음의 무도가 포함되어 있어요. 유감스럽게도 작년 축제에 참가했던 사람들의 일부가 참가할 수 없다는 게 아쉬울 뿐입니다. 축제가 9시 반이면 끝나니까요."

"그러니까……, 아하, 거 참 근사한 표현입니다!" 한스가 웃으며 말했다. "당신, 정말 대단해요. '9시 반이면 끝난다?' 이봐, 요아힘, 너 무슨 뜻인지 알겠어? 그러니까 일부 사람이란 살(肉)과 영원히 작별한 사람이란 뜻이로군. 죽은 사람은 12시가 넘어야 올 수 있는 법이니까. 어쨌든 기대가 됩니다."

세템브리니의 말 그대로였다. 어느새 참회의 화요일이 되었고 아침 식사 때부터 장난감 나팔 소리가 요란하게 울리기 시작했으며 점심 식사 때는 이곳저곳 식탁에서 종이테이프가 날아다녔고 저녁 식사 후에는 홀과 휴게실에서 축제의 밤 모임이 펼쳐졌다. 그리고 그 축제의 밤이 한스 카스토르프의 모험적인 정신 덕분에 어떻게 끝이 났는지 우리는 이미 알고 있다. 우리는 서둘러 그 결말에 대해 이야기를 하고 싶지만, 온통 들떠 있던 그날의 '시간'에 합당한 대우를 해주기 위해 너무 서두르지 말기로 하자. 그 '시간'은 그냥 흘러간 무(無)의 시간, 텅 빈 시간이 아니기 때문이다. 게다가 청년 카스토르프가 그동안 윤리감에서 비롯한 수줍음 때문에 '루비콘강'을 건너는 것을 억제해

왔음을 잘 알고 있는 우리로서는 그 이야기를 조금만 뒤로 미루고 싶다.

그날 오후가 되자 베르크호프의 거의 모든 사람들이 사육제 날의 거리 모습을 구경하기 위해 마치 성지 순례하듯 플라츠를 향해 걸어갔다. 그리고 그들은 거리에서 맞이한 축제 분위기에 그대로 젖은 채 저녁 식탁에 모여 앉았다. 그들은 모두 요란한 가장(假裝) 차림으로 식탁에 나타났으며 식당에는 웃음소리, 팔랑거리는 색종이로 가득 찼고 모두 샴페인을 부르고뉴산 포도주와 섞어 마셨다. 이윽고 식사가 끝나자 천장의 불이 꺼지고 초롱불만이 희미한 빛으로 식당 안을 밝히자 축제 분위기는 그야말로 절정에 달했다.

그 틈에 한스는 사육제 차림의 새 옷을 입고 있는 쇼샤 부인을 바라보았다. 그가 이제까지 보지 못했던 새 옷이었다. 그녀는 검으면서도 약간 밤색으로 희미하게 빛나는 실크 옷을 입고 있었는데 목 부분이 소녀의 옷처럼 둥글게 파여 있었고 팔은 어깨 근처까지 드러나 있었다. 그렇게 드러난 팔은 가냘프면서도 동시에 통통해 보였으며 차가운 느낌을 주었고, 검은 비단옷과 대비되어 놀라울 정도로 하얗게 보였다. 그 팔에 황홀해진 한스는 자신도 모르게 눈을 감고 "오, 맙소사!"라고 중얼거리듯 탄성을 발하지 않을 수 없었다. 그는 이제껏 그런 옷차림은 본 적이 없었다. 무도회에서 목과 어깨를 더 과감하게 드러난 의상을 본 적이 있었지만, 그것은 무도회 분위기와 규정에 맞는 노출이라서 조금도 선정적인 느낌을 주지 않았다.

한스는 얇은 망사에 가려진 그녀의 팔을 처음 보면서 자신이 펼쳤던 이론을 상기해보았다. 그는 그 팔을 그토록 유혹적이게 만든 것은 바로 그 망사, 그의 표현에 의하면 망사에 의한 '환상'이라고 생각했었다. 그 무슨 어리석은 생각이었단 말인가! 이 절대적인 팔, 돋보이는 팔, 눈이 부실 정도로 훤히 드러난 팔, 병든 유기체의 이 멋진 팔은 이전의 팔에 비해 훨씬 더 그를 취하게 만들었으니, 우리의 젊은이는 고개를 숙이고 다시 한번 "오, 맙소사!"라고 소리 없는 탄성을 발할 수밖에 없었다.

이윽고 식사가 끝나고 술을 마시기 시작하자 일부는 벌써 휴게실로 몰려갔고 일부는 다른 식탁으로 자리를 옮겨 이야기를 나누었다. 그 와중에 세템브리니가 커피잔을 손에 들고 한스의 식탁으로 와서 한스와 여교사 사이에 앉았다.

"어때요, 엔지니어 양반. 내 말이 사실이지요? 난장판 아닌가요? 하지만 기다려요. 재미있는 일이 이 정도로 끝나는 게 아니니까. 최고조에 달하려면 아직 멀었습니다."

그의 말이 끝나기 무섭게 실제로 가면을 쓴 사람들이 줄줄이 나타났다. 여자들이 우스꽝스럽게 배불뚝이 남자 모습의 복장을 하고 나타났으며 여장을 한 남자들도 있었다. 그런가 하면 거지 차림을 한 사람이 목발을 짚고 나타났으며 광대 분장을 한 사람도 있었고 스페인 대공 복장을 한 사람, 청소부 복장을 한 사람도 있었다. 청소부 복장을 하고 물통과 빗자루를 들고 나타난 사람은 바로 슈퇴어 부인이었다. 그리고 그들 뒤를 따라 다시 식당으로 건너온 사람들 가운데 쇼샤 부인도 끼어 있었다. 그녀는 하얀 종이로 접은 사육제 모자를 쓰고 있었다. 비스듬하게 모자를 쓰고 있는 모습이 썩 잘 어울렸다. 그 모습을 넋 나간 듯 보고 있는 한스의 귀에 세템브리니의 목소리가 들렸다.

"저 여자를 잘 봐요."

한스의 귀에 그의 목소리는 마치 멀리서 울리는 것 같았다. 한스는 유리문을 통해 밖으로 나가는 그녀의 모습을 눈으로 좇고 있었던 것이다. 그에게 다시 세템브리니의 목소리가 들렸다.

"저 금발의 여자를! 저 여자는 릴리트입니다."

"누구라고요?" 한스 카스토르프가 물었다.

"아담의 첫 부인이요."

"아담의 첫 부인이라고요? 어떤 여자인데요? 아담이 두 번 결혼했단 말입니까? 그건 몰랐는데요."

"유대 전설에 의하면 나중에 밤의 유혹의 요정이 됩니다. 그녀의 아름다운 머리칼 때문에 특히 젊은 남자들에게 위험합니다."

"아니, 뭐요? 아름다운 머리칼을 지닌 요괴라고요? '댁'은 그런 건 두고 보지 못하겠다는 말인가요? 그러니까 댁이 전깃불을 켜고 젊은이를 바른길로 인도하겠다 이거로군요."

한스 카스토르프가 묘한 말투로 말했다. 그는 이미 샴페인과 포도주 섞인 술을 꽤 마신 터였다.

"이봐요, 엔지니어 양반! '댁'이라는 표현은 삼가주시지. 교양 있는 사람들이 쓰는 '당신'이라는 말을 써주시지. 당신에게는 어울리지 않으니까."

"왜요? 오늘은 사육제 아닌가요? 오늘 밤은 무슨 호칭이든 상관없지 않나요?"

"그건 방종이요. 당연히 '당신'이라고 불러야 할 타인을 '댁'이라고 부르는 것은 야만적 행위예요. 그건 문명이나 진보에 역행하는 짓이에요. 난 결코 당신을 '댁'이라고 부르지 않아요. 만일 그런 적이 있었더라도 그건 당신 나라 국민 문학에 나오는 부분을 인용했을 뿐이에요."

제5장

**297**

"나도 그렇습니다. 나도 지금 어느 정도 시적인 표현을 하고 있는 겁니다. 지금은 그러는 것이 적절하다고 생각했기 때문이에요. 그냥 자연스럽게 당신을 '댁'이라고 부르는 게 아니에요. 오히려 아주 힘들게 노력한 것이고 결심을 한 거예요. 하지만 나는 그 결심을 아주 자유롭게 즐거운 마음으로, 그리고 진심으로……."

"잠깐, 진심으로라고요?"

"맞아요. 진심입니다. 우리는 이제 이곳에서 꽤 오래 함께 지냈습니다. 댁도 계산해보세요. 그리고 거의 매일 얼굴을 맞대고 재미있는 대화를 나눕니다. 저 아래 있었다면 전혀 이해할 수 없는 주제를 놓고 말입니다. 물론 휴머니스트인 댁이 해주는 이야기를 나는 주로 듣기만 했지요. 인류의 진보에 관한 이야기는 댁이 아니었다면 내가 어떻게 듣고 알 수 있었겠어요? 나는 댁을 그저 댁이라고 부르는 것 외에는 달리 호칭을 찾을 수 없습니다. 댁이 여기 앉아 있고 나는 그냥 댁이라고 부릅니다. 댁은 '당신' 한 개인이 아닙니다. 댁은 나의 편을 드는 대표자입니다." 횡설수설하면서 한스는 마치 확신하듯 탁자를 내리쳤다. 그가 말을 이었다.

"그래서 나는 댁에게 감사하고 있습니다." 그는 자신의 술잔을 셈템브리니의 커피잔 쪽으로 내밀었다. 마치 둘이 건배를 하는 것 같았다. "댁은 지난 7개월 동안 내게 무척 친절했습니다. 그리고 무료로 나를 교정시키려고 애를 썼습니다. 그 점에 감사드립니다. 또한 내가 나쁜 제자이고 댁 말대로 '인생의 걱정거리 자식'이었다면 사과드립니다. 댁이 '걱정거리 자식'이라는 말을 했을 때 얼마나 감동했는지 모릅니다. 지금도 그 말을 떠올리면 가슴이 뜁니다. 댁의 교육자적 기질로 볼 때 나는 분명 '걱정거리 자식'이었을 겁니다. 그러니까 나를 용서해주시고 너무 나쁘게 생각하지 말아주십시오. 댁의 건강을 위하여 건배! 셈템브리니 씨! 인류의 고통을 없애려는 댁의 문학적인 노력을 위하여 건배!"

한스는 술을 두세 모금 들이켜더니 자리에서 일어났다.

"자, 그럼 다들 모여 있는 곳으로 가보지요."

이미 식당 안에는 아무도 없었다. 한스가 자리에서 일어나자 셈템브리니도 자리에서 일어나며 말했다. 그는 놀란 눈을 하고 있었다.

"아니, 엔지니어 양반! 뭐 기분 나쁜 거라도 있소? 마치 작별 인사처럼 들리는군."

"작별이라고요? 아니, 왜?"

한스는 얼버무렸다. 그는 말뿐 아니라 몸으로도 그를 피했다. 그는 두 사람을 데리러 온 여교사 엥엘하르트 양 쪽으로 몸을 돌리고 말을 건넨 것이다. 그녀는 원장이 경영주 측에서 제공한 사육제 펀치 술을 피아노실에서 직접 따라주고 있으니 어서 가보자고 했다. 그들은 함께 식탁을 떠나 피아노실로 갔다.

엥엘하르트 양의 말대로 그 방에서는 베렌스 원장이 사람들에게 둘러싸인 채 중앙에 놓인 둥근 탁자 앞에 서서 큰 양푼에 담긴 김이 모락모락 나는 음료를 국자로 떠서 사람들에게 나누어주고 있었다. 원장은 연중무휴인 직업상 오늘도 의사 가운을 입고 있었지만 터키식 빨간 모자를 써서 사육제 분위기를 내고 있었다. 그 옆에 크로코브스키 박사의 모습도 보였는데 소매에 팔을 끼지 않은 채 걸치고 있는 외투 차림만으로도 가장행렬 복장의 효과를 내고 있었다. 그는 잔을 높이 들고 일군의 가면을 쓴 사람들과 한담을 나누고 있었다.

잠시 후 음악이 시작되었고 만하임 출신 피아니스트의 반주에 맞춰 여자 환자 한 명이 바이올린을 들고 헨델의 〈라르고〉를 연주했고 이어서 살롱 분위기에 적합한 그리그의 소나타를 연주했다. 연주가 끝나자 사람들이 박수를 쳤다.

한편 펀치 술 양푼이 놓인 탁자 위에서는 원장이 제안한 새로운 놀이가 시작되고 있었다. 원장은 눈을 감은 채 명함 뒤에다 뭔가 그림을 그리고 있었다. 돼지 그림이었다. 눈의 도움을 전혀 받지 않고 원장이 그린 돼지의 옆모습 그림은 비록 사실적이라고 할 수는 없었지만 두 눈도 제자리에 붙어 있었고 귀, 짧은 다리, 돌돌 말린 꼬리 역시 제대로 그려져 있었다. 그림이 완성되자 "와!" 하는 함성이 일었고 마치 대가와 겨뤄보겠다는 듯 너도나도 한번 시도해보겠다고 나섰다.

하지만 눈을 뜨고도 제대로 그리기 힘든 돼지를 눈을 감고 제대로 그릴 수 있는 사람은 아무도 없었다. 모두 실패작이었고 돼지의 모습과는 관계없는 그림들뿐이었다. 그림이 완성될 때마다 사람들은 배꼽을 잡고 웃었고 다른 곳에서 한담을 나누고 있던 사람들도 무슨 재미있는 일이라도 있는가하고 모두 이리로 건너왔다.

한스 카스토르프도 사촌의 어깨너머로 그림 그리는 사람을 넘겨보다가 자신도 한번 그려보고 싶다는 생각이 들었다. 그는 연필을 달라고 큰 소리로 외쳐서 연필 한 자루를 받았다. 하지만 이미 완전히 몽당연필이 되어버려 엄지와 검지로 겨우 잡을 수 있는 정도였다. 그는 그림을 그리려다 "제길! 이걸로는 안

제5장

**301**

되겠네!"라고 큰 소리로 외치고는 연필을 던져버렸다.

"누구 제대로 된 연필 가진 분 없으세요? 제대로 그려볼 테니 연필 좀 빌려줘요!"

그러나 연필을 빌려주는 사람은 아무도 없었다. 그는 몸을 돌리고 방 안쪽으로 걸어가더니 곧장 클라브디아 쇼샤에게 다가갔다. 그는 그녀가 작은 살롱으로 들어가는 문 입구에 서 있는 것을 알고 있었다. 그녀는 미소를 띤 채 펀치 술 양푼이 놓인 탁자에서 벌어지고 있는 소동을 지켜보고 있었다.

그녀를 향해 다가가는 한스의 등 뒤에서 듣기 좋은 이탈리어로 외치는 소리가 들렸다.

"어이, 엔지니어 양반! 기다려요! 무슨 짓을 하는 거요? 엔지니어 양반! 이성을 찾아요! 정말 정신이 나간 거요?"

하지만 한스는 그 목소리를 "연필! 연필!"이라고 외치는 자신의 목소리로 압도해버렸다. 그러자 세템브리니는 "아아!" 하는 탄식과 함께 사육제 현장에서 모습을 감춰버렸다.

한스 카스토르프는 마치 옛날 저 교정에서처럼 광대뼈 위의 눈, 청색과 회색, 녹색이 섞여 있는 듯한 그 눈, 전문 용어로 '몽고주름'이 있는 눈을 바로 옆에서 가까이 바라보며 물었다.

"댁에게 혹시 연필 있습니까?"

그의 얼굴은 마치 사자(死者)처럼 창백했다. 언젠가 무리한 산책에서 돌아왔을 때와 흡사했다.

종이 모자를 쓴 그녀는 미소를 띠며 그를 아래위로 훑어보았지만, 그의 표정에 나타나 있는 참담한 모습에 대해서는 눈곱만큼의 동정심이나 관심도 보이지 않았다. 여성이란 그런 정념이 야기한 고통이나 참담함 앞에서 연민이나 자비를 보일 줄 모르는 법이다. 여성은 남성에 비해 그런 정념에 훨씬 친숙한 편이기 때문이다. 그래서 연민과 자비보다는 조롱과 조소를 보내기 쉬운 법이다.

"저 말씀이세요?" 팔을 드러낸 그 환자는 그가 '댁'이라고 부른 데 대해 대답했다. "네, 아마 있을 거예요."

어쨌든 그녀의 미소와 목소리에는 약간의 흥분이 담겨 있었다. 오랫동안 비밀스런 교제를 해오다가 마침내 처음 말을 걸어왔을 때 나타날 수 있는 흥분이었으며 바로 그 한순간에 모든 과거가 집약되어 있다는 것을 자각하고 오는 흥분이었다.

그녀가 이어서 말했다.

"댁은 정말 집요해요. 댁은 야심가예요."

그녀는 놀리는 투로 말하더니 핸드백을 뒤져 작은 연필을 꺼내 들었다. 가늘고 부러지기 쉬워서 실용품이라기보다는 장식용 같았다.

"여기 있어요."

그녀는 불어로 말한 뒤 연필을 가볍게 흔들며 그의 눈앞에 들이밀었다. 한스는 납빛이 된 안색으로 연필과 타타르인 같은 여인의 얼굴을 번갈아 바라보았다. 핏기가 가신 입술을 벌린 채 그가 더듬더듬 말했다.

"그래요, 가지고 계실 줄 알았어요."

"조심하세요. 부러지기 쉬우니까요." 그녀는 불어로 말했다. "나사를 돌리면 심이 나올 거예요. 자, 어서 가서 그리세요."

그러자 어디서 용기가 생겼는지 그가 말했다.

"하지만 댁도 아직 그리지 않았잖아요. 댁도 가서 그려야 해요."

그 말을 하면서 그는 한 발짝 뒤로 물러섰는데 마치 그녀를 잡아끄는 것 같았다.

"내가요?"

그녀는 놀란 표정을 지었다. 하지만 표정과는 달리 그녀도 그를 따라 원탁 쪽으로 몇 발자국 걸음을 옮겼다.

눈 가리고 그림 그리기 놀이는 이미 끝난 뒤였고 사람들이 원탁을 한구석으로 치우고 있었다. 한스는 빈 의자가 놓여 있는 커튼 오른쪽 한구석을 쇼샤 부인에게 턱으로 가리켰다. 방

안에는 피아노 소리가 요란했다.

둘은 구석 의자에 마주 앉았다. 사람들은 춤을 추기에 바빠서 둘에게 주목하지 않았다.

"새 옷을 입으셨군요." 한스는 그녀를 바라볼 구실을 찾기 위해 말했다.

"새 거라고요? 그럼 내가 전에 어떤 옷을 입었는지 알고 있군요."

"제가 잘못 봤나요?"

"맞아요. 얼마 전에 이곳 양장점에서 맞춘 옷이에요. 그런데 늘 함께 다니던 분이 안 보이네요. 벌써 방으로 돌아갔나요?"

"네, 나도 알고 있어요. 아마 누워 있을 겁니다."

"그 사람은 매우 엄격하고 점잖으며 독일적인 사람이에요." 그녀가 불어로 말했다.

"옹졸하다는 말씀이로군요. 독일 사람은 다 옹졸하다고 보시나요?"

"지금 독일 사람이 아니라 당신 사촌 이야기를 하고 있잖아요. 어쨌든 독일 사람들은 소시민적이지요. 자유보다는 질서를 더 원하잖아요. 온 유럽이 다 아는 사실이에요."

한스는 할 말을 찾지 못하고 사람들의 춤추는 모습을 바라보왔다. 그리고 쇼샤 부인에게 말했다.

"우리 여기 앉아 꿈속에서처럼 춤추는 걸 구경이나 하지요. 이런 시간에 이렇게 둘이 앉아 있다니 정말 꿈만 같습니다." 이어서 그는 불어로 읊조리듯 말을 이었다. "정말로 깊은 꿈이지요. 이런 꿈을 꾸려면 깊이 잠들어야만 하니까요. 이건 잘 알려진 꿈이고 언제고 꾸는 꿈이고 오래된 꿈이며 영원한 꿈이지요. 그래요, 지금 그대 곁에 앉아 있는 것, 이것이 바로 영원입니다."

"어머, 시인이시네요!" 그녀가 말했다. "부르주아에 휴머니스트에 시인! 정말 이상적인 독일인이네요."

"우리 독일인이 그렇게 바람직한 사람인지 모르겠네요. 어디로 보건 그렇지 않아요. 우리는 그저 '인생의 걱정거리 자식'일 뿐이지요."

"재미있는 말이네요. 이런 꿈이라면 좀 더 일찍 꿀 수 있지 않았을까요? 이 보잘것없는 하녀에게 말을 걸겠다는 결심을 너무 늦게 했어요."

"말이 무슨 필요가 있을까요? 그건 가련한 거예요. 영원 속에서는 결코 말을 하지 않아요. 영원 속에서는 새끼 돼지를 그릴 때처럼 하는 거예요. 즉, 머리를 뒤로 젖힌 채 두 눈을 감고 하늘을 쳐다보는 겁니다."

"아주 멋있네요. 댁은 영원에 조예가 깊은 것 같아요. 댁이 귀여운 몽상가이고 호기심이 많은 사람이라는 것을 인정해야 겠어요."

둘은 여전히 불어로 대화를 나누고 있었다. 한스가 그녀의 말을 받았다.

"만일 내가 댁에게 일찍 말을 걸었다면 '당신'이라고 존댓말을 해야 했을 겁니다."

"그럼 이제부터 나를 영원히 '댁'이나 '너'라고 부를 건가요?"

"물론이지. 나는 내내 그대에게 반말을 하고 있었고 앞으로도 영원히 그럴 거야."

한스는 완전히 호칭을 낮추었다.

"그건 좀 심한데요. 어쨌든 나를 '너'나 '댁'이라고 부를 날도 얼마 남지 않았어요. 나는 떠날 거니까요."

한스는 한참이 지나서야 그 말뜻을 이해할 수 있었다. 그는 마치 막 꿈에서 깨어난 것처럼 어리둥절한 표정으로 주위를 둘러보더니 자리에서 벌떡 일어났다. 무도회는 파장 분위기였다.

"뭐라고 했지?" 한스는 아연실색해서 물었다.

"난 이곳을 떠날 거예요."

"그럴 리가! 농담이겠지."

"아니, 진담이에요?"

"언제 떠나는데?"

"내일. 저녁 식사 후에."

"어디로?"

"아주 멀리."

"다게스탄으로?"

"많이 알고 있네요. 아마 당분간은……."

"그렇다면 쾌유가 됐다는 건가?"

"아직은……, 그런 건 아니고요. 하지만 베렌스 원장 말로는 여기 더 있어도 당분간은 나아질 게 없대요. 그래서 장소를 좀 바꿔볼까 하는 거예요."

"그렇다면 다시 돌아오겠군."

"그게 문제예요. 혹은 언제 올 것이냐가 문제지요. 있잖아요, 나 같은 사람은 무엇보다 자유를 사랑해요. 특히 지낼 곳을 택할 자유 말이에요. 댁 같은 사람은 절대 이해 못할 거예요. 자유에 사로잡혀 있는 상태를 말이에요. 아마 민족적인 기질 같은 거겠지요."

"그렇다면 다게스탄에 있는 그대 남편은? 그대 남편은 그대의 자유를 허락했나?"

"내게 자유를 주는 건 남편이 아니라 병이에요. 여기도 벌써 세 번째예요. 이번에는 1년쯤 여기 있었지요. 어쩌면 다시 돌아올지 모르지만 그때면 그대는 떠난 뒤겠지요?"

"그렇게 생각해요, 클라브디아?"

"어머, 내 이름까지 알고 있네."

"용서해요, 클라브디아. 이번에는 더듬거리지 않고 똑바로 물어보겠어."

한스는 잠시 망설이더니 물었다.

"댁도 엑스레이 사진을 찍었지? 혹시 그걸 갖고 다녀요?"

"아니, 방에 뒀어요. 그게 뭐 별건가요?"

"난 댁의 외면의 초상화는 봤지. 그래서 내면의 초상화를 봤으면 했는데……. 한 가지 더 물어볼게. 시내에 산다는 러시아 신사가 가끔 댁의 방으로 찾아온다는데 그 사람 누구지? 무슨 목적으로 찾아오는 거지?"

"댁은 정말 굉장한 염탐꾼이네요. 좋아요, 다 말할게요. 같이 병을 앓고 있는, 같은 나라 친구예요. 2~3년 전에 다른 요양소에서 알게 된 사람이에요. 무슨 관계냐고요? 함께 차를 마시고 담배를 피우며 수다를 떠는 사이예요. 그뿐 다른 건 없어요. 이제 됐나요?"

"도덕에 대해서도 묻고 싶어. 댁들은 도덕이 어떤 거라고 생각해?"

"도덕? 거기 관심이 있어요? 우리는 이렇게 생각해요. 도덕은 미덕, 즉 이성, 규율, 미풍양속, 명예에서 찾을 것이 아니라 그 반대의 것, 즉 죄악에서 찾아야 한다고 생각해요. 우리에게 해롭고 우리를 파멸시키는 해로운 것에 몸을 던져 찾아야 한다는 말이에요. 우리는 자신의 안전을 지키는 것보다는 자신을 망치고 심지어 자신을 파멸시키는 데 도덕이 있다고 생각해요. 위대한 도덕가는 미덕을 갖춘 사람이 아니라 악 속에서 모험을 겪는 사람, 사악한 사람, 큰 죄를 지은 사람이에요. 그들이 우리를 비참 앞에서 기독교적으로 몸을 굽히는 법을 가르쳐주지요. 이런 생각은 전혀 댁의 마음에 들지 않겠지요?"

그는 말이 없었다. 그들이 이야기를 나누는 사이 그곳에 있던 사람들은 모두 제 방으로 돌아가고 그곳에는 둘밖에 없었다. 잠시 침묵하던 한스가 다시 입을 열었다.

"클라브디아, 나는 그대를 결코 '당신'이라고 부르지 않겠어. 목숨을 걸고서라도 말이야. 그럴 수 있어야만 해. '당신'이라는 형식 같은 건 너무 옹졸해 보여. 속물근성 그 자체야. '네가' 내린 결론 때문에 내가 놀라리라고 생각해? 내가 바보인 줄 알아? 어디, 대답해 봐. 나를 도대체 어떻게 생각하고 있지?"

"뭐, 별로 어려운 질문도 아니네요. 예의 바른 도련님이지요. 양갓집 자제에, 얌전하고, 선생님 말씀 잘 듣는 학생. 머지않아 평지로 내려가면 이렇게 꿈속에서 나눈 대화는 까맣게 잊고 조선소에서 열심히 일할 사람, 그리고 조국에 도움이 될 사람. 자, 이게 사진기 힘을 빌리지 않고 찍은 댁의 내면 사진이에요. 어때요? 참 잘 나왔지요?"

"그렇다면 내 몸의 열, 이건 뭐 때문에 나는 거지?"

"그거야 있다가 곧 사라지겠지요."

"아니야, 클리브디아. 너는 그 말이 사실이 아닌 걸 알면서 그렇게 말하고 있어. 이건 다름 아닌 너에 대한 사랑 때문에 생긴 거야. 너를 본 순간 나를 사로잡아버린 사랑 때문에 생긴 거야. 너를 알아본 순간 되살아난 사랑 때문에 생긴 거야."

"무슨 터무니없는 망상을!"

"그래, 사랑이 망상이 아니라면, 무모한 짓이거나 금단의 열매가 아니라면, 죄악 속의 모험이 아니라면 도대체 무엇일까? 그저 평화로운 들판에서 한가롭게 소일하는 것? 내가 너에게서 사랑을 느낀 건 내가 너를 예전부터 알고 있던 때문이야. 나는 너를, 묘하게 기울어진 너의 눈을, 네 입술을, 네 목소리를 훨씬 이전부터 알고 있던 때문이야. 오래전 학생이었을 때도 나는 네게 연필을 빌렸었어. 내 몸 안에 남아 있는 병의 흔적, 그것은 오래전에 너를 사랑했던 흔적이야. 너를 향한 나의 사랑이 남긴 흔적이야."

그의 이빨이 마주치며 딱딱 소리를 내고 있었다. 그는 헛소리와도 같은 말들을 내뱉으며 한쪽 무릎을 꿇었다. 그리고 머리를 숙이고 온몸을 떨면서 더듬거리며 불어로 말했다.

"너를 사랑해. 내내 너를 사랑해 왔어. 너는 내 인생의 '너'이고 내 꿈이고 내 운명이고, 내 갈망이며 영원한 욕망이야."

"일어나요. 댁의 선생이 이 모습을 보면……."

그러나 한스는 고개를 저으며 대답했다.

"그런 건 아무래도 좋아. 카두치 같은 공화주의건, 시간의 흐름에 따른 진보건 모두 하찮은 거야. 내가 너를 사랑하기 때문에……."

그녀는 그의 짧게 깎은 뒷머리를 어루만지며 말했다.

"소시민님. 자그마한 얼룩을 지니고 있는 귀여운 소시민님. 댁이 정말 나를 사랑하나요?"

그녀의 손길이 닿자 감격에 겨운 그는 두 무릎을 꿇고 계속 말을 이었다.

"오, 사랑이란! 육체, 사랑, 죽음, 이건 한 몸이야. 육체는 병과 쾌락이며 육체야말로 죽음을 초래하기 때문이야. 그래, 사랑과 죽음, 이 둘은 모두 육체적인 거야. 거기에 이 둘의 무서움과 위대한 마술이 있는 거야. 죽음은 평판도 좋지 않고 무분별하고 얼굴을 수치심에 붉게 물들게 하지만 다른 한편으로는 장엄하고 존엄한 권능이기도 해. 돈을 벌고 배를 채우며 희희낙락하는 삶보다는 훨씬 드높은 것이고 시간에 대해 잡담이나 늘어놓은 진보보다 훨씬 존경할 만한 거야. 죽음이란 역사이고, 고결하고 경건한 것이며, 영원하고 신성한 것이라서 그 앞에서 모자를 벗고 발끝으로 조심조심 걷게 만들기 때문이야.

그리고 육체도, 육체에 대한 사랑도 마찬가지야. 음란하며 난처하고 불쾌해. 육체는 자신을 두려워하고 부끄러워하기에 그 표면을 붉히기도 하고 창백하게 되기도 해. 하지만 동시에 육체는 경배할 만한 영광이며 유기적 생명의 경이로운 이미지이며 경탄할 만한 형태와 미(美)의 성스러움이기도 해. 육체에 대한 사랑, 인체에 대한 사랑은 지극히 휴머니즘적인 관심의 대상이며 이 세상 그 어떤 교육학보다 더 교육적인 힘을 지니고 있어. 오, 유화 물감이나 돌로 되어 있지 않은, 살아 있으면서 썩어가는 살로 되어 있는, 생명과 부패라는 '열(熱)의 비밀'로 충만해 있는 유기체의 매혹적 아름다움이여! 인간의 몸이라는 건조물의 그 경탄할 만한 균형을, 그 대칭 구조를 바라봐! 어깨와 허리, 가슴 양쪽에 봉긋 솟아 있는 꽃 같은 젖꼭지, 짝을 이루고 있는 갈비뼈, 부드러운 배 한가운데 자리 잡은 배꼽, 허벅지 사이의 검은 성기를 바라봐! 매끄러운 등 피부 아래에서 움직이고 있는 견갑골을, 싱싱하고 풍만한 엉덩이를 향해 뻗어 있는 등뼈의 모양을, 혈관과 신경가지들이 몸 기둥으로부터 겨드랑이를 통해 사지로 뻗어가는 모습을, 두 팔이 두 다리와 구조적으로 짝을 이루는 모습을 봐!

아, 팔꿈치와 무릎 안쪽의 부드러운 그곳, 그 부드러운 살의 쿠션에 덮여 있는 그 섬세하고 부드러운 그곳! 인체의 그 감미로운 부분을 애무한다는 것은 그 얼마나 장엄한 축제인가! 그 어떤 불평도 뒤따르지 않을 사랑의 축제! 오, 제발 그대 슬개골의 피부 냄새를 맡게 해주오. 그 아래 정교한 관절 캡슐에서 비밀스럽게 기름이 흘러나오는 그곳! 오, 나의 입술이 그대 대퇴부 동맥에, 그대의 허벅지 아래에서 꿈틀거리고 있으며 그 아래에서 둘로 갈라지는 그 대퇴부 동맥에 경건하게 입 맞출 수 있게 해주오! 그대의 털구멍에서 발산되는 냄새를 내가 맡을 수 있도록, 그대의 부드러운 솜털을 애무하게 해주오. 물과 단백질로 이루어진 인간의 이미지여! 무덤에서 분해될 인간의 이미지여! 내 입술을 그대 입술에 포갠 채 나를 영원히 멸하게 해주오."

그는 손가락 하나 까딱하지 않았고 눈을 뜨지도 않았다. 그는 여전히 무릎을 꿇은 채 몸을 떨고 있었다. 그녀가 말했다.

"댁은 정말 바람둥이예요. 그렇게 독일식으로 심오한 이야기를 해가며 여자의 환심을 살 줄 아니까 말이에요."

그녀는 자신의 종이 모자를 그의 머리에 씌웠다.

"안녕, 나의 사육제 왕자님! 오늘 밤 댁의 체온계 눈금이 엄청 올라가겠네요. 내가 장담해요."

그녀는 문 쪽으로 걸어가더니 하얗게 드러난 팔로 문의 손잡이를 잡았다. 그녀는 잠시 머뭇거리더니 몸을 반쯤 뒤로 돌려 어깨너머로 부드럽게 말했다.

"잊지 말고 연필을 돌려줘요."

그리고 그녀는 나갔다.

(제2부는 『마의 산 II』에서 이어집니다.)

제5장

**315**

# 마의 산 Ⅰ

생각하는 힘: 진형준 교수의 세계문학컬렉션 77

| | |
|---|---|
| 펴낸날 | **초판 1쇄 2022년 7월 25일** |

| | |
|---|---|
| 지은이 | **토마스 만** |
| 옮긴이 | **진형준** |
| 펴낸이 | **심만수** |
| 펴낸곳 | **(주)살림출판사** |
| 출판등록 | **1989년 11월 1일 제9-210호** |

| | |
|---|---|
| 주소 | **경기도 파주시 광인사길 30** |
| 전화 | **031-955-1350  팩스 031-624-1356** |
| 홈페이지 | **http://www.sallimbooks.com** |
| 이메일 | **book@sallimbooks.com** |

| | |
|---|---|
| ISBN | 978-89-522-4390-4 04800 |
| | 978-89-522-3984-6 04800 (세트) |

※ 값은 뒤표지에 있습니다.
※ 잘못 만들어진 책은 구입하신 서점에서 바꾸어 드립니다.